여행자의 독서

일러두기

- 단행본은 『』, 단편소설 · 시 · 희곡은 「」, 잡지는 《》, 미술작품 · 영화 · 연극 · 노래는 〈〉, 앨범명은 ' '으로 표기하였다.
- 인명과 지명 등의 외래어 표기는 국립국어원 규정을 따르는 것을 원칙으로 하였으나 인용에서는 출처의 표기를 따랐다.

여행자의 독서

책을 읽기 위해 떠나는 여행도 있다

이희인 지음

북노마드

책은 여행을 부르고,
여행은 다시 책을 불렀다

책과 여행. 이 단어들은 전적으로 착한 단어로 여겨집니다. '어머니'나 '나무', '사랑' 같은 단어처럼 말입니다. 비난과 금기 대신 전적인 찬사와 권장이 이 두 단어를 대하는 사회의 전반적인 태도인 듯싶습니다. 전적으로 훌륭한 행위로 일컬어지는 두 단어 사이에서 어떤 의미망을 만들어 보겠다고 달려든 지난 두 해는 행복했던 것만큼 고심참담함도 많았습니다. 제가 겪은 여행은 책들의 행간을 읽기에 충분하지 못했고 책 역시도 땅의 의미를 이해하기 위해 더 많은 책, 더 많은 책을 요구할 뿐이었습니다. 책과 여행 사이의 긴장과 화해, 넘나듦을 꾀했지만 어쩌면 이런 작업은 평생을 바쳐도 다 이뤄낼 수 없는 일이란 생각이 듭니다. 린위탕은 『생활의 발견』에서 10년을 독서에 바치고, 10년을 여행에 바치고, 10년을 그 보존과 정리에 바친다는 말을 인용했습니다만, 정리는 차치하고라도 독서와 여행에 도무지 끝이란 게 있을까 싶습니다.

한편으론 넘쳐나는 정보와 신뢰를 주지 못하는 언론, 왜곡된 이미지의 범람으로 무엇이 진실이고 거짓인지 가려내기가 점점 더 어려워져만 가는 세상에 책과 여행의 가치는 더 돋보입니다. 정보와 지식의 편식을 일으키는 TV, 신문, 인터넷 같은 '패스트 미디어'보다 지혜와 소통을 구하는 '슬로 미디어'인 책(그리고 여행)이 조금 더 진리에 근접한 건 아닐까 생각해봅니다. 그제야 왜 책과 여행이 전적인 찬사와 권장의 대상이 될 수 있는지 알 것 같습니다.

저로서는, 여행에서 가장 행복한 시간은 배낭을 싸는 시간, 그중에서도 어떤 책을 넣어 갈까 고민하는 시간들입니다. 어떤 책이 가고자 하는 땅과 어울릴까 고민하는 일은 여행의 마음을 더욱 설레게 합니다. 누구나 그런 고민을 직접 겪는 것이 마땅합니다만 이 책은 그런 고민에 약간의 도움을 드리고자 하는 불순한 의도를 포함하고 있습니다. 이 책은 지난 십여 년간 세상 구석구석에서 겪은 인상 깊은 여행들과 그와 연관된 책(특히 소설)에 관한 이야기를 담고 있습니다. 특히 오래전 여행한 유럽과 북아메리카 대신 비교적 근래에 여행한 아시아, 라틴아메리카, 지중해 등의 나라를 대상으로 하고 있습니다. 유럽과 북아메리카를 포함시키지 않은 것은 근대 이후 세계사의 중심에 있었던 그곳의 문화를 조금이나마 건드린다는 것이 제게는 엄두가 나지 않는 일일뿐더러, 한편으론 매너리즘과 '고갈'에 빠져 신선함을 잃어가는 그들 문화 대신 저마다의 빛깔과 생기로 새로운 대안으로 자리 잡고 있는 변방의 문화들을 쫓는 일이 더 기껍고 흥미로운 까닭이기도 했습니다.

책을 쓰는 동안, 출판계에는 동시대 세계 명작들을 앞다투어 출간하는 바람이 불었고 이러한 바람은 당분간 지속될 모양입니다. 조지 오웰의 『버마 시절』이나 이노우에 야스시의 『둔황』, 다니자키 준이치로의 『세설』, 필립 로스나 로베르토 볼라뇨, 후지와라 신야 등의 출간과 재출간은 제게 반갑고도 가슴 설레는 일이었습니다. 아울러 점차 잊혀가는 책들에 대한 아쉬움도 있습니다. 쿠쉬안트 싱의 『파키스탄행 열차』와 커트 보네거트의 『제5도살장』, 이노우에 야스시의 『누란』, 존 업다이크의 『달려라 토끼』, 카를로스 푸엔테스의 『아르테미오의 최후』, 가오싱젠의 『영혼의 산』, 다니자키 준이치로의 『춘금초』, 살만 루시디의 『자정의 아이들』, 가와바타 야스나리의 『명인』, 아랍과 아프리카의 소설선 등 한때 열렬히 사랑했던 그 책들을 서점과 도서관 서가에서 다시 만나게 될 날들을 간절히 기대해봅니다.

동료의 방랑과 일탈을 묵묵히 참고 격려해준 김남형, 옥준호 실장, 제가 읽는 책들을 함께 읽어가며 조언을 아끼지 않은 아내 김태희, 주저하고 망설이는 필자에게 용기를 북돋워주신 문학동네 서영희 선생님과 북노마드 윤동희 대표님께 고맙다는 말씀을 전해드리고 싶습니다. 부족한 원고를 기꺼이 연재해준 교보문고 북뉴스와 ≪사람과 책≫ 덕분에 찬찬히 책을 써나갈 수 있었습니다. 좋은 책을 추천해준 지인들, 늘 고생하는 '달콤한필름'의 후배들, 사랑하는 가족에게도 따끈한 책을 제일 먼저 전해주고 싶습니다.

독서는 머리로 떠나는 여행이고, 여행은 몸으로 하는 독서다!
— 땅을 일종의 텍스트로 보거나 책 읽기를 두뇌의 여행으로 보는 시각은 새삼스러운 것도 아닐 텐데 저는 이 책을 쓰면서 겨우 그런 생각을 정리할 수 있었습니다. 머리로든 몸으로든, 호기심으로 시작해 진리를 쫓는다는 점에서 둘은 어쩌면 동의어인지도 모릅니다. 책이 여행을 부추기고 여행이 다시 책을 집어 들게 했던 그 끊임없는 순환 속에 잠시 숨을 고르는 작업이

이 글쓰기일 터입니다. 그러니 어쩌면 글쓰기도 책읽기와 여행하기에 다름 아니겠지요. 부디 이 책을 읽는 분들도 좋은 책과 좋은 여행, 많이 만나고 만드시기를 바랍니다.

2010년 가을 헤이리에서

이희인

차례

구원을 찾아 떠나다

1. 백야에 도스토옙스키 선생을 만나다 _12
러시아 | 『백야』 『죄와 벌』
2. 시베리아, 책 읽기의 감옥에서 _28
시베리아 횡단열차 | 『백년보다 긴 하루』 『타라스 불바』 『이반 데니소비치의 하루』
3. 샹그릴라, 잃어버린 낙원을 찾아서 _44
티베트, 윈난 | 『잃어버린 지평선』
4. 산은 내게 내려오지 않는다, 내가 산을 찾아가야 한다 _60
네팔 히말라야 | 『인듀어런스』 『희박한 공기 속으로』
5. 나는 소망한다, 내게 금지된 땅을 _76
라다크, 카슈미르 | 『자정의 아이들』
6. 신으로 산다는 것은 어렵다 _92
인도 | 『신들의 사회』 『슬럼독 밀리어네어』

사랑을 찾아 떠나다

7. 여행, 수학을 만나다, 자발적으로 _112
미얀마 | 『박사가 사랑한 수식』
8. 천국에서의 책 읽기 _128
라오스 | 『크눌프』 『월든』
9. 왜 사는지 알고 싶어서 머나먼 길을 떠났네 _144
베트남 | 『연인』 『끝없는 벌판』
10. 아름다움이 나를 배신한다 _160
일본 | 『세설』 『금각사』
11. 절대 끝나지 않는 이야기가 담긴 책 _176
호주 | 『파이 이야기』

이야기를 찾아 떠나다

12. 분노가 나를 여행하게 하네 _190
스페인 | 『카탈로니아 찬가』『바람의 그림자』

13. 운명아, 너 가는 곳으로 나를 데려가라 _206
그리스 | 『오이디푸스 왕』

14. 책을 버리다, 땅을 읽다 _220
모로코 | 『인간의 대지』『연금술사』

15. 나는 가고 싶네, 눈물 없는 땅으로 _236
요르단, 시리아, 레바논 | 『천 개의 찬란한 태양』『연을 쫓는 아이』

16. 세상에 참 평화 없어라 _252
팔레스타인, 혹은 이스라엘 | 『불별 속의 사람들』『나의 미카엘』

17. 날마다 새로운 이야기가 태어나는 땅 _268
터키, 이집트 | 『내 이름은 빨강』『에프라시압 이야기』『도적과 개들』

나를 찾아 떠나다

18. 어디에도 없는 나라로의 여행 _286
쿠바 | 『유토피아』

19. 하지 않은 행동에 대한 후회, 읽지 않은 책에 대한 후회 _302
페루 | 『새들은 페루에 가서 죽다』『녹색의 집』『판탈레온과 특별봉사대』

20. 여행자, 혁명가가 되다 _318
볼리비아 | 『체 게바라의 모터사이클 다이어리』

21. 영혼은 역사를 떠나지 못하네 _334
칠레 | 『영혼의 집』

22. 세상의 끝에서 '내 마음 갈 곳을 잃어' _350
아르헨티나, 파타고니아 | 『보르헤스 전집』『지구 끝의 사람들』

(부록)

이희인 작가가 추천하는 '언택트' 국내 여행지, 그리고 동행한 책들

그 많던 나그네들은 다 어디로 갔을까 _370
겨울 설악 부근 | 『나그네는 길에서도 쉬지 않는다』『대설주의보』『삼인행』

고향을 떠나온 사람들의 고향 _392
인천 원도심 일대 | 『괭이부리말 아이들』『광장』『중국인 거리』

우리는 모두 눈길을 밟고 도시로 왔다 _414
전라남도 장흥군 | 『이청준 단편집』『키 작은 자유인』『인문주의자 무소작 씨의 종생기』

구원을 찾아 떠나다

러시아

시베리아 횡단열차

티베트, 윈난

네팔 히말라야

라다크, 카슈미르

인도

백야에 도스토옙스키 선생을 만나다

_러시아 | 『백야』 『죄와 벌』

19세기의 상트페테르부르크를 여행할 방법은 없는가? 도박에 빠진 도스토옙스키와 고뇌하는 차이코프스키, 다가올 혁명을 준비하는 바쁜 걸음의 혁명가들을 엿볼 수는 없을까? 시간 여행이 가능하다면 제일 먼저 티켓을 끊을 곳은 19세기 상트페테르부르크가 될 것이다

긴 겨울 동안 얼어붙었던 바다에 봄이 왔고 어김없이 튤립이 피었다.
진창 위에 세워진 상트페테르부르크는 러시아의 파리라 불린다.
혹독함은 아름다움을 꽃피우는 토양이다.

러시아에서 만난 사람들이 하나같이 꼭 가보라고 했던 마을, 수즈달.
동화 같은 성당과 소설에나 나올 법한 바람이 있었다.
수도원 뒤편 언덕을 나는 '세상에서 가장 완벽한 장소'라 이름 붙였다.

상트페테르부르크에서 30킬로미터 정도 떨어진 차르 황제의 여름 궁전. 황금빛 조각상과 으리으리한 분수, 아름다운 정원이 제정 러시아 시절의 화려했던 황실의 생활상을 말해준다.

황제들의 겨울 궁전이자 세계3대 박물관이 된 에르미타주 궁전과 그 광장.
높이 47.5미터의 알렉산드르 동상과 원기둥이 도시를 압도한다.
광장조차 예술이 되는 도시 상트페테르부르크.

БАНК

주 도로인 네프스키 대로를 따라 이어진 상트페테르부르크 순례는 문학의 향기를 좇는 여정이었다. 창백한 라스콜리니코프나 『백야』의 주인공들이 그 인파 속에 숨어 있을 듯했다.

이제 막 사랑을 끝낸 사람,

이제 막 사랑했던 사람을 다른 이의 손에 빼앗기고 돌아서 울고 있는 사람이 있다면 도스토옙스키의 『백야』를 건네주고 싶다. 마음을 위무해주는 소설이어서가 아니다. 이 책은 실패한, 혹은 좌절된 연애담이다. 어떤 이들은 울고 싶은데 뺨 때리는 격이라며 책을 건넨 사람에게 화를 낼지도 모른다. 하지만 십수 년 전, 이제 막 당한 실연의 상처에 시름시름 앓던 친구가 이 책을 읽은 뒤 진저리를 쳤던 모습을 떠올리면 이 책은 그리 간단한 소설은 아니란 생각이 든다. 책을 읽은 뒤 친구는 제풀에 감동해 말했다. "도스토옙스키는 천재야!" 아프고 쓰라린 공감도 강렬한 카타르시스가 되는 모양이다.

러시아의 옛 수도 상트페테르부르크로 향하는 사람이 있다면 역시 그 손에 이 책을 쥐어주겠다. 푸시킨, 고골 등 내로라하는 작가들이 이 도시를 무대로 작품을 썼지만 『백야』만큼 도시의 분위기를 선명하게 담은 작품도 드물지 싶다. 이왕이면 환상적인 백야 현상이 절정에 달하는 6월 중순쯤 이 도시에 와 책을 읽는다면 자신도 모르는 사이 애틋한 사랑 한 자락이 마음에 깃들었다 빠져나간 느낌을 갖게 될지도 모른다. 카뮈식으로 말해, '오늘 처음으로 상트페테르부르크의 백야 아래서 이 책을 읽게 되는 저 낯모르는 젊은 사람을 부러워' 하고 싶어질지 모른다. 내가 이 도시에 도착한 때 역시 백야를 눈앞에 둔 6월 초였다. 시베리아로부터 모스크바, 상트페테르부르크로 올라오며 하루가 다르게 밤이 짧아지고 있다는 느낌이었는데 '백야'가 곧 낼모레라 했다.

밤새 달린 모스크바 발 기차가 상트페테르부르크 기차역에 몸을 들이밀면서부터 울렁이는 마음을 어쩌지 못했다. 젊은 날 문학청년의 아버지 도스토옙스키와 바짝 가까워져 있다고 생각하니 공연히 마음이 두근거렸다. 표도르 미하일로비치 도스토옙스키. 한때라도 극심한 문학의 열병을 앓아본 사람이라면 통과의례처럼 만나고 물리쳐야만 했을 그 이름, 좀처럼 그 그늘에서 자유로울 수 없는 이름이다. 전공이 국문학이었음에도 불구하고 순전히 도스토옙스키를 강의한다고 해서 러시아문학과의 수업을 힘겹게 들은 적이 있다. 『죄와 벌』을 한 줄 한 줄 밑줄 그어가며 읽었고, 앙드레 지드가 도스토옙스키를 이해하는 열쇠라 했던 『지하생활자의 수기』의 비밀을 알아냈으며 『카라마조프의 형제들』은 물론 『백치』 『악령』 등 4대 그랜드 소설을 제대로 읽은 것도 그 가을의 일이다. 꽤 심한 열병을 앓았다. 플라타너스잎을 태운 매캐한 냄새가 진동하던 교정의 쓸쓸한 벤치에서 힘겨운 산맥을 오르듯 그 책들을 읽어나갔고 그런 뒤엔 주막으로 달려가 술을 마셨다. 라스콜리니코프, 무이시킨, 키릴로프, 이반 카라마조프 등의 주인공들과 대작해 술을 마셨다. 공연히 울먹해졌고 까닭 없이 경건해지는 날들이 계속되었다. 누군가는 그의 소설이야말로 성경 다음으로 훌륭한 전도서라 했는데, 그래서일까 서울 어딘가에 있다는 정교회 성당을 찾아가 종교에 귀의할 뻔한 적도 있다. 끙끙 앓고 있는 한 불쌍한 문학청년을 선생께서 어디선가 내려다보며 장난스러운 미소를 짓고 있다는 상상이 들기도 했다. 그런 아비를 만나러 나는 10여 년을 꿈꿔왔고 이제 곧 그 아비를 만나게 될 터였다. 기차가 천천히 상트페테르부르크 역에 멈춰 섰다.

도스토옙스키를 만나는 순례는, 이튿날 『백야』의 무대인 네바 강변의 다리 위에서 시작되었다. 그 다리로부터 『백야』에 곧잘 등장하는 네프스키 대로를 따라 훌러가면 근대 러시아의 가장 중요한 역사와 상징물들을 만나게 된다. 에르미타주 겨울 궁전, 이삭 성당, 국립러시아박물관, 카잔 성당, 예카테리나 여제 동상 등이 도로를 중심으로 멀거나 가까운 곳에 자리하고 있다. 물리적 거리만으로는 한두 시간이면 족하지만 그 사연과 내력을 쫓는다면 사나흘로도 부족한 거리다.

『백야』는 이 거리와 네바 강이 만나는 즈음에서 시작한다. 도시의 모든 사람들이 자신을 버리고 휴가를 떠나버렸다고 의심할 만큼 약간의 망상과 하릴없는 몽상을 즐기는 주인공 '나'는 백야가 시작된 네바 강가의 어느 밤, 제방에서 흐느껴 울고 있는 한 여인을 발견한다. 아울러 그녀에게 다가서는 한 치한의 그림자를 발견하고는 위기로부터 그 여인을 구해준다. 그로 인해 그녀(나스첸카)의 환심을 사게 되고 두 사람은 이튿날 밤을 기약하며 헤어진다. 이튿날 밤, 역시 백야의 강변에서 만난 두 사람은 자신의 사연을 서로에게 이야기하며 차츰 가까워진다. 스물여섯 살이 되도록 한 번도 연애를 해보지 못한 '나'는 자신의 선병질적인 취향과 도시의 삶에 대한 일장 개똥철학을 펼친다. 한편 나스첸카는 자신이 사랑하는 남자가 있었음을 밝힌다. 그가 돌아오기로 되어 있는 강가에서 며칠째 그를 기다리고 있지만 아직까지 소식이 없다며 '그'를 원망하기 시작한다. '나'는 본심과는 다르게 나스첸카의 편지를 '그'에게 전하도록 해보겠다며 그녀를 위로한다. 하지만, 이튿날도 그녀의 남자는 나타나지 않는다. 나스첸카의 기다림은 체념으로 변하면서 새로 자신의 눈앞에 등장한 '나'에게 차츰 마음을 열기 시작한다. '나'로서는 처음 경험하는 이 사랑의 다가섬이 몹시 설레면서도 한없이 불안하기만 하다.

여기까지 읽는 동안에도 독자는 몇 번이고 이 짧은 소설의 책장을 덮어버리고 싶은 유혹을 느낄지도 모른다. 도스토옙스키의 초기작이니 19세기 중반에 발표된 소설인데 전반적인 문체나 주인공들의 행동과 감정 등에 도무지 세련되고 쿨한 구석이 없다. 감정은 과잉되고 도대체 무슨 얘길 떠드는지 모를 정도로 횡설수설하는 부분이 적지 않다. 『카라마조프의 형제들』에서 종교와 구원에 관해 통렬한 논쟁을 벌였던 이반과 알료샤 형제의 대면 장면을 같은 작가가 썼다는 게 믿기지 않을 정도다. '이수일과 심순애' 류의 신파를 읽는 기분이라고 할까. 하지만 조금만 더 참고 읽어보자. 어차피 도스토옙스키 후기 걸작들처럼 어마어마한 분량은 아니지 않은가.

결국 나흘째 되는 백야의 밤, 약속한 남자가 돌아올 거라는 희망을 접은 나스첸카는 그 며칠 새 따뜻한 호의를 베풀어준 '나'를 어느덧 사랑하게 되었노라고 고백한다. 남몰래 나스첸카를 흠모해왔던 '나'는 꿈꾸던 사랑이 이루어졌음에 환호하고 기뻐한다. 하지만 그 사랑은 시작도 하기 전에 막을 내릴 운명이다. 마침 그들 주변을 아른거리는 낯선 그림자를 보게 된 것이다. 두말 할 나위도 없이 나스첸카가 기다렸던 바로 그 남자였다.

> 그녀는 얼마나 떨었던가! 내 손을 뿌리치고 그를 향해 총알처럼 달려가던 모습이란! 나는 죽은 사람처럼 서서 그들을 바라보았다. 그러나 그녀는 그에게 손을 내밀기 전에, 그의 품안에 달려들기 전에 갑자기 다시 몸을 돌려 바람처럼 번개처럼 내 옆으로 달려왔다. 그리고 내가 미처 정신을 차리기도 전에 두 손으로 내 목을 얼싸안고 힘차게, 뜨겁게 내게 입을 맞추었다. 그런 다음 한마디도 않고 다시 그에게 달려가 그의 두 손을 잡고 끌어당겼다. 나는 오랫동안 서서 사라져가는 그들의 뒷모습을 바라보았다. 마침내 그 둘 모두 내 시야에서 사라졌다.
>
> 『백야』 중에서

백야의 황홀경 속에서 벌어진 이 장면의 묘사는 너무도 선명하고 극적이라 그 세세한 동작과 분위기가 그려진다. 『죄와 벌』에서 청년 라스콜리니코프가 노파를 살해하는 장면에 버금가는 강렬한 이 장면의 묘사는 수많은 명작 가운데서도 압권이다. 사랑, 혹은 여자에 대한 원망과 불신을 담고 있는 이 부분에서 실연당한 뒤 이 소설을 읽고 진저리를 쳤을 오래전 친구의 마음이 얼마나 사무치고 미어졌겠는가. 그러나 소설은 조금 애매한 타협으로 끝을 맺는다. 좌절한 '나'에게 이튿날 나스첸카는 용서를 구하는 편지를 보내고 '나'는 다음과 같이 마음을 정리한다.

> 너는 내가 모욕의 응어리를 쌓아두리라 생각하는가! 내가 너의 화사하고 평화스러운 행복에 어두운 구름을 드리우게 할 것 같은가, 너를 신랄하게 비난하여 너의 심장에 우수의 칼을 꽂을 것 같은가. 아, 천만에! 너의 하늘이 청명하기를, 너의 사랑스러운 미소가 밝고 평화롭기를, 행복과 기쁨의 순간에 축복이 너와 함께 하기를! 너는 감사하는 마음으로 가득 찬 어느 외로운 가슴에 행복과 기쁨을 주었으니까. 오, 하느님! 한순간 동안이나마 지속되었던 지극한 행복이여! 인간의 일생이 그것이면 족하지 않겠는가?
>
> 『백야』 중에서

따지고 보면 젊은 날을 뒤흔든 위대한 연애들이란 하나같이 어느 정도의 유치찬란함을 포함하고 있는 것은 아닐까. 유치함으로 찬란하고 유치함으로 위대하며 유치함으로 우리를 훌쩍 성장케 하는 사랑 말이다. 쿨한 사랑이 우릴 성장시키는 일은 드물다고들 한다. 마음을 다한 뒤 그 마음의 보상을 받지 못한 상처와 아픔 따위가 우리를 진정 성장시키는 것은 아닐까? 이 결말의 얼마 뒤 도스토옙스키 선생은 차르 황제가 꾸며낸 정치극의 희생자가 되어 사형 선고를 받고 사형 직전 사면되어 머나먼 시베리아로 유형을 떠난다. 긴 유형 생활에서 돌아온 뒤 그의 작품 세계가 확연히 달라진 것은 주지의 사실이다. 마치 아프고 달뜬 연애의 시기가 끝난 뒤 이제 본격적으로 준엄한 삶과 맞서야 하는 세월이 기다리고 있다는 듯이. 『백야』의 결말은 그렇게 읽힌다.

『죄와 벌』 첫 구절에 묘사된 '에스(C) 골목'과 '카(K) 다리'의 실제 현장이라는 센나야 거리로부터 『죄와 벌』의 주인공 라스콜리니코프가 살았던 집의 모델로 추정되는 장소가 있다고 하여 물어물어 찾아다녔다. 소설 속에선 음산하고 퀴퀴한 분위기가 넘쳐났는데 그런 창백한 청년 살인자가 살 만한 집처럼 보이질 않는다. 도시 곳곳에 서 있는 도스토옙스키의 동상, 기념물, 흔적들을 따라 걷다가 네프스키 대로 중간쯤에 위치한 작가 말년의 저택에 발길이 닿았다. 평생을 도박과 가난, 간질병에 시달린 선생이 마지막 십여 년 동안 정신적, 경제적 안정 속에서 위대한 소설들을 토해낸 집인데 지금은 그를 기리는 박물관이 되어 있다. 그의 서재에서 유독 눈에 띄는 것은 집필 책상 위에 놓인 시계다. 시계는 8시 36분에 멈춰 있다. 선생이 사망한 시간이라 했다. 한 시대가 막을 내린 시간이다. 하지만 신과 구원을 평생의 화두로 삼은 작가의 천착은 지금 이 순간 그 두툼한 책장을 펼쳐드는 새로운 독자에게 여전히 즐겁고 심오한 고뇌를 안겨줄 것이 틀림없다.

아비 도스토옙스키를 찾아가는 순례의 종착지는 네프스키 대로 끝에 위치한 알렉산드르 네프스키 수도원의 티흐빈 묘지다. 이 묘지에 도스토옙스키 선생의 무덤이 있다. 선생 말고도 차이코프스키를 비롯해 러시아 근대 음악의 거장들 묘가 한쪽에 모여 있다. 우리 가곡 〈명태〉에 영향을 준 〈벼룩의 노래〉를 작곡한 무소륵스키를 비롯해 〈인도 상인의 노래〉의 림스키코르사코프, 〈폴로베츠인의 춤〉의 보로딘 등이 그들. 차이코프스키가 작곡한 〈단지 그리움 아는 이만이〉의 애절한 선율이 가슴 시리게 울리는 듯싶다. 백야의 밤하늘 아래 펼쳐졌던 무수한 상트페테르부르크 남녀의 사랑을 소설가는 감정 과잉의 소설로 적어 내려갔고 누군가는 애끓는 선율의 노래로 만들었다.

에밀 졸라와 마네, 모네, 로트렉, 고갱, 빈센트 반 고흐가 함께 같은 거리를 활보하던 19세기 파리 풍경만큼이나 이들 러시아의 시인, 소설가, 음악가들이 한 거리를 지나며 인사를 나누거나 서로 평생 모르는 채 지나치던 상트페테르부르크의 19세기 말 풍경. 만일 다시 태어날 수 있다면 백여 년 전 이 도시 어느 골목쯤에서 태어나 그 낭만적인 예술가들의 풍경을 지켜보고 싶다.

어느 한 사람은 그가 읽은 것으로 이루어진다。

:: 조지프 브로드스키

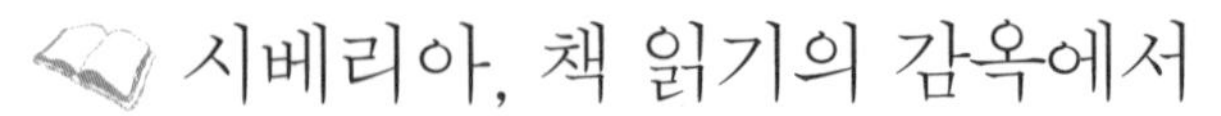

시베리아, 책 읽기의 감옥에서

_시베리아 횡단열차 | 『백년보다 긴 하루』『타라스 불바』『이반 데니소비치의 하루』

혁명에 저항한 백군파가 창설한 '돈 코사크 합창단'과 스탈린이 총애한 '볼쇼이 합창단'의 레퍼토리는 놀랍게도 같았다. '스텐카라친'과 '칼린카' 같은 노래들을 짊어지고 시베리아 횡단열차에 올랐다. 시베리아가 작곡한 민요들과 함께했던 108시간의 시베리아 여행은 역설적으로 너무 짧았다.

간이역에서는 채 5분도 서지 않았고 큰 도시에서는 그대로 눌러앉아 버릴 만큼 기차는 오래 정차했다. 훌륭한 여행들에는 틀림없이 훌륭한 지루함이 포함되기 마련이다.

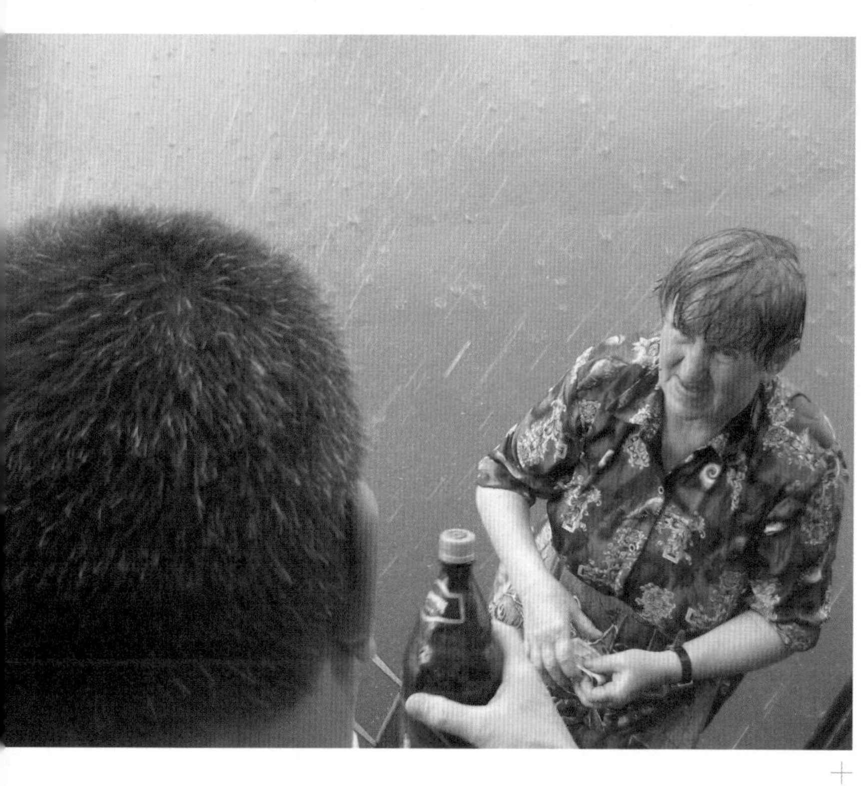

종일 비가 내리던 시베리아의 어느 하루.
정차한 간이역에서 먹거리를 파는 행상 아주머니가
열차쪽으로 다가왔다. 혹한과 빗줄기 속에서도 피어나는
시베리아의 삶. 눈물 나게 아름답다.

열차에 오르기 전 몽골의 초원에서 한참을 놀다 왔다. 들꽃과 자그마한 숲,
게르(몽골식 텐트)밖에 없던 초원에서 만난 바짜라칵의 가족들. 꽃보다 아름다웠던 사람들.

한 공간에서 긴 시간을 함께 보내면 가족이 될 수밖에 없는 게 인간의 성정일 터. 악역 배우를 닮았던 친절한 정교회 신부님과 이웃 칸의 러시아 아이들, 혹은 닷새 동안의 내 가족들.

블라디보스토크、 울란우데、 이르쿠츠크、 크라스노야르스크、 노보시비르스크、
옴스크、 튜멘、 모스크 야로슬라프스카야。 그 땅들을 읽으며 숨 가쁘게 달려온 시베리아 횡단열차의 밤。

가장 인상 깊었던 미술관은

세계 3대 미술관으로 꼽히는 뉴욕 현대 미술관도, 마드리드의 프라도도, 상트페테르부르크의 에르미타주도 아니다. 그렇다고 세계 3대 박물관으로 꼽히는 파리의 루브르나 뉴욕의 메트로폴리탄, 런던의 영국박물관이 기대보다 큰 감동을 준 것도 아니다. 내게 깊은 인상을 준 그림이 전시실마다 가득했던 곳은, 에르미타주에서 걸어 10분쯤 거리에 있는 국립러시아박물관, 그 노란색의 아담한 건물이다. 유럽 화가 중 〈나폴레옹 대관식〉과 〈마라의 죽음〉 등의 역사화를 그린 화가 다비드를 좋아하는 편인데 러시아박물관의 그림들은 다비드와 비슷한 눈높이로 내게 읽힌다. 러시아 사실주의 화풍을 확립한 일리야 레핀과 바실리 수리코프의 역사화들은 어느덧 가장 좋아하는 그림들이 되었다. 그 그림들에 표현된 역사와 인간, 그 저항과 길항의 형상화에서 인간의 위대한 생명력을 느낄 수 있다.

수리코프의 방에서 서성이다가 러시아의 전봉준으로 불릴 만한 16세기 농민 반란군 대장 '스텐카라친'을 그린 그림을 발견했다. 어린 시절 갖고 있던 백과사전 한 귀퉁이에 작은 흑백 컷으로 붙어 있던 그림인데 놀랍게도 실제 그림은 너른 방의 한 벽면을 가득 채운 대형 캔버스의 작품이다. 볼가 강을 노 저어 황제의 궁으로 쳐들어가는 반란군 대장 스텐카라친의 형형한 눈동자가 방의 끝에서 끝까지 관람객을 따라다녔다. 압도당한다는 말은 아껴두었다가 그런 때 쓰는 말이리라. 귓가에는 전설적인 합창단 '돈 코사크'의 러시아 민요 〈스텐카라친〉의 화음이 넘실대며 밀려왔다.

다음 방으로 넘어가니 여기는 18~19세기 러시아의 시베리아 점령사를 묘사한 역사화들의 황홀한 전쟁터. 잔인하고 위태로우며, 패배한 자의 공포와 승리한 자의 희열이 동시에 읽히는 그림들이다. 지구 변방 시베리아에 지난 세월 무슨 일이 벌어졌던가? 사진이 발명되기 전 그곳에서 벌어진 참혹한 현장들이 위대한 화가들의 붓에 의해 묘사되고 있다. 돈 코사크 합창단의 앙상블이 볼륨을 높이며 귓가에 달려든다. 문득 지난 며칠 동안 달려온 시베리아로 다시 시간이 되돌아가는 느낌이다.

너른 세상으로의 여행을 꿈꾸면서부터 진정 가고 싶은 땅은 단연 시베리아였다. 아니, 나보다 먼저 시베리아를 꿈꾼 친구가 있었는데 그의 꿈을 엿듣다 보니 그게 나의 꿈이 되었고 친구 몰래 짝사랑을 키워 먼저 꿈을 이루게 되었다. 곧 향하게 될 시베리아는 지구 전체보다, 광활한 우주보다 넓고 아득한 곳이어야 했다. 그래야 내가 이루게 될 꿈이 더 훌륭하고 멋진 것이 될 터이니.

시베리아 횡단열차는 지구 둘레의 1/4에 해당하는 9,300여 킬로미터를 달리는 세계 최장의 열차 노선이다. 동서로 뻗은 철로를 달리는 동안 7개의 시간대를 지나게 되므로 열차 안에서 정확하게 시간을 맞추거나 체크하는 건 의미 없는 일이다. 최장 소요시간은 동쪽 끝 블라디보스토크에서 서쪽 끝 모스크바까지 대략 7박 8일. 지루함을 즐기는 여행자에겐 맞춤하겠지만 제대로 씻지도 먹지도 못하는 생활이 7박 8일 지속되니 여간 지루하고 힘든 여행이 아닐 수 없다. 작은 감옥살이라 해도 과언이 아니다. 나는 몽골 쪽에서 놀다 올라가 바이칼 호수에서 며칠 묵고 그러다 열차에 올라타는 계획을 세웠다. 바이칼 호수의 도시 이르쿠츠크는 횡단열차의 동쪽 1/3 지점쯤에 위치해 있는데 그곳에서 열차에 올라탄 나는 모스크바까지 4박 5일, 정확히 108시간을 여행했다. 지구의 자전 속도를 따라가는 열차와 멀지 않은 북반구의 백야 현상이 겹치면서 낮과 밤, 끼니, 날짜와 시간 개념은 뒤죽박죽이 되었다. 감지 못한 머리카락은 뒤엉키고 잠과 끼니가 엉망이 되면서 소화불량이 생겼으며 피부에 갖가지 트러블도 일었다. 그런 감옥 같은 열차생활 속에서 딱히 할 일이 무엇이 있겠는가? 나는 다만 두

가지 일을 하였다. 같은 복도를 공유한 이웃 객실 아이들과 틈틈이 장난하고 노는 일, 때때로 차창 밖 시베리아 벌판의 들꽃들을 바라보다가 책 속에 푹 파묻히는 일. 며칠 계속되는 자발적인 감옥살이라면 책을 멀리하는 사람조차 어쩔 수 없이 책장에 파묻히지 않을 수 있겠는가? 그러다 보면 책 한 권이 후딱 끝장나지 않겠는가?

시베리아에 가져간 책은 에밀리 브론테의 『폭풍의 언덕』이다. 차갑고 황량한 시베리아의 느낌과 책의 을씨년스러움이 잘 어울릴 거란 생각에서 집어 들었다. 흥미진진하긴 했지만 시베리아의 분위기와 딱 맞는 느낌은 아니었다. 시베리아와 더 잘 어울리는 책은 그 뒤 몇 권 알게 되었다. 만일 주변에 곧 시베리아 횡단열차를 타게 될 사람이 있다면 그 책들, 즉 칭기스 아이트마토프의 『백년보다 긴 하루』나 고골의 『타라스 불바』, 솔제니친의 『이반 데니소비치의 하루』 같은 책을 추천할 것이다. 이 소설들은 모두 세상에 알려지지 않은 시베리아 외딴 지역에서 일어났을 법한 일들을 담고 있다. 『타라스 불바』(흔히 『대장 부리바』로 알려진)가 16세기 우크라이나 키예프 부근의 용맹한 카자크 족의 무용담을 담고 있다면, 스탈린 치하에서 시베리아 유형생활을 겪은 솔제니친의 책은 강제노동수용소에서 일어난 만 하루 동안의 일을 담고 있다. 특히 칭기스 아이트마토프의 『백년보다 긴 하루』는 책의 두께나 주제가 묵직하면서도 재미있게 읽힌다. 앞의 두 책이 상대적으로 얇아 후딱 읽어치우면 곧 심심해지기 마련이니 지루한 시베리아 열차에 권할 만한 베스트 북은 단연 『백년보다 긴 하루』다. 설상가상, 중앙아시아의 어느 황량하고 쓸쓸한 간이역을 배경으로 하고 있어 시베리아 횡단열차의 분위기와도 썩 잘 어울린다.

『백년보다 긴 하루』 역시 하루 동안에 벌어진 일을 담고 있는데 이에 곁들여 주인공이 지난 한평생을 회상하는 형식으로 진행된다. 여행자도 고개를 절레절레 젓고 참을성 많은 사람조차 정착해 살지 못하고 달아날 만큼 척박한 중앙아시아 스텝 지역의 외딴 간이역 보란리-부란니. 그 역을 지키는 주인공 예지게이는 그의 은인이자 가족과도 같던 동료 카잔갑 노인의 죽음을 확인한다. 도시에 살던 카잔갑의 자식들이 장례를 위해 달려오지만 스탈린 치하에서 신식 교육을 받은 아들 사비찬 등은 아버지의 장례가 못내 귀찮은 듯 성의 없고 냉담하기만 하다. 예지게이는 카잔갑의 평소 소원대로 그의 조상이 묻혀 있는 '아나-베이트' 묘지에 그를 묻기 위해 이른 아침 장례 행렬을 꾸려 스텝 지역을 향해 출발한다. 사랑하는 동료 카잔갑을 묻으러 가는 여정에서 주인공 예지게이는 일생 동안 쓸쓸한 간이역을 함께 지켰던 이웃들과 그 고난의 세월을 회상한다.

아랄 출신의 어부였던 예지게이를 따라 아무것도 없는 황량한 스텝 지역의 간이역으로 오게 된 아내 우크발라. 그들 부부의 정착을 도우며 고락을 함께 해온 카잔갑 노인. 젊은 시절 조국을 위한 전쟁에 나갔지만 모함을 당해 이곳 간이역 인부로 전락하고 마침내 관리들에게 끌려가 죽음을 당했던 교사 아부탈리프. 그리고 예지게이가 남몰래 흠모해 왔지만 남편의 죽음과 함께 마을에서 사라진 아부탈리프의 아내 자리파까지. 태어나면서부터 예지게이의 충실한 하인이자 친구가 된 난봉꾼 낙타 카라나르도 이야기에 한몫한다. 예지게이는 혁명과 전쟁, 스탈린 치하의 모진 세월을 함께 해온 이웃들을 떠올리며 황량한 사막을 건넌다. 그토록 외진 곳이지만 전쟁과 파시즘의 그림자는 그들의 삶을 빗겨가지 않았다. 스탈린의 사망과 함께 아부탈리프의 명예 회복을 위해 백방으로 노력해 마침내 목적을 이룬 예지게이는 그 광기의 세월을 다음과 같이 회상한다.

어쩌면 그것은 우리 역사의 그 시기에 사람들을 감염시켰던 어떤 질병, 말하자면 유행병은 아니었을까? 혹시 사람들에게는 점차로 그들을 무자비하게 만들어 잔인하게 행동하도록 이끄는 악성 시샘증 같은 기질이 있지나 않을까? …중략… 사람들에게서 이 질병, 즉 어떤 사람의 개성에 대한 증오심이 없어지려면 아직도 오랜 시간이 더 지나야겠다는 점을 한 번 더 확인했네. 하지만 그 모든 사실에도 불구하고 나는 정의가 이 세상에서 멸절될 수 없으리라는 믿음을 가지고 있네. 그 대가가 너무 비쌌는지는 모르지만 그래도 정의는 승리를 거둔 것이네.

『백년보다 긴 하루』 중에서

주인공 예지게이는 내가 아는 모든 책 속 등장인물 가운데 가장 우직하고 믿음직한 인간의 전형이다. 허구의 캐릭터 중 단 한 사람과 친구로 사귈 특권이 주어진다면 단연 이 아름다운 카자흐인에게 프러포즈를 하겠다. 그에게는 무서운 진정성과 성실함이 있다. 세상 어디 붙어 있는지도 모를 간이역을 한평생 지키면서도 자신의 일과 가족, 이웃에 진실하다. 아부탈리프의 비극을 지켜보며 그의 아내를 잠시 흠모하기도 하지만 그것조차 아름답고 인간적인 감정으로 읽힌다.

책의 뼈대가 되는 예지게이의 회고담 외에도 카자흐 족의 아름답고 의미심장한 전설과 민담이 빼곡해 소설은 더욱 풍성해진다. 충격적인 '만구트르' 이야기를 포함한 아름다운 전설들은 작품의 분위기를 더욱 신비롭게 만든다. 아울러 예지게이의 이야기와 평행선을 이루며 진행되는 다소 뜬금없는 SF스토리 역시 작품의 분위기를 한껏 오묘하게 만든다. 냉전 시기 극비리에 진행된 미국-소련 공동의 우주자원개발 계획인 '데미우르고스' 프로젝트를 실행하던 비행사들이 외계 생명체와 접촉하게 되면서 벌어지는 다소 황당한 곁가지 이야기는 예지게이의 회고담과 병행되면서 작품의 묘한 분위기를 빚어낸다. 차마친, 스타니스와프 렘 등으로 대표되는 러시아식 SF가 가미돼 이 작품을 핍진한 리얼리즘 소설에서 독특하고 세련된 모더니즘 소설로 끌어올린다.

소설의 새로운 장이 시작될 때마다 거듭 반복되는 을씨년스러운 간이역의 묘사는, 먼 세상을 향해 오가는 기차들과 대비되는 간이역 사람들의 붙박인 운명을 중의적으로 그려내고 있다.

> 여기서 기차들은 동쪽에서 서쪽으로, 서쪽에서 동쪽으로 지나간다. 철길 양편에는 널따랗게 펼쳐진 광대한 불모지 – 중앙아시아의 노란 스텝지대, 사리-오제키가 놓여 있다. 여기서는 모든 거리가 철도로 재어진다. 그리니치 본초 자오선으로부터 경도가 정해지듯…… 그리고 기차들은 동쪽에서 서쪽으로, 서쪽에서 동쪽으로 지나간다.
>
> 『백년보다 긴 하루』 중에서

시베리아와 그 지선에 놓인 수많은 이름 모를 간이역의 풍광이 그리워지면 여행자는 다시 시베리아로 떠나게 될지도 모른다. 블라디보스토크, 하바롭스크, 울란우데, 이르쿠츠크, 크라스노야르스크, 노보시비리스크, 옴스크, 모스크바까지. 역사驛舍마다 저마다 눈물과 한숨의 역사歷史를 간직하고 있을 것 같다. 눈물이 나면 기차를 타라 했는데 시베리아 횡단열차에선 열흘 보름 계속될 속울음을 울어도 괜찮지 않을까.

도스토옙스키와 러시아 소설에 한참 빠졌을 때, 나 자신이 어떠한 연유로 시베리아 유형에 처해지는 상상을 곧잘 해본 적이 있다. 그러면 사두고 읽지 못한 책들을 방 안 가득 쌓아두고 하나씩 읽어치울 거란 상상을 했다. 감옥 안에서 일가를 이룬 사람이 한둘이던가? 그런데 만일 평생을 썩어야 할 감옥 안에 단 한 권의 책만 허락된다면 어떤 책을 가져가야 할까? 말랑말랑한 연애소설? 어딜 펼쳐도 흥미진진한 무협소설? 종교적이거나 명상적인 사람은 아마 경전을 택할 것이다. 나로서는 아주 훌륭한 지도책이 한 권 있으면 좋겠다. 단, 아주 자세하고 치밀하게 제작된 책이어야 한다. 문자의 한계를 넘어 등고선과 색, 기호들로만 구성된 지도를 한참 들여다 보노라면 언젠가는 어떤 모양의 땅에서 어떤 이야기가 뭉게뭉게 피어오를지 알게 될 것 같다. 결국 이야기는 땅에서 비롯되고 땅에 새겨지는 법. 그 지도책 안에 얼마나 많은 이야기가 담겨 있을 것인가?

차창 밖 시베리아의 들꽃과 열차 안 아이들과 하루하루 가까워지던 어느 새벽, 기차가 모스크바에 조심스럽게 몸을 들이민다. 아이들과도, 시베리아와도 작별할 시간이다. 기차 여행은 그리 길지 않았다. 세상에서 가장 긴 열차라지만 돌아보면 잠깐 한숨을 쉬는 동안이었을 뿐. 지나간 모든 여행은 하나같이 짧고 허망하기만 하다.

머무르려는 욕망은 이동하려는 기질을 이겨내며, 영원에 대한 향수는 순간적인 것의 유혹을 물리친다. 시베리아 횡단 여행자나 원양 항해자도 결국은 정착한다. 그는 더는 여행하지 않는다. 바로 이것이 '여행'의 패러독스다.

:: 장 그르니에 『일상적인 삶』 중에서

샹그릴라, 잃어버린 낙원을 찾아서

_ 티베트, 윈난 | 『잃어버린 지평선』

오래전 흑산도. 민박집 할머니가 끓여준 밀국을 먹으며 무심히 보던 텔레비전에서 티베트를 처음 만났다. 저곳이 내 전생의 땅은 아닐까? 얼마 뒤 나는 티베트에 있었다. 평화가 가득하던 땅에 지금은 눈물과 한숨이 가득하다. 몇 해째 티베트를 만나고 있다. 앞으로도 티베트를 만날 것이다. 부디 평화.

윈난 성 북부 샹그릴라(중뎬)에 있는 대찰 쑹찬린 사의 오후。
심부름 가던 어린 스님의 발걸음이 한없이 나른했다。
샹그릴라가 있다면 분주함보다는 나른함이 더 많은 곳이리라。

랑무스 마을에서 만난 티베트의 아이. 자연과 평화, 소박함을 사랑해온
티베트의 갈 길은 어디인가? 세상 어디에도 착한 사람을 위한
나라는 없는 것일까?

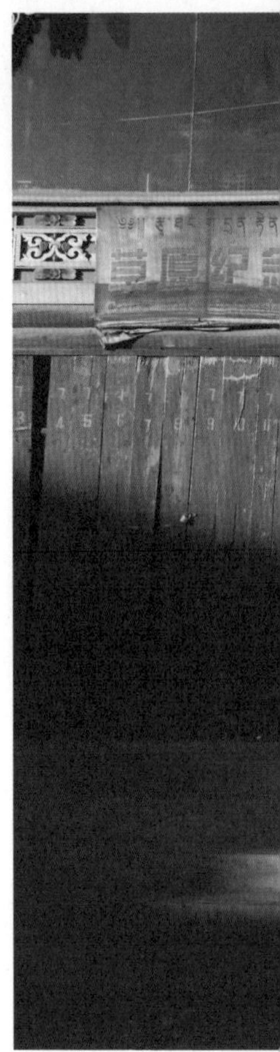

샹그릴라의 땅에도 자본과 산업화의 물결은 막을 수 없는 듯.
관광객과 함께 사진을 찍어준 전통의상의 노인이
여지없이 돈을 챙기고 있다.

티베트인들은 그저 무심히 걸어도 순례자의 모습을 갖게 된다.
삶과 죽음, 소망과 염원이 한 걸음 한 걸음 곱씹어진다. 옴마니 팟메훔, 옴마니 팟메훔…….

"이 마음이 바로 샹그릴라 아니겠는가. 샹그릴라 그것은 보이는 것이 아닌 것, 찾는 것도 아닌 것, 저마다 당초부터 갖고 있었던 것, 어둠이 오면 등불을 켜게 하는 것."
(김윤식, 〈샹그리라를 찾아서〉 중에서)

그 다섯 해 전쯤 내가 티베트 망명 정부가 있는 인도 다람살라에 갔으며 그곳에서 운 좋게 달라이 라마를 뵈었고 그분의 따뜻한 손을 잡은 적이 있다는 말을 듣고 라싸의 청년 조파는 잠시 아무 말이 없었다. 그러더니 조용히 내 손을 끌어다 잡았다. 오래전 그분의 온기를 품었던 내 손바닥이 지금 티베트 청년의 따뜻한 손에서 또다시 온기를 나누고 있다. 조파의 얼굴에서 뭔가 반짝이는 게 보인다고 순간 느꼈다. 라싸의 술집에서 사귄 티베트인 친구 조파에게 사흘 만에 그런 사실을 조심스레 터놓았는데 뜻밖에도 순진무구한 청년의 마음을 아프게 한 꼴이 되고 말았다.

티베트를 여행하거나 떠올릴 때마다 달라이 라마와 조파 사이의 거리를 헤아리게 된다. 여행자는 어렵지 않게 그 간격을 헤집고 다니는데 정작 피와 눈물을 나눈 동포이자 존경과 사랑의 대상, 간절한 연민의 존재이기도 한 그들은 까마득한 거리를 앞에 두고 깊은 절망과 탄식에 빠져 있다. 라싸에서 다람살라까지, 이제 길이 만들어지고 차가 다녀 그리 먼 거리도 아닌데 말이다.

사진 워크숍이란 게 있는데, 훌륭한 다큐멘터리 작가 선생님들과 함께, 그것도 중국에서 가장 아름다운 윈난 성에서 진행된다며 꼭 참가해보라는 선배의 전화가 있었다. 나는 그런 행사에 낄 처지가 못 된다고 생각했는데 어쩌다보니 다니던 회사를 쉬고 잠시 주체할 수 없을 정도의 시간이 생겨버렸다. 나는 워크숍에 신청한 스무 명 남짓한 사진작가 지망생들과 함께 여행 전 오리엔테이션에 참가했다. 우리가 가게 될 윈난 성은 중국에서도 가장 수려한 풍광을 자랑하는 곳으로 수많은 산악 소수민족이 모여 사는 곳이라 했다. 성도省都인 쿤밍에서 다리, 리장, 더친 등을 거쳐 티베트 본토로 이어지는 험난한 길은 티베트에서 난 소금, 말 등과 내륙에서 재배

된 차가 교환되는 차마고도茶馬古道의 길과 겹친다 했다. 그리고 그 길 어딘가에 영국작가 제임스 힐턴의 『잃어버린 지평선』이란 소설에서 그려낸 지상낙원 '샹그릴라'가 있을 거라 했다. 갑자기 나는 이 여행에 호기심이 부쩍 동했다. 부푼 마음으로 『잃어버린 지평선』을 구입해 배낭에 챙겨 넣었다.

리장의 한 호텔을 근거지로 진행된 워크숍은 하루 종일 대상 지역을 촬영하고 저녁에 모여 사진을 정리한 뒤 밤늦도록 찍은 사진에 대한 리뷰를 하는 식으로 진행되었다. 참가자들 모두 대단한 솜씨들인데 사진보다 여행에 꿍꿍이를 갖고 온 나는 사진에 별다른 진전이 없었다. 이른 아침부터 진행된 촬영은 꼭 렌즈의 눈이 아니더라도 충분히 아름답고 낭만적이었다. 윈난의 주요 소수민족인 나시 족의 근거지로 견고한 대리석 바닥과 아름다운 기와지붕들로 이뤄진 리장은 훌쩍 떠나오기가 쉽지 않을 만큼 매력적인 곳이었다. 도시를 병풍처럼 두른 5,596미터의 위룽쉐 산에서 흘러내려온 물이 고성 안을 휘휘 돌다 한밤중 천변의 술집마다 밝혀둔 홍등에 반사되곤 했다. 하지만 이 황홀하고 아름다운 리장도 아직은 '샹그릴라'는 아니지 않던가. 어느 새벽, 박명에 간신히 용기를 내어 뒤도 돌아보지 않고 발을 옮기고서야 겨우 리장을 벗어날 수 있었다.

제대로 포장되지 않은 거친 시골길, 황톳빛으로 흐르던 탁한 강물이 쫓아오던 산길을 통과하면서 버스는 이내 후타오샤 계곡을 지난다. 윈난성에서도 가장 매력적인 트레킹 코스인 후타오샤는 위룽쉐 산과 5,396미터의 하바쉐 산이 서로의 몸뚱이를 부대끼고 밀쳐내 만든 협곡이다. 차창 밖 풍광이 '호랑이가 뛰어넘었다'는 이름이 실감날 만큼 좁고 가파르며 아찔한 느낌이다. 계곡 아래로 흐르는 강물은 '진사 강'이란 이름으로 흐르다가 '양쯔 강'으로 개명하면서 중국의 가장 중요한 곳들을 지난다. 유비, 관우, 장비, 제갈량과 조조가 활약한 『삼국지』, 마오쩌둥이 이끈 '대장정'과 함께한 강의 첫 굽이가 이곳에서 방향을 튼다고 했다. 인도차이나를 흐벅지게 키워주는 메콩 강 상류 '란창 강'이 발원하는 곳도 바로 이곳이다.

그 길을 따라 서너 시간 고도를 높이며 올라가자 곧 중디엔. 중국 정부에 의해 '샹그릴라'라 명명된 도시가 나타났다. 뜻밖에도 샹그릴라의 첫인상은 칙칙하고 어두운 느낌이었다. 샹그릴라에 도착하긴 했는데 해발고도가 3,000미터를 넘은 터라 카메라를 든 손들이 무거워지면서 고산병 증세를 보이는 이들이 속출했다. 그럼 그렇지. 낙원의 속내를 만나는 일이 어디 쉬운 일이겠는가.

빡빡한 스케줄로 인해 『잃어버린 지평선』은 펼쳐들지도 못한 채 배낭에 처박힌 신세가 되었다. 잃어버린 낙원에 대한 이야기는 결국 집에 돌아와서야, 낙원에서 한참 멀어져서야 파헤쳐지게 된다.

1931년 5월 인도 바스쿨 지방에서 일어난 폭동으로 그곳에 거주하던 백인들을 페샤와르로 피난시키기 위해 제공된 비행기에 우연히 4명의 백인이 동승하게 된다. 선교사 브린클로 여사, 도피중인 미국인 바너드, 부영사 맬린슨 대위, 이 책의 주인공으로 피난의 책임을 맡은 외교관 콘웨이가 그들. 일행을 태운 비행기는 수상쩍은 조종사에 의해 엉뚱한 곳으로 향하게 되고 마침내 히말라야 산중에 위태롭게 불시착한다. 그 충격으로 부상을 입은 조종사는 '샹그릴라'라는 알 수 없는 말을 남긴 채 숨을 거둔다. 막막한 산중에 남겨진 일행 앞에 뜻밖에도 한 무리의 티베트인들이 나타나는데 그들 중 영어를 완벽하게 구사하고 런던 사교계의 예법이 몸에 밴 '장'이란 노인이 일행을 샹그릴라로 인도한다. 일행은 평화로운 공동체이자 현대적인 난방시설, 독서실, 음악실 등을 갖춘 라마 사원에서 융숭한 대접을 받으며 그곳 샹그릴라의 비밀을 하나씩 알게 된다.

샹그릴라의 사람들은 보통 200살까지 무병장수로 살며 100살 정도는 아이 취급을 받는다 했다. 절제된 식사와 분쟁 없는 생활, 세상의 모든 종교들이 조화되고 포용되어 가장 완벽한 사상과 도덕을 갖춘 것도 이상향 샹그릴라의 모습이다. 샹그릴라에서 평화로운 시간을 보내게 된 일행은 차츰 그곳에 사는 티베트인 외에 중국인, 유럽인들의 존재도 알게 된다. 꽤 오래전 외부에서 찾아온 외지인들은 낙원 샹그릴라의 평온함에 끌려 그곳에 정착하게 된 사람들이다. 그리고 마침내 1734년 동방선교에 나섰다가 실종된 가톨릭 신부 페로가 이곳에서 150여 년이 넘게 라마교 대승정으로 지내다가 그들 일행을 계획적으로 샹그릴라에 불시착하게 만들었다는 사실도 알게 된다. 대승정 페로의 말에 따르면 서양 문명은 세계대전으로 인해 멸망하지만 이곳 샹그릴라는 신세계의 중심이 된다는 것이다. 마치 구세주인 것처럼 콘웨이를 오랫동안 기다렸다는 승정은 콘웨이에게 "아들이여, 나는 샹그릴라의 자산과 운명을 당신의 손에 넘겨주고 싶소"라는 부탁을 남기고 250세의 삶을 마감한다. 콘웨이는 샹그릴라에 미련을 느끼면서도 동료들 신변에 책임을 느끼고 샹그릴라를 탈출한다. 그러나 곧 의식을 잃고 병원에 입원하고 이내 병원에서 종적을 감추고 만다.

낙원, 혹은 이상향을 만나고 돌아왔다는 허황된 사람들의 이야기는 대부분 비슷한 구조를 갖는다. 불시착으로 인한 낙원과의 만남, 낙원에서의 환대, 낙원의 풍속과 생활상 경험, 낙원의 위기, 그리고 낙원 탈출과 더불어 갑작스럽게 찾아온 조로早老 혹은 기억상실. 『잃어버린 지평선』은 이런 구조에 충실한 작품으로 이상향 소설의 한 전형을 이룬다. 이 작품에 그려진 이상향 샹그릴라는 제2차 세계대전 직전 불안과 절망에 휩싸인 서양인들에게 파고들어 암울한 서구 문명에 대한 대안이자 희망의 상징이 되었다. 루스벨트 대통령은 자신의 별장을 '샹그릴라'라 명명했고 수많은 서양의 호텔, 리조트에도 이 이름이 붙었으며 마침내 영어사전에도 등재되기에 이른다.

히말라야 근처에도 가본 적이 없는 한 영국 작가의 상상력에 의해 그려진 샹그릴라는 이후 많은 사람들이 그곳이 실재할 거란 믿음 내지는 공상을 품게 되면서 '샹그릴라 증후군'을 촉발한다. 인도, 네팔 등 히말라야에 터를 잡은 나라들은 경쟁하듯이 자신들 나라의 한 지역을 샹그릴라로 정해 명명했고, 개방 이후 뒤늦게 샹그릴라 찾기 게임에 나선 중국 정부는 수많은 민속학자, 지리학자, 종교학자로 구성된 탐사대를 윈난, 쓰촨, 티베트 등지로 파견한다. 마침내 1997년 9월, 중국 정부는 샹그릴라가 디칭 티베트 자치구에 존재한다는 학술적인 결론을 발표하고 나아가 윈난 성 '중덴'의 지명을 아예 샹그릴라로 바꾸기에 이른다. 과연 샹그릴라의 위력은 대단한 것이어서 한 해 10만이 되지 않던 중덴의 관광객 수가 10여 년 만에 150만을 넘어섰다 한다. 우리 일행이 도착한 도시가 바로 그곳이다. 그러나 중국 정부에 의해 '되찾아진' 샹그릴라에서 대다수 관광객들은 도시화와 만연한 상술, 환경파괴 등으로 오염되고 파괴된 낙원을 만나진 않았을까. 복낙원復樂園의 희망을 품고 찾아갔다가 실낙원失樂園의 상심을 품고 되돌아가진 않았을까. 그런데 도대체 꿈의 이상향 샹그릴라가 일개 인간의 정부에 의해 지정될 수도 있는 것인가? 샹그릴라 증후군을 촉발시켰으며 수많은 학자들을 갑론을박하게 만든 샹그릴라에 대한 묘사는 다음과 같다.

> 정말 그것은 이상하고 거의 믿을 수 없는 광경이었다. 현란한 빛깔을 뽐내는 일군의 높은 누각이 라인 지방의 성처럼 부자연스런 굳건함이 아니라 험준한 절벽 위에 핀으로 꽂은 꽃잎 같은 우아함을 가지고 산허리에 매달려 있는 것이었다. 그것은 화려하고도 절묘하였다. … 중략 … 아마도 이것은 세계에서 제일 경탄할 만한 산의 경치일 것이라

고 콘웨이는 생각했다. …중략… 사방이 막혀 있어 바람도 없고 라마교 사원의 지배를 받고 있다기보다는 감시를 받고 있다는 편이 더욱 어울릴 것 같은 그 장소는 만일 그곳에 사람이 살고 있다면, 뒤쪽에 치솟아 아득히 높고, 등반이 거의 불가능한 산맥에 의해서 완전히 격절되어 있다는 흠이 있을지언정 콘웨이에게는 그곳에 평화로운 은총으로 가득 찬 땅으로 여겨졌다.

『잃어버린 지평선』 중에서

주인공 콘웨이 일행이 장 노인에 의해 인도되어 처음 샹그릴라와 만나는 이 장면의 묘사를 두고 허황된 꿈을 좇는 여행자들은 배낭을 쌌고 인간의 정부는 막대한 비용과 행정력을 동원해 허황된 욕구들을 경제적 수요로 치환시켰다. 어떤 이는 이 작품을 두고 서양인의 눈에 비친 동양, 즉 오리엔탈리즘의 전형적인 시선이라 말했고 다른 이들은 이를 역이용해 여행자들을 끌어들이는 중국 정부의 상술을 역오리엔탈리즘으로 설명하기도 한다. 소설의 작품성은 차치하고라도 이러한 말썽의 중심에 있다는 것만으로도 문학, 혹은 소설의 무시 못할 힘은 증명된 것 같다.

전체적으로 좀 엉성하다고 느껴지는 이 작품에서 가장 못마땅한 점은 원래 그 자리에 오래전부터 존재해왔을 샹그릴라의 우두머리, 즉 대승정의 자리를 외부(서양)에서 온 여행자 페로 신부에게 맡긴 것이고 또한 그 신부에 의해 역시 서양인인 콘웨이에게로 물려주려 했다는 점이다. 마치 아름답고 이상적인 인디언이나 원주민 공동체에 들어간 백인이 그들의 구세주, 혹은 왕이 된다는 어처구니없는 웨스턴식 발상이 이미 1930년대 옥스퍼드 대학 출신의 소설가가 쓴 소설에서도 발견되고 있다. 그들 백인들은 왜 아름답고 훌륭한 공동체의 우두머리 자리에 백인이 아닌 다른 인종이 들어앉는 걸 참지 못하는 것일까? 참으로 역겹고 아니꼬운 발상이 아닐 수 없다.

사진 실력이 별로 는 것 같진 않지만 열흘가량의 워크숍은 썩 좋은 경험이었다. 십여 년간 겪은 대부분의 여행이 홀몸으로 떠난 것이었는데 조금 다른 방식의 여행을 경험해보니 그것도 나쁘지는 않았다. 윈난 성은 듣던 바대로 아름답고 황홀한 곳이었다. 샹그릴라가 그 땅 어딘가에 따로 있는 것이 아니라 그 땅 전체가 샹그릴라의 느낌을 풍기고 있었다. 어쩌면 샹그릴라란 특정한 땅의 이름이 아닐지도 모른다. 좋은 경험의 이름이거나 좋은 여행의 이름. 여행자가 우연히 겪을 수 있는 최상의 여행과 경험 앞에 샹그릴라란 이름을 붙일 수도 있지 않을까.

최근에 티베트를 간 것은 쓰촨 성 청두에서 북쪽으로 올라가 티베트 6대 사찰 중 하나인 라브랑스와 랑무스 등을 만나고 온 여행이었다. 이쪽은 티베트에서도 가장 거친 '암도 티베트'의 일부로 중국 정부의 탄압에 가장 먼저, 가장 극렬하게 맞선 땅으로 유명하다. 그 여행 얼마 뒤 꽤 격렬한 티베트 독립 시위가 벌어졌다는 뉴스를 접했다. 세계대전 때만 해도 허물어져가는 서양 문명의 대안이자 희망으로 여겨졌던 샹그릴라의 땅이 이제는 서양 문물을 받아들인 문명에 의해 파괴되고 사라져가고 있다. 탐욕과 파괴의 존재인 인간에게 낙원이란 언제나 과분해 보인다.

그렇더라도 나는 이 가을에 몇 권의 책을 읽을 것이다。 술술 읽히는 책 말고 읽다가 자꾸만 덮어지는 그런 책을 골라 읽을 것이다。 좋은 책이란 물론 거침없이 읽히는 책이다。 그러나 진짜 양서良書는 읽다가 자꾸 덮이는 책이어야 한다。 한두 구절이 우리에게 많은 생각을 주기 때문이다。 그 구절들을 통해서 나 자신을 읽을 수 있기 때문이다。 이렇듯 양서란 거울 같은 것이어야 한다。 그래서 그 한 권의 책이 때로는 번쩍 내 눈을 뜨게 하고。 안이해지려는 내 일상을 깨우쳐준다。

:: 법정 『무소유』 중에서

산은 내게 내려오지 않는다
내가 산을 찾아가야 한다

_네팔 히말라야 | 『인듀어런스』『희박한 공기 속으로』

>

가장 힘든 싸움은 자신과의 싸움이라는 말. 진부하다, 하지만 진실이다. 나보다 조금 더 강하고 나보다 조금 더 집요한 그 자와 결판을 내기 위해 안나푸르나로 향했다. 그가 죽거나 내가 죽거나, 살아남은 자가 죽은 자의 무덤을 만들어주기로 했다. 그런데 아, 안나푸르나는……

늙고 병들어 삶에 의미가 없어졌다 느끼게 될 때라도 나는 괜찮다, 괜찮다 할 것이다.
안나푸르나가 보이는 페와 호숫가 집으로 마침내 은둔하러 떠날 때가 왔다 생각할 것이기에.

'곡식(안나)이 풍요로운(푸르나)' 땅이라는 뜻의 설산, 그 아래 마을에서 무럭무럭 자라나는 것은 평화였다. 세상 모든 땅에서 손톱만큼도 자라지 않던 그 평화 말이다.

옥수수와 감자가 많던 안나푸르나의 산골 마을들.
히말라야의 거친 자연보다는 생에 감사하는 따뜻한 사람들을 더 많이 만났다.
그들과 우리 중 누가 더 행복할까?

나의 짐을 함께 들어주고 말동무가 되어주었던 포터 겸 가이드 '단' 아저씨.
맨발로 일을 시작한 16세 소년은 어느덧 안나푸르나와 함께 마흔을 넘긴 늙은 포터가 되었다.

돌아보면 우리가 용맹하게 지나온 길은 아름다운 풍광으로 변해 있다.
그러니 쓸데없는 생각 말고 오를 것. 오늘 밤, 어린 시절 헤어진 별을 다시 만날지도 모르는 것 아닐까!

내가 찾아다닌 것은 별이었다.

내 모든 여행은 별을 찾아 나선 여행이었다. 어릴 적 시골 할머니댁 대청마루에서 새벽 요강을 잡고 잠지를 탈탈 털 때 문득 기척을 느껴 올려다보면 일제히 나를 빤히 내려다보고 있던, 한 뼘 마당에 가득했던 별들. 산골 초소에서 손바닥이 찰싹 달라붙을 만큼 차디찬 M16 소총을 붙잡고 초병근무가 끝나기만을 간절히 바라고 있을 때 문득 머리 위로 가냘픈 비명을 지르며 사라져간 별똥별들. 그걸 다시 만나러 가는 길, 그것이 내겐 여행이었다.

대학 2학년 겨울, 내 인생에 처음 산다운 산을 만났다. 쌓인 눈이 허벅지까지 차오르던 그 겨울 지리산은 우리 국토에서 만난 가장 춥고 시린 곳이었다. 뱀사골로 올라가 능선을 종주해 천왕봉에 오른 뒤 중산리로 내려간 2박 3일의 산행이었는데 첫 산행치고 몹시도 무모하고 혹독했다. 첫 밤, 뱀사골 산장에서 잠을 자는데 살을 엘 듯한 바람이 벽을 뚫고 꾸역꾸역 틈입해 들어왔다. 양말 세 겹에 가져온 옷들을 죄다 껴입고 오리털 파카를 입은 뒤 모포를 몸에 둘둘 말아 침낭 안에 들어갔다. 한기를 이기기 위해 소주를 병째 벌컥벌컥 마시고 잠들었는데 술기운이 사라지자 더는 잠을 잘 수 없었다. 새벽 2시도 채 안 된 시간이었다. 산장 안에서 오들오들 떨다가 견디지 못하고 슬며시 문을 열고 나섰다. 아! 그때, 내 머리를 쥐어박듯 산 그림자가 만든 좁다란 밤하늘에 반짝반짝 폭죽을 터뜨리며 명멸하던 별무리들! 손을 뻗으면 몇 개는 움켜잡을 수 있을 것 같았다.

그 뒤 제법 우리나라 구석구석을 여행했지만 그 별무리들을 다시 만날 수가 없었다. 별들이 모두 이민이라도 간 모양이라며 바다를 건너가 보았지만 역시나 쉽게 찾을 수가 없었다. 히말라야로 향하던 그 여행에서도 나는 그 별들을 다시 만나리란 실낱같은 희망을 버리지 않았다.

안나푸르나로 넘어가기 전 네팔의 수도 카트만두에서 여장을 풀며 하릴없이 시간을 보냈다. 여행자 거리인 타멜의 헌책방에서 히말라야 관련 책들을 뒤적였고 당시로선 드물고 귀중해 보였던 히말라야 트레킹 루트가 상세히 기록된 책을 구입하기도 했다. 유독 2권의 책이 자주 눈에 들어왔다. 『Into thin air』와 『Endurance』란 제목의 책이다. 두 책 모두 책방마다 흔히 보였고 그것도 눈에 잘 띄는 곳에 진열된 까닭에 여행자들, 특히 트레커들에게 인기 있는 책이란 걸 알았다. 훗날 한국에서 번역본을 발견하게 되어 뒤늦게 그 책들을 읽었다.

『희박한 공기 속으로』란 제목으로 번역된 앞의 책은 상업적인 여행사에 의해 에베레스트 정상 등반에 나섰다가 사고로 일행을 잃은 아마추어 산악인의 실화를 담고 있고, 후자는 원제 그대로 『인듀어런스』라 번역된 책으로 20세기 초 남극 원정에 나섰다가 난파된 탐험대의 시련과 모험을 담고 있다. 전문 산악인도 아니고 이런 책들이 얘기하는 바가 쉽게 짐작이 가는 터라 즐겨 읽진 않지만 두 책 모두 생생한 경험과 준엄한 교훈을 담은 수작들이다. 히말라야 8,000미터급 14좌를 최초로 완등한 전설적 산악인 라인홀트 메스너의 책들을 제외하고 히말라야 트레킹에 추천할 책이 있다면 이 책들 정도다. 특히 『인듀어런스』는 그 제목을 되뇌는 것만으로도 가슴이 뭉클해진다. 이 책은 모험과 여행을 쫓는 사람뿐만 아니라 삶에 지친 사람, 희망이란 말을 더는 믿지 않는 사람들에게도 권할 만하다. 어린이, 청소년, 일반인들에게도 두루 권할 수 있는 책이 있다면 이런 종류의 책이 아닐까.

『인듀어런스』는 1914년부터 1916년까지 남극 인근 해안에서 있었던 실화를 기록한 책이다. 아문센, 스콧 등 당시 남극 탐험 경쟁이 불붙었던 시기에 또 한 명의 위대한 탐험가 어니스트 섀클턴 경은 새로운 탐험 계획을 세우고 그 모험에 동행할 선원과 튼튼한 배를 구한다. 까다로운 면접 끝에 26명의 선원이 결정되고 튼튼하게 제작된 노르웨이산 극지탐험용 배 '인듀어런스'를 얻게 된다. 그의 목표는 인듀어런스호를 타고 남극에 도착해 남극을 횡단한 뒤 대륙 반대편 바다로 빠져나오는 실로 엄청난 계획이었다. 제1차 세계대전이 시작되던 즈음 인듀어런스호는 영국을 출발, 남미 대륙을 거쳐 마침내 1914년 12월 5일 남극에서 멀지 않은 사우스조지아 섬 포경기지를 시작으로 본격적인 항해에 나선다. 그러나 그들을 기다리고 있는 것은 상상할 수 없는 시련과 고통이었다.

출항 한 달 만에 부빙들에 완전히 갇혀버린 인듀어런스호는 다시 날이 따뜻해져 길이 열리기만을 기다리며 길고 캄캄한 남극의 겨울을 난다. 9개월여 만에 다시 물길이 열리지만 남극의 혹한과 엄청난 얼음의 공격은 늠름했던 인듀어런스호를 산산조각내 침몰하게 만들고 집과도 같았던 배를 잃은 선원들은 시련과 혹한 속에 내던져진다. 방향 없이 떠다니는 부빙을 탈출해 인듀어런스호에서 건진 작은 보트를 타고 사력을 다한 끝에 1916년 4월, 남극 대륙 끝 엘리펀트 섬에 일행은 발을 딛는다. 497일 만에 처음 딛는 (부빙이 아닌) 육지지만 그들을 기다린 건 바닥난 식량과 보이지 않는 희망뿐. 물개와 펭귄을 잡아먹으며 연명하던 어느 날, 대장 섀클턴은 위험천만한 도박을 감행한다. 그는 대원들 중 가장 용맹한 5명과 함께 초라한 나무보트를 타고 1,000킬로미터 떨어진 사우스조지아 섬 기지로 구원을 요청하기 위해 불가능한 항해를 떠난다. 항해에 실패하면 대원들 모두는 괴멸할 수밖에 없게 된다. 22명 대원을 남겨두고 얼어붙은 폭풍의 바다로 떠나기 직전, 다시 만나게 될지도 모를 부대장 프랭크 와일드에게 남긴 섀클턴의 편지는 가슴 뭉클하다.

사우스조지아 섬까지의 이번 여행에서 내가 돌아오지 못한다면, 남은 대원들의 구조에 최선을 다해주기 바랍니다. 이 배가 엘리펀트 섬을 떠난 그 순간부터 당신이 모든 권한을 가지며 전 대원이 당신의 명령을 따르게 될 것입니다. … 중략 … 당신을 믿습니다. 당신의 삶과 인생에 하나님이 함께하길 빕니다. 나를 아는 모든 사람들에게 사랑했다는 말과 내가 최선을 다했다는 말을 전해주기 바랍니다.

『인듀어런스』 중에서

6명의 항해자는 배를 삼킬 듯한 파도와 얼어붙은 바람을 뚫고 잠과 휴식 없는 항해를 계속해 마침내 16일째 되는 날, 사우스조지아 섬과 기적적으로 만난다. 그러나 바람과 기류 때문에 기지 반대편의 해안에 정박한 그들. 끝나지 않은 절망 속에서 섀클턴은 다시 부하 2명과 함께 상상도 못할 얼음의 산악지대 너머에 있는 기지를 향해 출발한다. 36시간 이상 휴식 없는 위험한 강행군 끝에 18개월 만에 처음으로 사람의 마을에 도착한 섀클턴 일행. 일 년 반 전 인듀어런스호가 기지를 떠날 때 그들을 배웅했고 그들이 모두 죽은 줄 알았던 기지 책임자는 그 앞에 나타난 시커먼 사람들이 섀클턴 일행이란 걸 안 순간 조용히 흐느껴 운다. 독자의 눈시울도 뜨거워진다.

1916년 8월 30일, 엘리펀트 섬에서 짐승 같은 삶과 희망 없는 나날을 보내던 22명 대원들 앞에 기적처럼 배 한 척이 다가오고 자신들을 버리지 않은 대장과 조우하는 순간 사내들은 모두 울음을 터뜨린다. 멀어져가는 엘리펀트 섬을 바라보며 대원들은 지옥 같던 지난날들을 다음과 같이 회상한다.

안개 속으로 섬의 봉우리가 사라져가는 순간, 우리에게 많은 것을 베풀어주었던 저 땅을 영원히 떠난다는 슬픔이 밀려왔다. 우리가 있었다는 것을 보여주는 유일한 흔적인 오두막을 이제는 펭귄들이 드나들며 둘러볼 것이다. 이제는 저 멀리 사라진 엘리펀트 섬.

『인듀어런스』 중에서

당시 섀클턴의 심정은 푼타아레나스에 도착해 아내에게 보낸 편지에 잘 나타나 있다.

"드디어 해냈소. 한 사람도 잃지 않고, 우리는 지옥을 헤쳐 나왔소."

『인듀어런스』 중에서

책의 말미엔 탐험의 후일담이 기록돼 있다. 이 위대한 탐험의 몇 년 뒤 다시금 극지방에 도전하기로 마음먹은 섀클턴은 옛 대원들을 불러 모으고 대원들은 그 부름에 한걸음에 달려와 다시 한 번 탐험에 나선다. 그러나 위대한 대장은 탐험 초반에 심장마비로 사망하고 아내의 뜻에 따라 사우스조지아 섬에 묻힌다. 영광은 재현되지 않았다. 인생에 허락된 진정한 여행은 그렇듯 단 한 번뿐인 것인가. 20세기 가장 위대한 인간 승리의 드라마는 그렇게 끝을 맺는다.

대지진으로 무너진 건물, 추락한 항공기 잔해 속에서 며칠, 몇 주일을 견뎌내고 살아난 사람들에 관한 뉴스는 눈시울을 뜨겁게 한다. 사막이나 극지에서 한계를 넘어선 사람들의 소식은 또 어떠한가. 사람은 터무니없이 쉽게 죽거나 멸망하기도 하지만 때론 믿기지 않는 위대한 생명력을 보여주기도 한다. 우리가 섀클턴과 인듀어런스호의 모험에서 느끼는 감동도 그런 것이다. 이 책은 지극히 간결하고 덤덤한 문체로 서술된다. 선원들의 일기와 기록을 재구성해낸 책에서 저자의 생각과 감정은 극히 절제돼 있다. 위대한 진실 앞에 기교 없는 간결한 문체야말로 가장 효과적인 기록의 방법이 아니겠는가. 책을 더욱 위대하게 만드는 데에는 뜻밖에도 인듀어런스호에 탑승한 사진가 프랭크 헐리가 찍은 사진들의 공이 크다. 그는 인듀어런스호의 출항부터 시련, 침몰의 순간은 물론 펭귄 껍질을 벗겨 연명하는 처참한 생활상, 섀클턴과 5명의 동료가 엘리펀트 섬을 떠나고 돌아오는 모습 등을 사진에 담아 마치 기록영화를 보는 듯한 생생함을 살려냈다. 어떤 순간에도 절망하지 말라는 메시지를 인간에게 보내기 위해 신이 유능한 이 사진가를 그 배에 탑승시키기나 한 것처럼.

사진가 외에도 26명의 선원 가운데는 목수, 요리사, 의사, 조각가, 물리학자, 천문학자, 생물학자 등 다양한 직업의 사람들이 탑승한다. 이렇듯 다양한 인간 군상이 함께 시련의 한가운데 추락했음에도 불구하고 섀클턴의 위대한 리더십 아래 하나로 뭉쳐 전대미문의 절망을 이겨냈다. 극한 상황 속에서 인간이 얼마나 추악해질 수 있는가를 보여주었던 소설들, 이를테면 윌리엄 골딩의 『파리대왕』이나 얀 마텔의 『파이 이야기』 같은 작품의 주장과 반대편에 서 있다는 점에서 이 책의 위대함은 더 빛난다. 그것도 상상력에 의한 허구가 아니라 가감 없이 준엄한 실화로써 말이다.

섀클턴과 인듀어런스호에 관해선 많은 책들이 나와 있다. 이 책 말고도 『섀클턴의 위대한 항해』 『섀클턴의 서바이벌 리더십』 등의 책들이 같은 이야기를 담고 있다. 산악인 엄홍길은 어느 방송에서 자신의 추천도서로 『섀클턴의 위대한 항해』를 꼽은 바 있다. 내가 읽은 『인듀어런스』는 헐리의 사진이 빈틈없이 삽입돼 있어 판형이 크고 무겁다. 여행에 가져가긴 불편하지만 그렇다고 사진이 주는 맛을 포기할 순 없다. 여행 배낭에라면 『섀클턴의 위대한 항해』 쪽이 더 맞춤해 보인다.

『희박한 공기 속으로』 역시 에베레스트를 등반한 아마추어 산악인의 증언이 생생하게 기록된 르포 문학이다. 히말라야 산행이 상업화되면서 돈만 있으면 정상 정복이 가능해진 이 시대에 자연의 무자비한 경고를 담고 있다. 이외에도 탐험과 산에 관해 떠오르는 책들은 한두 권 더 있다. 미국 동부 애팔래치아 트레일을 종주한 빌 브라이슨의 유쾌한 산행기 『나를 부르는 숲』은 산과 숲, 자연에 대한 생각들이 살아 있다. 『둔황』의 작가 이노우에 야스시의 『빙벽』은 빙벽산행이라는 독특한 소재를 다룬 소설로 함께 산에 오르다 죽은 친구와의 우정이 눈물겹게 펼쳐진다. 위대한 산악인 라인홀트 메스너의 책들은 읽어보진 못했지만 녹록한 책들이 아니란 걸 들어 알고 있다.

7월 안나푸르나 산행은 별을 보기에 적합하지 않았다. 산허리를 둘러싼 몬순의 비구름이 시야를 가리는 여름은 히말라야 산행의 비수기다. 안나푸르나 산군과 마차푸차레 봉의 영롱한 모습도 구름에 가려 보이지 않고 대신 3,000미터 내외의 밀림에서는 창궐하는 거머리떼의 생지옥을 경험해야 한다. 하지만 하루 5분 남짓 위태롭게 드러난 봉우리와 거기서도 만날 수 없었던 별들을 원망하진 않았다. 베이스캠프에 섰을 때, 주변을 뱅 둘러 나를 내려다보던 위대한 안나푸르나의 포근함. 시인의 말마따나 그들이 내게 내려오지 않기에 내가 그들을 찾아 나섰고 마침내 그 앞에 무릎을 꿇었다. 산의 법문을 듣고 내려오는 길에 멀리서부터 구름이 걷히고 있었다.

희망은 여행 중에만 존재할 수 있다。

:: 콜럼버스

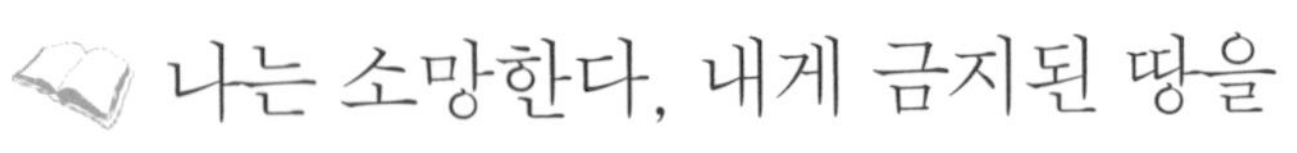

나는 소망한다, 내게 금지된 땅을

_라다크, 카슈미르 | 『자정의 아이들』

라다크는 내게 전설이었다. 그곳에 관한 수많은 풍문이 있었고 수많은 회고가 있었다. 그곳을 회상하는 사람들의 눈동자는 하나같이 깊고 그윽했다. 라다크를 밟지 못했다면 평생 신의 목소리를 듣지 못하게 될 지도 모른다는 생각이 들었다. 마음의 행장은 이미 오래전부터 꾸려 있었다.

8개월 동안 지속되는 영하 30도 내외의 끔찍한 겨울.
세상에서 가장 척박한 땅인데 라다크인들의 그 알 수 없는 미소는 대관절 뭐란 말인가!

"나를 바라보는 그 노승의 얼굴을 사진에 담고 싶어졌다. 노승의 눈동자에 나 자신이 보이는 것 같았기 때문이다."(후지와라 신야, 『동양기행』 중에서) 리키르 곰파에서 만난 노승.

축제를 보면 그 마을 사람들의 성정과 마음, 눈물과 삶 따위가 보인다.
누브라밸리 수무르 마을의 축제에 우연히 끼게 되었다. 어느새 저녁이 내려앉는 것도 모른 채.

칠흑 같은 어둠을 뚫고 라다크에서 카슈미르로
가파른 고갯길을 넘어가던 밤, 하얀 달이 내내 지프를 좇아왔다.
밤의 찻집에서 허기진 배를 채웠다.

카슈미르의 수도 스리나가르 한복판에 넓게 자리 잡은 달 호수。
배를 타고 거슬러 올라가면 삶과 죽음의 시원을 만날 수 있을 것 같았다。
노 젓는 소리만 가득했던 호수의 저녁。

천 가지 욕망을 채우는 것이 중요하냐, 한 가지 욕망을 이겨내는 것이 중요하냐.

영화 〈삼사라〉 중에서

어떤 땅이 가까워지면

여행자는 경전을 짊어지고 탁발의 팍팍한 길을 걸어가는 행자의 마음이 된다. 라다크의 수도 레를 앞둔 해발 5,060미터의 떠글랑 라 고개를 넘을 때 오래전 본 영화에서 툭 던져졌던 화두 하나가 그제야 가난한 가슴팍에 깃들었다. 라다크의 자연이 황홀하게 펼쳐졌던 그 영화에서 3년 토굴 수행을 훌륭히 마친 젊은 승려는 그만 아름다운 마을 처녀에게 반해 욕망을 이겨내지 못하고 한순간 도로아미타불의 길을 걷게 된다. 그녀와 결혼하여 가정을 이루게 되지만 순탄치 못한 속세의 삶은 결국 그를 다시 부처의 품으로 돌려보낸다. 『삼국유사』의 「조신지몽」이거나 안성기와 황신혜가 등장했던 (이광수 원작의) 영화 〈꿈〉의 라다크 버전인 셈이다. 그런데 그 화두란 것이 내겐 다른 각도로 마음에 파고든다. 천 가지 채울 수 있는 욕망보다 이겨내기 어려운 한 가지 욕망을 가슴에 품고 산다는 것은 얼마나 근사한 일일까? 여행자로 따진다면 그것은 위험천만하지만 황홀하기 그지없다는 세상의 어떤 여행지를 꿈꾸는 일쯤이 될 것이다. 레 시내가 아득하게 내려다보이는 5,000미터급 고갯길을 넘을 때 이기기 힘든 욕망 하나가 찾아와 나를 혼란스럽게 했다. 그 욕망의 이름은 라다크와 이웃한 금단의 땅 '카슈미르'였다. 파키스탄과의 오랜 갈등으로 늘 전쟁의 중심에 있는 카슈미르. 언제 처음 그 땅이 내 마음에 박혀왔는지 기억나지 않지만 첫 인도 여행 때부터 그곳을 꿈꾸고 기웃거렸으며 그때마다 결국 욕망을 억눌러야 했다. 이번 여행에도 일정에 없던 곳인데 살만 루시디의 『자정의 아이들』을 읽다가 그만 울컥, 그 땅이 가고 싶어졌다. 전쟁의 포화가 잠시 주춤해 있다는 소식도 들려왔다. 카슈미르란 이름이 차츰 이겨내기 힘든 욕망으로 자라나기 시작했다.

레에 도착해 호텔을 잡자마자 기갈 든 사람처럼 샤워기 앞에 섰다. 시린 물줄기가 을씨년스럽게 몸을 훑었다. 여행의 현실이 엄습했다. 8개월간 지속되는 영하 30도 혹한의 겨울이 끝나면 라다크에 손바닥만큼 짧은 여름이 찾아오고 수도승 같은 수많은 여행자들이 몰려든다고 했다. 라다크에 대해 처음 들은 건 꽤 오래전 일이다. 일찌감치 인도를 다녀온 지인의 이야기 속 라다크는 험준한 히말라야 설산이 겹겹 둘러싸인 미지의 땅보다 한참 더 깊숙한 안쪽에 있어야 했다. 신이 허락한 자만이 간신히 발을 들일 수 있는 땅. 가장 높이 떠가는 구름과 새들만이 잠시 훔쳐보았을 땅. 그때는 라다크가 이겨내기 힘든 욕망의 땅이었다. 라다크로 오르는 길, 그러니까 지난 이틀간 넘어온 하늘 길은 당시로선 차가 다니는 가장 높은 길로 불렸다. 그 길에 대해 후지와라 신야는 『티베트 방랑』에 다음과 같이 적고 있다.

> "수없이 구부러진 지옥의 벼랑을 올라가고 내려오고, 또 올라가고 내려오고…… 사백사십오 번째의 높고 위험한 커브 모퉁이에서 한쪽 차(버스) 바퀴가 별안간 가까스로 길 끝에 걸리며 으아 멈춰선 그 찰나, 차 바퀴에 튀어나간 돌멩이가 나락의 어둠 속 골짜기 저 아래로 떨어지며 소리 없이 일어나는 하얀 흙먼지 – 이때 겁쟁이 열한 사람, 눈을 감고 자신들의 신에게 매달리고. 이때 대장부 네 사람, 몸을 내밀어 골짜기 아래를 쳐다본다. 이때 욕심쟁이 상인 하나, 자신의 짐을 꽉 끌어안고. 이때 자비로운 어머니 한 사람, 자신의 아기를 꼭 끌어안고. 이때 겁 없는 한 사람, 막 과자를 입 속에 미어지게 몰아넣고. 이때 직

업인 한 사람, 눈을 감고 소리 없는 쪽으로 카메라를 들이대고……"

『티베트 방랑』 중에서

그 길에서 오래전 라다크를 꿈꾸었던 한 사람은 심하게 고산병을 앓아 첫날밤 하얀 달이 눈을 부릅뜨고 내려다보던 히말라야 텐트촌 한구석에 그 오후에 먹은 것을 다 게워냈다. 고행의 길이었지만 이튿날 레에 도착함으로써 오랫동안 이겨내지 못했던 욕망 하나를 채워낸 셈이다.

삶과 죽음의 경계를 넘나들던 후지와라 신야의 여행기와 라다크의 황홀한 자연을 스크린 가득 담아낸 영화 〈삼사라〉 말고도 라다크로 이끈 것들은 몇 가지가 더 있다. 무엇보다 의도와는 다르게 '라다크'를 세상에 널리 알려버린 책 『오래된 미래』가 있고, 묵직한 저음의 가수 레너드 코헨이 내레이션을 맡은 NHK 다큐멘터리 〈티베트 사자의 서〉도 그곳 라다크에서 만들어졌다. 1974년 인도 정부에 의해 세상에 모습을 드러낸 이 땅은 북부 히말라야의 황홀경과 티베트 문화에 대한 동경으로 해마다 많은 여행자를 불러들이고 있다. 중국에 의해 티베트 본토가 철저히 은폐돼 있던 무렵, 라다크는 티베트의 끝자락을 엿볼 수 있는 '작은 티베트' 역할을 톡톡히 해왔다.

샤워를 마치고 시내 여행사를 찾아가 여정을 짰다. 복잡한 관광지가 되어버린 레를 벗어나 일단 더 깊숙한 오지인 누브라밸리를 사흘간 다녀오기로 했다. 모든 질문과 예약이 끝난 뒤에도 여전히 머뭇거리고 있는 내게 직원이 더 도와줄 게 없냐고 묻는다. "혹시…… 카슈미르 쪽으로 갈 수 있겠습니까?" 여행사 직원이 알 수 없는 웃음을 지어 보인다.

그 여행에 걸머지고 온 책은 살만 루시디의 『자정의 아이들』이다. 이 책은 헌책방에서 발견한 이래 몇 번 읽기를 시도했다가 앞머리에서 그만둘

만큼 잘 읽히지 않았다. 노벨문학상, 콩코르상과 함께 3대 문학상에 속하는 영국의 부커상을 이미 30여 년 전에 수상했고 역대 수상작 중 최고를 가린 '부커 오브 부커스'에 꼽힌 이력을 갖고 있다. 인도의 신화와 종교, 역사가 뒤엉킨 이런 책이 그에 대한 지식이 부족한 이국의 땅에서 쉽게 다가오긴 힘들었는데 비로소 인도의 탁한 공기와 역한 마살라(인도 요리에 사용되는 혼합 향신료) 냄새 속에서야 책은 비로소 빗장이 풀린 것처럼 내밀한 매력을 풀어내기 시작했다. 그런데 이 책이 '스리나가르'라고 하는 오래된 욕망 하나를 마음속에서 끄집어 낼 줄이야!

『자정의 아이들』은 스리나가르 한가운데 넓게 자리 잡은 달 호수를 배경으로 작은 쪽배 '시카라'를 저어 오는 늙은 뱃사공의 이미지로 시작된다. 독일 유학을 다녀온 젊은 의사 아담 아지즈가 뱃사공에 의해 병든 지주의 딸에게 인도되고 그녀를 치료하다가 그녀와 결혼하게 되면서 한 집안의 역사가 시작된다. 삼대에 걸친 이 집안의 역사가 아담의 손자이자 화자인 살렘 시나이에 의해 서술된다. 그러면서 소설의 배경은 인도의 가장 중요한 도시들인 스리나가르와 암릿차르, 아그라, 델리를 거쳐 뭄바이까지 다다른다. 주인공인 살렘 시나이가 태어난 시간은 인도가 영국으로 독립하게 된 바로 그 시각, 즉 1947년 8월 15일 자정에 정확히 일치한다. 독립을 축하하듯 정각에 태어난 살렘의 기묘한 탄생으로 "내 운명은 조국의 운명과 불가분의 공동체가 되고 말았다"는 대목에서 이 소설이 인도 현대사에 대한 우화가 될 것임을 암시한다. 한 가족을 통해 현대사의 굴곡을 그린 이런 구조는 루시디의 다른 명작인 『무어의 마지막 한숨』에도 이어진다. 가브리엘 마르케스의 『백년 동안의 고독』이나 이사벨 아옌데의 『영혼의 집』 등 한 가족의 가계를 역사와 병치시킨 구성과 초현실적인 문체는 '마술적 리얼리즘'이란 장르 아닌 장르를 탄생시키는데, 루시디는 이런 재주에 탁월하다.

루시디의 '마술'은 마르케스나 귄터 그라스에도 비견되고 그의 입심은 『슬럼독 밀리어네어』나 『화이트 타이거』 같은 최근 인도 소설에까지 흔적을 보인다. '마술적 리얼리즘'의 인도 버전이라 할 수 있는 루시디의 소설을 읽노라면 마살라와 헤시시, 힌두와 요가, 악몽과 환상 따위가 버무려져 몽롱한 느낌에 휩싸이게 된다. '캐시미르(카슈미르)에 찾아오는 사람은 인생을 즐기기 위해 오든가 끝내기 위해 온다.' 라다크로 넘어오던 고갯길에서 이 구절을 만난 순간, 카슈미르는 그만 거부할 수 없는 욕망이 되어버리고 만 것이다.

2박 3일간의 누브라밸리 트레킹에는 독일인 에곤 씨 노부부가 함께 했다. 친절한 테레사 아줌마와는 달리 에곤 씨는 무뚝뚝한 남자였다. 에곤 씨는 다섯 해 전 라다크를 혼자 여행했고 다시 가고 싶은 곳 맨 앞머리에 누브라밸리를 놓았다. 노부부는 누브라밸리에 다녀온 뒤 잔스카르 계곡을 따라 20여 일가량의 트레킹을 또 떠날 거라 했다. 꽤 긴 휴가로군, 하고 생각했는데 나중에 테레사 아줌마가 말해줬다. 자신들은 이제 늙어 은퇴해서 집에 돌아가도 딱히 할 일이 없다고.

레에서 차를 타고 반나절이 걸리는 누브라밸리는 인도의 최북단에 있다. 카라코람 산맥이 드라마틱하게 펼쳐진 계곡에는 소박하고 평화로운 마을 몇 개가 들어서 있고 8개월의 혹독한 겨울이 끝나 제철이 돌아오면 어김없이 살구와 사과가 열린다. 누브라밸리 여행 중 가장 훌륭했던 경험은 수무르 마을에서 우연히 만난 마을잔치였다. 골목을 따라 내려오다가 담 너머로 들려오는 풍악 소리에 걸음을 멈춰 섰다. 줄잡아 이삼 백여 명쯤 되는 마을 사람들이 마당에 빽빽이 모여 한바탕 축제를 벌이고 있었다. 입구에 있던 노파가 우리 손을 끌어 마당으로 안내했고 내남없이 축제에 끼어들게 되었다. 마당 뒤편 천막으로 가린 곳에 여인들이 대기하고 있다가 차레가 되면 무대로 나와 노래와 춤을 선보였다. 어린 계집아이들도 수줍게 노래를 불렀고 나이 지긋한 노파들은 한데 어울려 춤 같지 않은 느릿한 걸음걸이의 전통춤을 보여주기도 했다. 마을 사람들이 그들의 술인 '창'과 보리떡을 아낌 없이 건네주었다. 『오래된 미래』의 노르베리 호지 여사가 30여 년 전 잃어버렸다는 라다크의 풍경을 여기 친절하고 행복에 넘치는 사람들에게서 찾아낸 듯했다.

누브라밸리에서 돌아온 뒤 라다크 구석구석을 헤매다녔다. 레 인근의 라마유르, 알치, 리키르, 헤미스, 틱세이 등 유명 곰파(사원)들을 여행했고, 푸르른 판공쵸 호수에 발을 담갔다. 마침내 카슈미르행 지프가 시동을 걸었을 때 밖은 어둠이 내려앉았고 마음엔 초조함이 먹구름처럼 지펴졌다. 출발 전 불길한 소식이 레 시내에 일제히 퍼진 것이다. 레 사람들의 얼굴에 격앙된 감정이 읽혔고 레의 모든 상점들이 다음날 문을 닫을 것이라 했다. 여행사 직원에게 까닭을 물으니 바로 어제의 일인데, 스리나가르에서 레로 올라오던 차에서 말다툼이 벌어져 차에 타고 있던 카슈미르 군인이 라다크 운전수를 권총으로 살해했다는 것이다. 군인은 아직 잡히지 않았으며 상점들이 문을 닫는 것은 안전을 위한 조치라 했다. 카슈미르는 역시 낭만적인 이름이 아니었다.

카슈미르가 이처럼 위험천만한 땅이 된 데에는 1947년 독립과 함께 진행된 인도-파키스탄 분단의 뼈아픈 역사가 자리 잡고 있다. 우리의 분단이 '이데올로기' 때문이라면 인도-파키스탄의 분단은 힌두-이슬람 간 종교적 충돌에서 비롯되었다는 점이 다르다. 이런 과정을 거치며 카슈미르는 세상에서 가장 위험한 땅 중 하나가 되었고 갈등은 아직 지혜롭게 해결되지 못하고 있다. 쿠쉬안트 싱의 역작 『파키스탄행 열차』에는 이러한 분단의 비극이 섬뜩하고도 통렬하게 묘사되고 있다. 많은 학자들이 핵전쟁의 위험이 가장 높은 땅으로 이 지역을 꼽는 것도 무리가 아니다. 『오래된 미래』의 서문에서 온화했던 한 라다크 할머니가 내뱉었다는 말을 들으면 모골이 송연해진다. "이슬람교도들을 다 죽여버려야 할 것 같아요. 그렇지 않으면 그 사람들이 우리를 죽여버릴 테니까요."

칠흑 같은 어둠을 뚫고 지프는 불안과 공포, 혹은 그 안에 진주 같은 아름다움을 감추고 있을 미지의 땅을 향해 헤드라이트를 켜고 질주했다. 머지않아 라다크와 카슈미르를 가르는 '조지 라' 고개를 넘게 될 것이다. 문득 귓가에 비장한 듯 박력이 넘치는 전자기타의 리프가 희미하게 들려오기 시작한다. 레드 제플린의 〈카슈미르Kashmir〉! 순간, 고등학교 시절 친구의 워크맨을 통해 그 노래를 들었던 오후가 떠올랐다. 카슈미르란 이름이 처음 박혀온 것도 바로 그 오후였다. 지미 페이지의 노련한 기타 반주 위로 로버트 플랜트의 흐느적거리는 보컬이 막 시작되려 하고 있다.

태양이 얼굴에 부딪치고 별들이 내 꿈을 채운다. 당신을 그곳으로 데려가게 해주세요.

레드 제플린 노래, 〈카슈미르〉 중에서

지쳐버린 많은 사람들은 그동안 자기 자신에게 시간을 주지 않았다. 일을 잠시 멈추고 자신들의 영혼이 따라올 시간을 주지 않은 것이다. 자신에게 시간을 충분히 주는 것은 단순하면서도 꼭 필요한 일이다. 모든 일을 잠시 내려놓고, 그동안 무시했던 그대의 영혼이 다시 그대를 만나게 하라. 그것은 그대의 잊혀진 신비와 다시 가까워지는 멋진 일이다.

:: 켈트인의 속담

신으로 산다는 것은 어렵다

_인도 | 『신들의 사회』 『슬럼독 밀리어네어』

내 책상 앞에는 류시화의 '노프라블럼 명상법'이 붙어 있다. 어떤 순간에도 '노프라블럼(문제없어)!'이라고 말하라는 게 그 요지다. 프라블럼problem이 너무도 많았던 인도에서 가장 많이 들었던 말, "노 프라블럼!". '노 프라블럼'은 여행 뒤 내 삶의 모토가 되었다. 종교로, 자연으로, 눈물로 인도는 여행자를 가르친다. 인도는 '여행자의 학교'다.

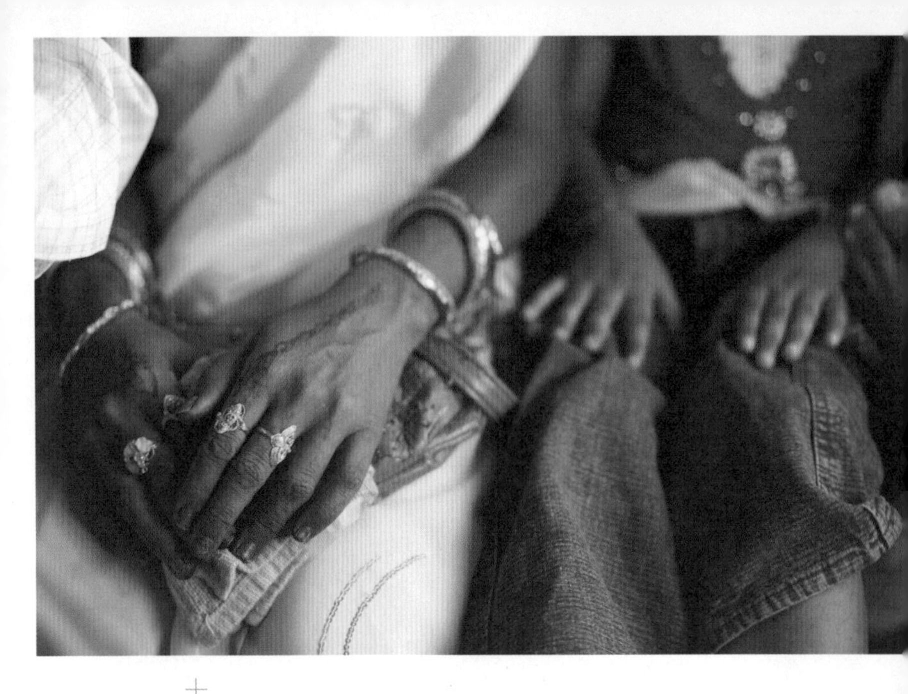

파괴의 여신 칼리의 손、가장 큰 사랑을 받은 여인 뭄 타지마할의 손、기도로 굳어진 마더 테레사의 손…… 열차의 내 맞은편 여인의 손에서 그 모든 손이 만나고 있었다。

사기꾼、 소매치기、 호객꾼、 거지、 창녀들까지。 불경에서 말하듯
어쩌면 그들 모두가 여행하는 자의 스승인지도 몰랐다。
눈먼 걸인이 내민 손이 너무 희거나 커 보였다。

눈물이 나면 기차를 타라 했던가. 인도에선 기차를 타면
눈물이 날지도 모른다. 남루하고 고단한 날것의 삶들이
지향 없이 달리는 기차 칸마다 가득하다. 아그라행 기차에서.

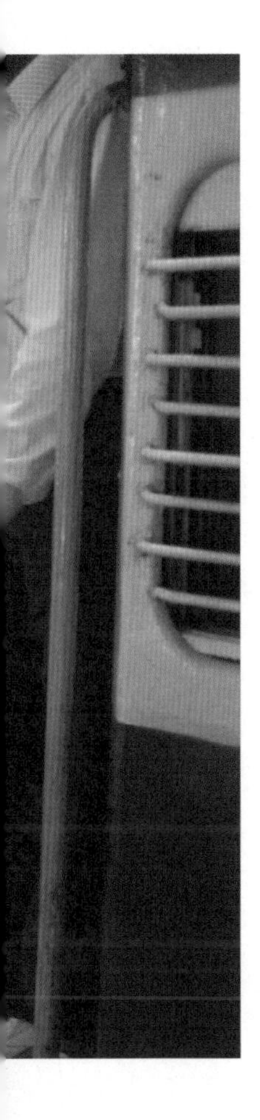

\+ 어떤 미소는 세월이 한참 흐른 뒤에도 잊히질 않는다.
콜카타 거리에서 만난 노란 버스, 그리고 빠르게 스쳐지나간 사내의 미소.
몇 해가 지난 뒤 읽던 책에서도 그 미소는 되살아났다.

사흘을 못 버티면 집으로 돌아가게 되고, 버티면 3년을 눌러 있고 싶어진다는 곳, 인도.
그 땅에 다녀온 뒤엔 책을 집어 들자. 『슬럼독 밀리어네어』 『적절한 균형』 『화이트 타이거』 같은.

새해 아침, 세수를 하다가

문득 좋은 생각이 떠올랐다. 인도에 가자! 회사에 폼나게 사표를 던지고 긴 여행을 떠나자! 그때 나는 이십 대의 끄트머리에 있었고 IMF로 문을 닫기 직전까지 간 첫 직장에서 보기 좋게 '잘린' 뒤 이 회사 저 회사를 전전하며 사회생활에 별로 애정을 갖지 못하던 때였다. 첫 단추를 잘못 끼운 것은 아닌지, 이 세상이 과연 소박한 꿈을 갖고 살아가는 청년이 온전히 안길 만한 곳인지 되물으며 다소는 들뜬 맘으로 배낭을 쌌다. '이 땅에 실패하고 나는 인도로 갔다'던 누군가의 말처럼 나 역시 그런 부류의 여행자가 되어 인도행에 몸을 실었다. 몇 달을 짊어질지 모를 배낭 안에는 불교미술 관련 서적과 함께 친구가 추천한 SF소설 『신들의 사회』, 그밖에도 한두 권이 더 들어갔다. 당시 널리 읽힌 류시화의 책이나 후지와라 신야의 『인도방랑』, 엔도 슈사쿠의 『깊은 강』 등은 그전에 드문드문 읽었지만 막상 배낭에는 넣지 않았다.

콜카타('캘커타'로 흔히 불리었던) 국제공항에 처음 내려선 순간, 뭔가 잘못되었다는 생각이 엄습했다. 이 도시가 어지럽고 끔찍한 곳이란 얘기를 책과 사람들의 소문으로 익히 알고 있었지만 실제로 맞닥뜨린 현장은 필설의 무색무취한 평들을 간단히 넘어섰다. 시골 간이역만한 곳이 국제공항이라 했고 먼지를 잔뜩 뒤집어쓴 양주 몇 병이 진열된 구멍가게가 면세점이라 했다. 공항 밖으로 나서자 부리부리한 눈에 가무잡잡한 인도인들이 먹잇감을 노리는 맹수들처럼 일제히 달려들어 "택시!" "택시!"를 외쳤다. 도심으로 진입하며 맞닥뜨린 풍경은 더욱 충격적이었다. 가난과 불결함, 비참함이 뒤엉킨 혼돈이 차창 밖으로 무심히 흘러갔다. 몇 시간 전 내 고향엔 한겨울이었는데 인도의 맹렬한 폭염은 아귀처럼 여행자의 정수리로 달려들었다. 쥐와 바퀴벌레가 무시로 들락거리던 구세군 회관 숙소에 삐걱대는 낡은 침대를 얻자마자 이 여행을 도대체 어찌할 것인지 절망했다. 까마귀들이 창밖에서 까악깍 울어댔다. 같은 방을 쓰는 네댓 여행자들 몸에선 역한 땀내가 진동했다. 누군가는 구석에 웅크려 앉아 이상한 담배를 피워대며 몽롱한 표정을 지어보였다. 휴지 없는 공동 화장실에서 처음으로 손가락을 이용해 뒤를 닦았다. 입맛을 잃어 저녁은 일찌감치 포기했다. 절망적인 그 첫 밤을 어떻게 보냈는지 지금은 기억이 나질 않는다.

사흘을 못 버티면 당장 집으로 돌아가게 되고 만일 버티게 된다면 3년은 더 머물고 싶어지는 곳이 인도라 했던가. 콜카타에서 나는 마침내 일주일을 버텨냈다. 테레사 수녀님의 손길이 남아 있는 구호 시설에서 종일 봉사활동을 하며 마음을 다잡았고 파괴의 여신 칼리 신전에서 매일 아침 산제물로 목이 '댕강' 날아가던 염소들의 단말마 같은 마지막 비명을 지켜보며 종교에 관해 생각했다. 세상 각지서 온 백패커Backpacker들과 해 질 녘 공터에 모여 축구를 했고 그들과 함께 어울리며 차츰 여행의 일상에 안착했다. 브라흐마, 비슈누, 시바, 칼리 등 힌두의 신들이 화려하게 캐스팅된 기이한 SF소설 『신들의 사회』가 호기심을 북돋아주면서 인도는 기필코 알고 싶은 세상이 되어갔다.

싯다르타가 처음 깨달음을 얻었다는 불교 성지 보드가야에서 한 인연을 만났다. 보드가야에 도착해 마하보디 사원 부근에 숙소를 구하던 중 마침 지나가던 스님에게 길을 물었다. 사프란색(짙은 황색) 승복을 걸치고 있어 동남아 어느 나라의 스님이겠거니 하고 영어로 물었는데 스님이 빤히 나를 쳐다본다. "혹시, 한국분이세요?" 스님의 안내로 숙소를 찾아내고 짐을 풀었다. 저물 무렵 동네 골목을 산책하다가 다시 스님과 재회했다. 허름한 식당에서 함께 저녁을 먹었고 저녁 뒤엔 스님의 처소로 초대되었다. 어둑한 창고 같은 공간에 티베트 승려 두 분과 방을 삼등분해 나눠 쓰고 계셨다. 스님이 맛좋은 다르질링 차를 내주셨다. 어찌하다 보니 긴긴 이야기가 시작되었다.

스님의 법명은 낯선 나라의 어려운 이름이었다. 스님은 놀랍게도 한국에서 신학대학교에 다닌 기독교인이었다. 부모님과 가족 모두 독실한 기독교 신자고 형님은 개척 교회의 목사님이라 했다. 신학교를 다니던 어느 날 우연히 인도를 여행하게 되었고 거기서 뭔가 강렬한 끌림을 느꼈다. 고국에 돌아온 뒤 가족들의 만류에도 불구하고 대학원에 들어가 동양학으로 전공을 바꿨다. 그러고는 다시 미얀마를 여행하게 되었는데 그곳에서 스님은 "저절로 출가가 되데요" 라고 했다. 미얀마에서 출가한 탓에 한국의 잿빛 가사와 장삼이 아니었고 법명 또한 그러했던 것이다. 새벽에 숙소로 돌아오기까지 스님과 많은 이야기를 나누었다. 소승불교라 칭하는 위파사나(남방 불교에서 정념을 사용하여 진리를 깨닫고자 하는 수행법) 수행에 관한 이야기, 아쉬람(힌두교도들이 수행하며 거주하는 곳)에서 명상했던 이야기, 불교미술에 관한 이야기까지. 손에 들린 『신들의 사회』를 보자 스님은 말했다. "재미있는 책을 읽고 있군요." 이야기는 『신들의 사회』로 옮겨갔다.

『신들의 사회』는 내가 아는 소설들 중에서도 가장 기이하고 종잡을 수 없는 소설이다. SF로 보기에도 석연치 않고 그렇지 않다고 말하기도 어렵다. 인도인들이 숭배하는 힌두의 신들이 사악한 인물들로 등장하는데 그들을 물리치는 영웅은 불교의 창시자인 싯다르타다. 새로운 행성을 찾은 인간들이 그곳에서 과학의 힘을 빌려 힌두의 신격을 갖게 되고 스스로 신을 자임하며 토착민과 일반 민중들을 카스트와 환생 제도로 억압한다. 그러자 그들의 일원이었던 '샘'(싯다르타)이 그들에게 저항하여 마침내 간악한 신들을 무찌르고 평등하고 진보된 세상을 만든다는 내용이다. 신들뿐만 아니라 지옥의 요괴인 라카샤, 좀비, 그밖에 많은 요괴, 괴물, 정령들이 이합집

산하며 전쟁을 벌이는 설정이 흡사 『반지의 제왕』 류의 판타지를 방불케 한다. 신을 모독했다는 이유로 이슬람으로부터 사형선고를 받은 살만 루시디의 경우처럼 이 소설도 힌두교의 분노를 살 만큼 그 신들을 한껏 희화화하고 있다. 그러나 힌두보다 더욱 비판받는 것은 아집과 독선으로 점철된 광신적인 크리스트교다. 작가의 종교관이 투영된 것인지 아니면 단지 지적 유희의 설정인지는 알 수 없다. 어차피 주인공인 싯다르타조차 약간의 사기꾼다운 면모를 보이기도 하거니와 그의 고난과 영웅됨이 그리스도의 삶을 연상시킨다는 점에서 소설은 범 종교적인 느낌을 갖고 있다.

60년대 미국 SF의 새로운 물결을 일으킨 로저 젤라즈니는 이 책을 비롯해 『내 이름은 콘라드』 『전도서에 바치는 장미』 등의 책에서 신화, 인문학에 근거한 SF의 세계를 구축했다. 이들 소설로 휴고상, 네뷸러상 등 최고의 SF문학상을 휩쓸어 그의 전성기를 구가한다. 그의 작품이 흥미진진하면서도 난해한 까닭은 '인문학' 혹은 '신화'를 '과학소설'에 접목시킨 특이한 시도 때문이다. 난해한 인도신화는 물론 과학지식까지 섭렵해 빚어낸 이 책은 읽는 내내 작가의 천재성에 혀를 내두르게 한다. 강렬하면서도 남성적인 문체는 힘이 넘치며 공상과학영화나 무협지를 보듯 즐겁다. 그러면서도 심오한 종교 서적을 읽은 듯 지적인 만족감까지 안겨준다. 쉽게 어울릴 것 같지 않는 것들의 조합이 화학 반응을 일으켜 새로운 세계, 새로운 장르를 탄생시킨 것이다. "SF의 99퍼센트는 쓰레기다. 그러나 모든 것의 99퍼센트는 원래 쓰레기다"라 했던 스터전의 말에서 이 책은 한참 달아난다. 쓰레기가 아닐 뿐 아니라 무리 없이 1퍼센트 안에 속할 위대한 명작 SF이므로.

스님이 내게 밤새 얘기한 중요한 개념이 '에너지氣'였다. 이 책의 중요한 관점 역시 '에너지'다. 호흡과 명상도 에너지의 흐름이요, 영혼과 정신도 에너지로 볼 수 있다는 것. 나는 그 어려운 말들을 다 알아듣지는 못한 듯하다. 어쨌거나 '에너지'를 '전자'로 치환한 책의 발상이 재기발랄해 보일 뿐이다. 이 책은 인도의 여행길 위에서 읽는다면 더할 나위 없이 맞춤할 책이다. 제집에서 시바, 비슈누, 브라흐마, 칼리 같은 남의 나라 신들이 온전히 가슴에 전해지겠는가? 인도의 여행길 위에서라면 그 이물감이 책을 통해 차츰 호기심으로 뒤바뀐다. 난해했던 여정이 책으로 인해 풀리고 책의 난해함은 여행의 경험으로 보완된다. 여행에 동행해야 할 책이 있다면 이런 종류의 책이 아니겠는가.

보드가야를 떠나던 새벽, 스님은 자신의 창고 같은 방 한편에서 프라이팬에 질 좋은 인도 밀가루를 빚어 먹기 좋은 밀떡(차파티)을 몇 개 만들어 주셨다. 정성스레 구운 큼직한 밀떡을 가방에 쑤셔 넣고 거친 비하르 주의 먼지 길을 뚫고 나갔다. 바라나시 강가의 화장터에서 장작 위에 태워지는 죽음을 오랫동안 지켜보았고 카주라호의 노골적인 성애의 조각들 사이에서 길을 잃었다. 아그라 타지마할의 정원을 걸으며 사랑과 집착에 대해 생각했고 델리에서는 도시의 빛과 그늘을 보았다. 이웃집 할아버지 같던 달라이 라마를 친견한 다람살라를 거쳐 험한 산들을 넘어 네팔로 옮겨갔다.

그사이 두어 달의 시간이 훌쩍 지나갔다. 부처의 탄생지인 룸비니에서 바라나시로 넘어와 또다시 보드가야에서 기차가 멈췄다. 인도 북부를 한 바퀴 돈 셈이다. 그냥 지나쳐도 될 터인데 보드가야에 내린 것은 어쩐지 스님을 다시 만나야겠다는 생각이 간절했기 때문이다. 보드가야 거리를 종일 헤매다가 저녁 무렵이 되어 거리 끝에서부터 환하게 떠올라오는 얼굴이 보였다. 멀리서 나를 알아보고 부처 같은 미소를 보이며 천천히 다가오는 스님. 다시 이틀가량을 스님과 함께 보냈다. 스님과 대화하며 스스로 느낄 수 있었다. 나는 어쩐지 두 달 전의 내가 아니란 사실을. 스님이 내게 마지막으로 한 말을 기억한다. "정승이 정승을 알아보고 개가 개를 알아보는 법인데, 제가 보기엔……" 뒷말은 끝내 맺지 못하셨다. 스님은 그때 무슨 말씀을 하려 했던 것일까?

5월로 치달을 즈음 간절히 고향이 그리워졌다. 4월 말에서 5월 초면 선운사 동백은 이루 말할 수 없는 허무를 안고 둔탁하게 송이째 툭, 툭, 떨어진다 했는데 그 허무가 보고 싶어졌다. 나는 고향으로 돌아왔고 배낭을 자취방에 던져둔 채 선운사로 내려와 마음 따뜻한 욕쟁이 할머니의 민박집에서 젊은 날의 며칠을 또 흘려보냈다. 삭발한 머리에 검게 탄 얼굴이 안돼 보였는지 도솔암 오르던 길가 주막의 주인아주머니가 동동주와 부침개를 건네며 한 마디 툭 뱉으셨다. "보시하는 것이니 마음껏 드시구랴." 동동주와 부침개에 목이 매어보긴 그때가 처음이었다.

인도에서 돌아와 나는 수다쟁이가 되어 있었다. 다시 일하게 된 직장에서 사람들은 인도 같은 이상한 나라를 다녀온 내게 관심을 보였고 나는 그들이 알지 못할 경험을 약간의 허풍을 곁들여가며 떠들어댔다. 비로소 세상 사람들과 말문이 트인 것이다. 내가 잘 모르거나 관심 없는 분야가 아니라 내 가슴에 소중히 간직된 경험과 생각으로 말이다. 내가 비로소 이 '동정 없는 세상'에 섞이게 된 건 역설적이게도 이 사회와 전혀 닮은 구석이 없는 인도를 다녀온 뒤부터였다. 나는 진정한 여행은 어느 정도 삶을 변화시킨다고 믿는다. 모터사이클 여행 뒤 혁명가가 된 체 게바라나 위대한 진리의 단서를 발견한 다윈의 비글호 여행, 여행이 곧 출가의 길이 된 보드가야 스님의 여행이 아니더라도 말이다. 삶에 작은 변화라도 없었다면 당신은 진정한 여행을 한 번도 하지 않은 것이다. 인도 여행은 내게 중요한 여행이었다. 인도에서 돌아온 뒤 나는 더는 예전의 내가 아니었다.

지난여름, 나는 세 번째 인도 여행을 다녀왔다. 많은 것들이 변했고,

더 많은 것들이 그대로였다. 세 번째 여행에 동행한 책은 비카스 스와루프의 『슬럼독 밀리어네어』다. 영화를 보진 못했지만 이 책의 첫 구절, '나는 구속되었다, 퀴즈쇼에서 우승한 대가로'라는 구절을 읽자마자 새 여행의 친구로 결정해버렸다. 『신들의 사회』를 비롯해 살만 루시디나 인도 작가 쿠쉬안트 싱 등의 책들은 어찌된 일인지 우리나라에선 별 재미를 못 본 편이다. 이 소설이나 아라빈드 아디가의 『화이트 타이거』, 로힌턴 미스트리의 『적절한 균형』 같은 작품에 와서야 인도는 마침내 우리에게 성큼 다가온 듯싶다. 종교와 신화, 복잡한 역사를 다루기보다는 괴짜 자본주의 국가 인도의 현실을 유머러스하고 경쾌하게 담은 『슬럼독 밀리어네어』의 미덕은 무엇보다 유쾌하고 재밌게 읽힌다는 것이다.

고아에다 교육이란 건 받아보지도 못한 하층민 출신 소년이 퀴즈쇼에서 난해한 12개 문제를 모두 맞혀 억만장자가 된 사연을 한 챕터씩 풀어가는 이 책의 형식은 흡사 『아라비안 나이트』에서 왕비 세헤라자데가 살아남기 위해 풀어나가는 이야기들처럼 '절박할 정도로' 재미있다. 호모로 밝혀진 빅 스타, 몰락한 천문학자, 몰래 자식을 둔 가톨릭 신부, 무료한 청부살인업자, 고아들을 불구로 만들어 앵벌이를 시킨 악당, 스파이였던 외교관, 비겁했던 전쟁 영웅, 비극적인 여배우에 이르기까지 오늘날 인도를 살아가는 사람들의 자화상이 풍속화처럼 펼쳐진다. 한 인물씩 등장하는 챕터가 하나의 단편들로도 손색없지만 인도의 오늘을 총체적으로 보여주는 탄탄한 장편으로 묶인다. 이 책은 '행운'을 얘기하고 있는 듯하지만 그 행운이란 것도 삶을 열심히 살아가는 사람에게나 찾아오는 것이라는 경쾌한 교훈을 보여준다. 게다가 밉지 않은 해피엔딩이라니.

— 옛 친구를 만나는 것은 오랜만에 맛있는 음식을 먹는 것과 비슷하

다. 혀에서 맛을 보는 돌기가 어떻게 반응할지, 그 음식이 옛날만큼 맛있을지 알 수 없는 노릇이다.

— 공짜 음식을 가장 쉽게 얻어먹을 수 있는 방법은 결혼식 행렬에 끼는 것이었다. 신랑 측은 당신을 신부 측 가족이라 생각하고, 신부 측은 당신을 신랑 측 가족이라 생각할 테니까.

— (내) 벤츠의 뒷 범퍼에는 "내 다른 차는 페라리다"라고 쓰인 스티커가 붙어 있었다.

『슬럼독 밀리어네어』 중에서

델리 행 기차에서 이런 구절을 읽으며 키득거리던 여행자를 보고 기차 안의 인도인들은 의아해했을 것이다. 이런 난해한 사람들이 자그마치 12억 명이나 된다니 그들이 의지하는 신도 한두 분만으론 부족하겠다 싶다. 그들이 저마다 소원을 쥐고 바지 끄덩이를 붙잡고 귀찮게 굴 터이니 아아, 신으로 산다는 것도 쉽지 않은 노릇이겠다. 이 책을 읽고 나서야 나는 어느 정도 인도인들을 이해할 수 있게 되었다. 귀찮도록 구걸을 요구하던 거지, 능청스럽게 사기를 치던 호객꾼, 휘파람을 불고 열광하며 영화를 보던 관객, 고된 노동에 던져진 아이들까지. 그들에게 마음을 열지 못한 것 같은 아쉬움이 남는다. 어떤 책은 좀 더 일찍 만났더라면 더 좋았을 것이다.

그나저나 보드가야의 스님은 지금 어디에 계실까? 스님이 끝을 흐리신 그 말씀은 무엇이었을까? 혹시 한심한 여행자의 몰골에서 탁발과 탈속의 운명을 보셨던 것일까? 그렇다면 스님의 혜안은 무참히 틀려버렸다. 나는 세속의 삶에 안착했고 이따금 바랑 같은 배낭만을 걸머지고 행자 흉내를 내며 사람들의 세상을 떠다닐 뿐이다. 그때 거처나 주소 따위를 묻는 내게 "인연이 되면 다시 만나겠지요" 하던 말씀을 듣고 나는 종이와 연필을 거두었다. 그때부터 나는 '인연'을 믿기로 했다. 그렇다면 아직 스님과 재회할 인연은 충분히 채워지지 않은 것인가?

여기서 더 긴 여행을 떠나지 않으면 너는 집에 못 돌아가리라!

:: 이성복 『네 고통은 나뭇잎 하나 푸르게 하지 못한다』 중에서

사랑을 찾아 떠나다

미얀마
라오스
베트남
일본
호주

여행, 수학을 만나다, 자발적으로

_미얀마 | 『박사가 사랑한 수식』

>

아웅 산 테러와 수지 여사의 오랜 감금, 악명 높은 군사독재정권과 유혈 시위. 그런 미얀마에 여행 가도 될까? 여행을 다녀온 뒤 생각은 180° 달라졌다. 세상의 뉴스와 언론들이 제대로 전해주지 않던 사람들의 따뜻함과 자연의 아름다움을 만났기 때문. 진리를 구하는 자는 모름지기 여행을 떠날 일이다.

'파르라니 깎은 머리' 란 표현이 도무지 어울리지 않던 미얀마의 젊은 스님들.
만달레이 수도원의 점심 공양 시간. 나무아미타불도 식후경.

인생을 너무 빨리 알아버린 듯한 아이의 눈처럼 매서운 게 있을까. 카메라가 없었다면
황망히 고개를 돌려버렸을, 사진으로 남아 여전히 나를 꿰뚫어보는 밍군에서 만난 아이.

인레 호수 초입에서 만난 꼬마 어부。이 호수만의 독특한
전통 방식으로 이른 아침부터 물고기를 잡고 있다。
누군가의 삶은 누군가에겐 풍경이 된다。

언제부터였던가, 사람 냄새가 전적으로 불쾌하고
역겨운 것이 되어버린 건. 때때로 당신의 체취에 물들고 싶다.
사람 냄새를 짙게 풍기며 앞질러 가던 시골 신작로의 낡은 트럭.

한 아름 결실을 안고 돌아가는 농부의 모습만큼 기쁨으로 가득한
풍경이 또 있을까? 무더위를 식히는 저녁 바람은 상쾌했고
경운기의 발걸음은 경쾌했다.

캄보디아의 앙코르 와트, 인도네시아의 보로부두르 사원과 함께
동남아 3대 불교 유적지로 꼽히는 미얀마의 바간. 2,200여 개의 불탑으로 이루어진
옛 왕국의 도시는 시간이 멈춘 듯 고요했다.

"자발적 점심, 안 먹을래?"

내가 처음 쓴 표현이었는데 이젠 아내 쪽에서 '자발적'이라는 말을 남발하고 있다. 무슨 얘길 하다가 그랬는지 모르지만 헨리 데이비드 소로가 『월든』에서 말한 '자발적인 빈곤'이라는 표현을, 그게 정확히 몇 페이지에 있다는 것까지 말하면서 설명한 내게 일종의 비아냥 내지는 야유를 퍼붓는 게 틀림없다. 자발적 불편, 자발적 수면, 자발적 양보, 자발적 굶기, 자발적 휴식 등등 뭐 이 정도까진 봐줄 만했다. 자발적 토마토, 자발적 와이프, 자발적 스파게티, 자발적 카메라. 여기까지 와서는 도무지 들어줄 수가 없다.

"자발적으로 좀 그만하면 안 될까?"

"자발적 인내를 좀 발휘해보셔. 난 점점 재미있어지는데?"

아무래도 이 여행 내내 '자발적'이란 단어가 따라다닐 모양이다.

'버마'라 불리던 나라가 언제부터 '미얀마'로 불리게 되었는지, '랭군'이라던 그 수도의 이름이 언제부터 '양곤'으로 바뀌었는지 모르지만 그해 여름 미얀마에 가자는 내 제안에 아내는 흔쾌히 동의했다. 미얀마에 대한 인상은 아웅산 수지 여사의 오랜 가택연금과 폭력적인 군사독재정권, 태국 라오스 접경 트라이앵글 지역에서 활약한 마약 왕 쿤사, 여전히 끔찍하게 기억되는 아웅 산 묘소의 테러 사건, 어쩐지 호전적일 것만 같은 미얀마인들에 대한 선입견 등으로 그다지 밝거나 유쾌한 편이 못 되었다. 하지만 이 나라를 다녀온 많은 여행자들이 전하는 인상과 소문은 뜻밖에도 한결 같았다. 그곳에 가면 아름다운 자연이 있고 착한 사람들과 독실한 승려들이 어울려 살고 있다고.

미얀마로 짐을 꾸릴 때 어떤 책을 넣어 갈까 고민이 되었다. 미얀마를 배경으로 한 문학 작품이라 해봤자 조지 오웰이 이곳에서 군 복무를 경험하며 제국주의 통치의 부조리함을 고발했던 『버마 시절』 정도가 떠오른다.

인도 바라나시가 무대인 일본 작가 엔도 슈사쿠의 『깊은 강』에는 태평양 전쟁 당시 '버마' 전선에서 살아남기 위해 동료의 시체를 뜯어먹고 연명한 일본 패잔병의 끔찍한 일화가 소개되고 있지만 책의 일부분에 지나지 않는다. 그 이상 미얀마에 얽힌 책을 알 수가 없다. 하는 수없이 미얀마의 호젓함과 어울릴 거란 생각에 장 그르니에의 『일상적인 삶』을 챙겨 넣었다. 그때 아내가 자신의 배낭에 넣는 책이 보였다. 흠, 『박사가 사랑한 수식』이라.

양곤 공항에 내려 숙소를 잡은 뒤 저녁을 먹으러 들어간 식당 안에서 미얀마 사람들과 처음 맞닥뜨렸다. 첼시가 출전한 프리미어 경기를 관람하던 눈들이 일제히 문을 열고 들어온 낯선 여행자에게 쏠리자 순간 섬뜩했다. 형형한 눈빛들에 그만 주눅이 들었다. 하지만 식사를 하며 테이블 건너편 사람들과 눈빛을 교환하면서 차츰 그들 안에 깃든 선량함을 느꼈다. 누구에게고 무례함을 끼쳐본 적 없는 이들의 눈빛이랄까. 미얀마가 갑자기 가깝게 다가왔다. 양곤에서 유명한 파고다와 사원들을 섭렵한 사나흘 뒤, 온 도시가 박물관이라 할 만한 고도古都 바간으로 국내선 비행기를 타고 건너갔다. 그 다음은 양곤 이전의 옛 수도였던 만달레이와 밍군 등으로 이동할 것이며 거기서 다시 아름답기로 소문난 인레 호수로 가기로 되어 있다.

바간은 평화롭고 한적한 시골 마을이다. 온 도시가 천년 전 이 땅에 조성해 놓은 수백 수천 기의 탑과 사찰로 인해 황홀하다. '탑의 도시'라 불리는 이 마을은 캄보디아의 앙코르 와트에 비교해도 손색이 없다. 탑들은 각양각색의 모양으로 지평선 위에 솟아 있고 어떤 탑은 궁전이나 성이라 할 만큼 크고 웅장하다. 이 유적들을 제대로 둘러보자면 한 계절로도 모자랄 듯싶었다. 유네스코가 '인류가 지켜야 할 세계문화유산'으로 일찌감치 지정한 건 당연한 일이다. 그러나 바간을 사랑하게 만드는 건 무엇보다 전원 마을 특유의 평화로움이다. 오솔길로 소달구지가 지나가고 나무로 지은 소박한 오두막이 모여 있으며 새벽마다 스님들의 탁발행렬이 이어진다. 하늘은 푸르고 옛 왕국의 형성을 가능케 했던 이라와디 강의 물결은 풍요롭고 넉넉하다. 하루 이틀 탑들을 둘러보다가 사흘째 되는 날 들판 위로 솟은 탑들의 능선이 가없이 펼쳐진 숙소 옥상에 앉아 나른한 오후의 독서에 빠져본다. 장 그르니에의 책들을 두서없이 읽다가 물리치고 아내의 책을 빼앗아 읽는다. 흠, 『박사가 사랑한 수식』이라.

오가와 요코라는 생소한 여류 작가가 쓴 『박사가 사랑한 수식』은 소설보다 영화 제목으로 먼저 기억된다. 영화 역시 본 적이 없는 이 책을 언젠가 아내가 자신의 전공인 수학과 관련된 책이라며 서점에서 사오라 부탁했다. 무라카미 하루키나 마루야마 겐지 이후 일본 소설을 애써 찾아 읽은 편이 아니다. 해마다 발표되는 나오키상이나 아쿠타카와상 수상작들에도 한참 시큰둥해 있던 참이다.

과거 촉망받는 천재 수학자였지만 불의의 교통사고로 뇌를 다쳐 80분 정도밖에 기억이 지속되지 않는 '박사'와 그 박사의 집에 우연히 파출부로 들어오게 된 미혼모인 '나', 그리고 나의 아들인 초등학생 '루트'(박사가 지어준 이름이다)가 등장인물의 전부다. 80분밖에 지속되지 않는 기억력으로 파출부인 나를 매번 처음 만나는 사람으로 대하지만 박사는 몇몇 분야에서는 여전히 천재적인 두뇌를 발휘한다. 일상에 널린 수의 비밀을 간파하고 아름다운 수의 세계를 설파하는 노수학자의 천재성이 그러하고, 사고를 당한 1975년 이전 일본 프로야구에 관한 잡다한 지식들이 그러하며, 자라나는 아이에 대한 따뜻하고 사랑스런 마음씨에서도 그러하다. 어린 루트의 머리를 쓰다듬으며 그를 아끼고 사랑해주는 박사의 마음은 상실된 기억보다 더 깊은 심연에 존재한다. 수학에 관심을 가져본 적이 없는 '나'와 루트는 박사의 서재를 드나들며 차츰 매력적인 수의 세계에 빠져들게 된다. 우애수, 완전수, 소수, 삼각수, 오일러 공식, 페르마의 정리 등 딱딱하고 어려운 수의 세계가 어느덧 어떤 인격과 사랑의 빛깔을 띠며 다가온다. 독자에게도 마찬가지로 말이다.

— 박사가 이 세상에서 가장 사랑한 것은 소수였다. 나도 소수란 수가 존재한다는 것은 알고 있었지만, 그것이 사랑의 대상이 되리라고는 상상도 하지 못했다. 그러나 박사에게 소수는 말 그대로 사랑의 대상이었다. 1과 자기 자신으로만 나누어지는 고집쟁이 수에게 무슨 매력이 그리 있는지.

— "0을 발견한 인간은 위대하다고 생각지 않나? 무無를 숫자로 표현한 거야. 존재하지 않는 것을 존재하게 했지. 정말 멋진 일 아닌가."

— 제조번호가 소수라는 것만으로 그 냉장고가 사랑스러워졌다. 타협하지 않고 고결함을 지키고 있는 냉장고. 그런 느낌이었다.

『박사가 사랑한 수식』 중에서

이런 구절만 봐도 이 책의 독특하면서도 따뜻한 감수성을 이해할 수 있을 것이다. 세상에서 오로지 일본인들만 지어낼 수 있는 감수성이랄까. 80분마다 지워지는 제한된 기억력과 자신의 서재에만 틀어박혀 살던 박사를 '나'와 루트는 마침내 야구장으로 데리고 나오는 데 성공한다. 하지만, 11살을 맞는 루트의 생일 파티에서 박사는 사소한 실수로 케이크를 망가뜨리게 되고, 이 사소한 실수에 과도한 죄책감을 느낀 박사는 정신의 착란을 일으켜 '시설'로 보내진다. 80분짜리 테이프는 그렇게 망가졌고 박사와 보냈던 모자의 행복한 시간도 그렇게 막을 내린다.

뜻밖에도 마음이 따뜻해지는 소설이다. 특히 박사의 캐릭터는 매력적이고 아름답다. 자신의 전공인 수학에 관해서는 비범한 천재이면서도 일상에서는 상대방에 대한 존중과 겸손의 마음으로 넘쳐난다. '실생활에 보탬이 되지 않기 때문에' 수학이 아름답다는 박사에겐 오로지 '진리'에의 목마름만이 가득하다. 천재들이 지닌 '순수함'이라고나 할까. 박사의 캐릭터에서 영화 〈레인맨〉이나 실제 수학자를 모델로 했던 〈뷰티풀 마인드〉, 천재 피아니스트를 다룬 〈샤인〉 같은 영화의 주인공들이 떠오른다. 수학을 사랑하는 자폐아 소년이 주인공으로 등장하는 마크 해던의 재기발랄한 소설 『한밤중 개에게 일어난 의문의 사건』은 이 책과 함께 읽어도 좋겠다. (이 소설에도 '소수'에 대한 찬사가 등장한다.) '천재'의 위대함이란 결국 어린아이의 순수와 닿아 있는 것이라고 이 책과 영화들은 한 목소리로 얘기하고 있다.

수학 전공자인 아내야 당연히 좋아할 책이지만 수학을 끔찍이도 싫어했던 내가 어려움 없이 읽고 거기다 재미까지 느끼다니. 이런 책들만 읽게 된다면 자칫 수학을 사랑하게 될지도 모를 일이다. 새삼 일본인들은 이런 책을 참 잘 쓴다는 생각이 든다. 바둑에 문외한인 내가 바둑의 심오한 승부의 세계를 펼쳐갔던 가와바타 야스나리의 『명인』을 재미있게 읽었던 것도 그런 솜씨에 연유했다. 이런 오타쿠적인 전통이 『미스터 초밥왕』이나 『맛의 달인』 같은 만화로까지 이어진 것 아니겠는가. 이런 소설은 조금씩 아껴두고 떼먹으며 읽어야 옳겠지만 너무 재미있고 행복해서 한꺼번에 탐식하게 된다. 비록 내 자신이 알지 못하는 세계라 하더라도 그 세계가 누군가에겐 굉장히 위대한 세계가 될 수 있음을 이 책은 일러준다. 책 겉표지에는 이 책의 감동을 표현한 광고 문구가 적혀 있는데 나는 이보다 더 훌륭한 책

광고의 카피를 알지 못하겠다. '한동안 다른 책은 읽고 싶지 않다'. 아주 맛난 것을 먹거나 눈부시게 아름다운 것을 본 뒤에도 그러한 것처럼.

만달레이에서 스님들의 어마어마한 공양 의식을 관람했고, 제대로 지어졌다면 가히 바벨탑이라 불리었을 밍군의 허물어진 탑을 보았다. 인레 호수로 넘어와서는 호수의 삶에 익숙한 나머지 굳고 단단한 뭍에 서면 오히려 현기증을 느낀다는 호수 원주민들의 삶을 엿보았다. 제대로 알려진 게 없는 편견의 나라인데 이토록 보석 같은 아름다움을 가득 숨기고 있을 줄은 차마 예상하지 못했다. 마치 『박사가 사랑한 수식』에 빼곡 담긴 위대하고 아름다운 수의 세계처럼 말이다. 그러니 땅 읽기나 책 읽기나 편견을 걷어내는 일에서는 매한가지이다.

'자발적' 귀갓길에 오르면서 『박사가 사랑한 수식』을 다시 한 번 뒤적였다. "흠, '자발적' 수학도가 되셨군." 아내는 여전히 '자발적'을 붙이며 농을 쳐왔다. 아내가 책상 위에 가득 쌓아놓은 수학 교재들이 저마다의 이야기를 담고 우리가 잠든 밤마다 속삭이고 있을 거란 상상이 들었다.

— "반드시 답이 있다고 보장된 문제를 푸는 것은, 가이드를 따라 저기 보이는 정상을 향해 그저 등산로를 걸어 올라가는 것이나 마찬가지야. 수학의 진리는 길 없는 길 끝에, 아무도 모르게 조용히 숨어 있는 법이지. 더구나 그 장소가 정상이란 보장은 없어. 깎아지른 벼랑과 벼랑 사이일 수도 있고, 골짜기일 수도 있고."

— "도중에서 그만두면 정답은 영원히 찾아낼 수 없어!"

『박사가 사랑한 수식』 중에서

'박사'님의 말에 따르면 수학의 세계나 여행의 세계나 다를 바 없단 생각이 든다. 어쩌면 모든 위대한 것들은 한 지점에서 만나고 통하는 것은 아닐까? 박사가 수학을 통해 감춰진 진리에 도달했듯이 이렇게 하냥 여행하고 또 여행한다면 언젠가 나도 그런 곳에 도달하게 되지 않을까.

진정한 걷기 애호가는 구경거리를 찾아 여행하는 것이 아니라, 즐거운 기분을 찾아서 여행한다. 우리들의 발에는 뿌리가 없다. 발은 움직이라고 생긴 것이다.

:: 다비드 르 브르통 『걷기 예찬』 중에서

천국에서의 책 읽기

_라오스 | 『크눌프』 『월든』

라오스로 나를 이끈 문구 하나: “라오스에 살러오는 사람들은 곧 어떤 방식을 몸에 익히게 된다. 그들의 말수가 적어지며, 부드럽고 진기하며 기쁨이 넘치는 표정을 갖게 된다.” (노먼 루이스)

후반생에, 물 반 고기 반인 메콩 강에서 들짐승만 한 물고기들을 매일매일 낚으며 살고 싶다던 그때 그 늙은 여행자의 소원은 이루어졌을까?

+라오스 어디에서도 쉽게 마주칠 수 있었던 새벽 딱밧(탁발) 의식.
맨발의 수도승들과 새로 지은 밥을 보시하는 중생들이 만들어내는 풍광은 적막 속에 위대했다.

왕위앙의 꼬마 녀석들이 나그네에게 시비를 걸어왔다.
녀석들과 어울리다가 그만, 다리를 다친 지 백여 일 만에 처음 뜀박질을 하게 되었다.

천국이란 미래보다는 과거 어디쯤에 이미 존재했던 게 아닐까?
마천루와 쇼핑몰의 대도시가 아닌 궁벽한 시골 마을, 그 어디쯤에 있는 건 아닐까?
벌거벗은 계집아이의 냇가, 그곳이 내 눈엔 천국이었다.

몬순의 비가 지나간 뒤, 수도 위앙짠의 어느 사원 마당. 바다를 갖지 못한 라오스는 뜻밖에도 물의 나라였다. 메콩 때문일까. 나는 바다보다 더 위대한 강을 알고 있다.

내 오른쪽 다리가 부러진 건

히말라야가 아닌 동네 뒷산에서였다. 히말라야 언저리에 몇 번 다녀온 걸 알고 있는 지인들은 내가 그런 위대한 산들이 아닌 동네 뒷산에서 다리가 부러져 목발 신세를 지게 되었다는 말에 실망감을 감추지 못하는 눈치였다. 산에서 발목을 심하게 접질렸는데 심각하게 생각하지 않고 회사에 나갔고 그 다리로 회의를 하고 프레젠테이션을 하며 하루 이틀을 보내다 통증을 참을 수 없어 병원에 가보니 '조금만 늦었어도' 불구가 될 뻔했다고 의사가 말했다. 간단치 않은 수술을 했고 일주일가량 병원에서, 또 열흘가량 집에서 뒹굴어야 했다. 누군가는 내게 참 안된 일이라 했지만 지금 생각해보면 그 시절들이 그리 나빴던 것만은 아니다. 죽도록 하기 싫었던 회사 일을 정당하게 면제받았고 사랑하는 사람의 정성스런 간호를 받다가 그해 말 그녀와 결혼하게 되었으며 무엇보다 책, 내 삶에서 한참 멀리 달아났던 책의 품에 기적처럼 다시 안길 수 있었던 것도 병상의 시간이었다. 『스밀라의 눈에 대한 감각』을 비롯해, 『무어의 마지막 한숨』 『안나 카레니나』 『Y의 비극』, 신영복과 고종석 선생까지 그 만만치 않은 책들을 병상에서 하나씩 해치울 수 있었다. 책 읽기에 한참 불이 붙어서였을까. 퇴원할 즈음엔 이만저만 섭섭한 것이 아니었다.

라오스에 도착했을 때는 다리를 수술한 지 석 달이 조금 지난 때였다. 그 즈음엔 목발을 졸업하고 쩔뚝쩔뚝 걸을 정도는 되었다. 그 다리로 또 어딜 가냐는 소리를 어머니뿐만 아니라 사랑하는 여자에게도 듣게 되었다. 하지만 다시 여행의 계절이었고 나는 너무 오래 갇혀 지내 삶 곳곳에서 곰팡내가 퀴퀴하게 피어올랐다. 절뚝거리는 다리 탓인지 배낭이 좌우로 심하게 흔들렸다.

라오스의 수도 위앙짠에서 3시간가량 버스를 타고 아름다운 마을 왕위앙으로 향하는 길 위에서 수상한 남자를 만났다. 굉장히 큰 카메라 가방에 만만찮은 장비를 갖춘 사내였다. 나는 그가 메콩 강의 사진작가 마이클 야마시타가 틀림없다고 일찌감치 단정지어버리고는 점차 그 혐의를 굳혀갔다. 누군가는 어릴 적 꿈을 좇아 어떤 여행지로 향하고 누군가는 입소문에 현혹되어 가며 누군가는 몹쓸 책이나 영화 따위에 속아 어딘가를 찾게 마련이라면, 내가 그 절름발이 시절 하고 많은 여행지 가운데 라오스를 선택한 것은 순전히 한 권의 사진집 때문이었다. 『메콩』이라는 간단한 타이틀이 붙은 사진집은 중국 칭하이 성에서 발원해 중국 윈난 성과 라오스, 태국, 캄보디아, 베트남의 메콩 델타까지 관통하는 위대한 강 메콩을 따라 흐르며 풍광과 사람을 담아낸 사진집이다. 그 저자가 내셔널지오그래픽의 사진작가 마이클 야마시타다. 왕위앙 행 버스에 타고 있던 스무 명가량의 여행자 중 아시아계는 그와 나 단 둘이었는데 나는 야마시타 씨가 여전히 메콩을 사진에 담고 있구나, 지레 짐작한 것이다. 차가 정차할 때마다 절뚝거리며 라오스의 풍광을 카메라에 담고 있던 내게 그가 알 수 없는 미소를 지어 보냈다.

어스름이 깔릴 무렵 왕위앙에 도착했다. 나는 버스가 정차한 바로 앞 방갈로 숙소를 주저 없이 잡아버렸다. 제법 폭이 넓은 강줄기가 석회암 카르스트의 우뚝 솟은 봉우리를 휘감아 돌며 흐르는 풍경이 압권이었다. 방갈로 앞 잔디 마당엔 칸나와 코스모스를 닮은 형형색색의 꽃이 지천으로 피어 있고, 방갈로와 방갈로 사이는 해먹을 치고 책을 읽거나 낮잠을 자기에도 맞춤했다. 열쇠를 받아 방갈로로 들어서려는데 바로 옆 방갈로에서 나를 향하는 시선이 느껴진다. 마이클 야마시타 선생이 하얗게 웃고 있었다.

왕위앙에서는 정말이지, '아무것도 하지 않았다'. 완벽한 여행지는 아무것도 하지 않아도 마음에 켕기는 것이 없는 그런 곳이라 했던가. 하지만 그곳에서 아무것도 하지 않았다고 자신 있게 말하긴 어렵다. 나는 방갈로와 해먹, 벤치를 옮겨 다니며 눕거나 앉거나 맥주를 마시며 종일 책을 읽었다. 책 읽기가 따분해질 양이면 숙소 밖으로 나가 동네 꼬마 녀석들과 절뚝거리는 걸음으로 장난을 치며 놀았다. 책을 읽거나 아이들과 노는 일이 아무것도 아닌 일이라면 정말이지 나는 왕위앙에서 아무것도 하지 않았다고 할 수 있다. 하지만 그게 정말 아무것도 하지 않은 것일까?

여행의 짐을 꾸리다가 나는 매우 중요한 사실을 하나 깨닫게 되었다. 라오스는 문학이 자라지 않는 땅이었다. 내 머릿속 세계문학작품의 리스트 안에는 라오스 출신의 작가나 문학 작품의 제목이 단 한 줄도 입력되어 있지 않다. 라오스를 배경으로 한 서구의 소설도 기억나는 바가 없다. 수많은 곡물과 과실이 삼모작, 사모작으로 재배되는 땅인 라오스에서 문학이라는 과실만큼은 어쩐지 자라지 못하고 있다. 라오스가 좀 극단적인 편이지만 주변 인도차이나 나라들을 봐도 문학이 풍성하게 열매 맺지 못하는 사정은 크게 다르지 않다.

한때 사회주의 문학에서 주창한 적이 있는 '무갈등의 이론' 따위가 떠올랐다. 유토피아를 꿈꾸던 사회주의 초기 이상론에 따르면 사회주의는 워낙 완벽하고 훌륭한 체제인 까닭에 사람들 간에 갈등과 불만이 있을 수 없다는 것이다. 그렇기 때문에 사회주의 체제 안에서는 갈등이 등장하지 않는 '무갈등' 의 문학이 생겨날 것이라는 게 그 요지였다. 진정한 사회주의가 구현되면 문학 자체가 필요 없게 될 거라던 그런 이상론은 솔제니친이나 보리스 파스테르나크, 칭기스 아이트마토프, 다이 허우잉과 크리스타 볼프 같은 작가들에 의해 심각하게 회의되고 도전받았다. 그런데 혹시 그런 이상론을 여기 인도차이나에 적용시킬 수 있지는 않을까? 손 닿는 곳마다 맛난 열매와 곡식이 자라고 어머니 강 메콩에서는 언제든 들짐승만 한 물고기가 잡힌다. 전쟁으로 죽은 사람은 있어도 굶어 죽은 사람은 없다는 이 풍요의 땅에서 문학 따위가 무슨 필요가 있겠는가? 문학이 궁핍과 비참, 추위와 배고픔을 거름 삼아 자라는 식물이라면 인도차이나엔 그런 토양이나 거름이 아예 없는 모양이다. 지난 세기 인도차이나에 벌어진 크고 작은 전쟁이 그나마 베트남 등에서 몇 편의 작품을 열매 맺게 했을 뿐이다. 라오스로 향하는 배낭 안에는 딱히 가지고 갈 만한 책이 없었다. 라오스는 마치 지구상에서 어느 누구도 관심을 갖지 않는 땅, 영원히 소외되고 '왕따' 당한 지구촌의 후미진 구석의 나라처럼 보였다.

그러던 것이 2008년 무렵이었던가, 권위 있는 《뉴욕타임즈》가 세상에서 '꼭 가봐야 할 여행지'의 첫 머리에 라오스를 올려놓았다. 이제껏 세상 누구에게도 관심을 받지 못한 땅, 이렇다 할 유적이나 볼거리가 없는 이 땅이 죽기 전에 꼭 가봐야 할 으뜸의 여행지란다. 나로서는 나만이 은밀히 알고 사랑하게 된 장소를 들킨 것 같아 유쾌하지만은 않았다. 순위가 그저 10위 정도만 되었어도 좋았을 텐데.

결국 라오스 여행에 챙겨간 책은 헤르만 헤세의 『크눌프』와 헨리 데이비드 소로의 『월든』이다. 두 작품 모두 도스토옙스키나 헤세의 다른 책들, 레이먼드 카버나 보르헤스의 단편처럼 지리멸렬해진 삶에 잊힐 만하면 다시금 꺼내 읽어야 하는 부류의 책들이다. 그 책들은 닳고 닳은 세상살이에 헝클어지고 뒤죽박죽이 된 마음을 다시금 말끔히 포맷시켜주는 책들이다. 그 책들은 '초발심'이란 말을 떠올리게 한다. 그 책들은 캄캄한 밤 홀로 책과 대면하고 앉았던 치기 어린 문학청년 시절의 책상머리를 떠올리게 한다. 누군가 라오스를 '천국'이라 표현했는데 천국에 함께 가져갈 책들은 어떤 것들이어야 할까? 그렇게 두 권의 책이 여행자의 배낭 안에 들어온 것이다.

『크눌프』는 여행하는 영혼에 관한 책이다. 성장소설이면서 여행과 방랑의 소설이고 인생을 다룬 소설이기도 하다. 『크눌프』는 내가 좋아하는 작가 헤세의 작품 가운데서도 가장 애착이 가는 책으로 생각만 해도 가슴이 먹먹해진다. 많은 국내외 작가들이 이 책을 십 대, 혹은 청소년기에 통과의례처럼 앓았다고 고백하는데, 아직도 길 위에 있는 내겐 지금도 여전히 아프게 읽힌다. 헤세 자신이 가장 아끼는 캐릭터라 말하기도 했거니와 이문열은 자신의 『젊은 날의 초상』에 『크눌프』의 그림자가 짙게 드리워져 있다고 밝힌 바 있다. 나는 문학이 자라지 않는 땅 라오스에 결국 『크눌프』를 짊어지고 갔다. 크눌프에게, 아니 크눌프의 신에게 다리가 부러진 뒤에도 계속되는 이 지리멸렬한 여행의 삶에 대해 한번쯤 따져 묻고 싶었다. 왜 하필 이런 지긋지긋한 여행의 삶으로 나를 이끄셨던 겁니까? 그러자 신이 책장을 빌어 말씀하셨다.

> 한탄하는 게 무슨 소용이 있느냐? 그래, 넌 지금 신사가 되거나 기술자가 되어 아내와 아이를 갖고 저녁에는 주간지를 읽고 싶은 거냐? 넌 금세 다시 도망쳐 나와 숲속의 여우들 곁에서 자고 새덫을 놓거나 도마뱀을 길들이고 있지 않을까? 보아라. 난 오직 네 모습 그대로의 널 필요로 했었다. 나를 대신하여 넌 방랑하였고, 안주하여 사는 자들에게 자유에 대한 그리움을 조금씩 일깨워주어야만 했다. 나를 대신하여 너는 어리석은 일을 하였고 조롱받았다. 네 안에서 바로 내가 조롱을 받았고 또 네 안에서 내가 사랑을 받은 것이다.
>
> 『크눌프』 중에서

젊은 날 첫사랑의 여인과 사랑을 이루지 못한 것이 까닭이 되어 한평생 여행의 삶을 걷게 된 크눌프는 신의 타이름을 받아들이며 쓸쓸히 숲속에서 눈을 감는다. 소설 말미에 느닷없이 등장하는 신의 존재가 황당하게 느껴지지만 마지막 부분은 되풀이해서 읽어도 강렬하고 가슴이 뭉클하다. 『크눌프』는 머뭇거리는 여행의 영혼들에게 타이른다. 회의하지 말고 계속 가던 길을 가라고.

『크눌프』를 읽은 저녁, 방갈로 숙소의 야외 식당에서 맥주를 한잔 마시는데 누군가 내 자리로 다가왔다. 마이클 야마시타 선생! 역시 혼자 몸인 그가 합석을 제안하며 맥주를 들고 찾아왔다. 그는 동리 밖에서 하루 종일 사진을 찍고 왔다고 했다. 나는 그의 정체를 물었다. 그는 라오스 태생으로 프랑스에서 자라고 공부한 사진작가였다. 그는 마이클 야마시타가 아니었다. 그 또한 마이클 야마시타를 알고 있다 했다. 자신의 나라 라오스를 사랑하고 조국의 현실에 늘 가슴이 아프다는 그는 세상 많은 곳을 떠돌아다녀 봤지만 자기 나라보다 더 아름다운 곳은 알지 못한다며 또다시 하얀 웃음을 지어보였다. 카메라를 든 또 한 명의 크눌프가 그 밤 나와 함께 맥주를 마셨다.

누군가 '정신의 귀족'이라 칭했던 헨리 데이비드 소로. 그의 작품 『월든』의 첫 장을 다시금 펼쳐드는 일은 아끼는 여행길에 다시 서는 것처럼 늘 가슴 설레는 일이다. 내 책꽂이에 꽂힌 『월든』에는 너무 많은 밑줄이 그어져 있다. 거의 난자당한 수준이다. 아마도 읽은 책들 가운데 가장 많은 밑줄을 그은 책일 것이다. 이 책을 처음 읽을 땐 첫 장 '숲 속의 경제학' 부분부터 자꾸만 막혀 잘 나가지가 않았다. 하지만 왕위앙의 해먹 위에서는 그 장황한 부분도 술술 읽힌다. 그러다 스르르 잠이 들면 자고 싶을 때까지 자면 되었다. 천국에서는 천국처럼 담백한 책들을 읽어야 하리라. 이 책 말고도 스콧과 헬렌 니어링 부부가 쓴 책들이나 린위탕의 『생활의 발견』 같은 책을 가져와도 좋았을 거란 생각이 들었다. 그 책들의 이런 구절들이 그리웠다.

> 당신은 당신이 생각하는 대로 살아야 합니다. 그렇지 않으면 머지않아 당신은 사는 대로 생각할 것입니다.
>
> 『아름다운 삶, 사랑 그리고 마무리』 중에서

> 옛날 어느 문인이 말하였다. 10년을 독서에 바치고, 10년을 여행에 바치고, 10년을 그 보존과 정리에 바치고 싶다고. 그러나 나는 생각한다. 보존에 10년을 바칠 것까지는 없고 2, 3년으로 족하다고. 독서와 여행이 내 욕심을 만족시키려면 두 배나 다섯 배라도 아직 부족하다.
>
> 『생활의 발견』 중에서

『월든』을 잠시 물린 뒤 카메라를 들고 왕위앙의 시골길에 나섰다. 어린 시절 외가 마을 풍광을 닮은 그곳을 카메라에 담으며 쩔뚝쩔뚝 걷다가 누군가 자꾸만 내게 시비를 걸어오고 있음을 느꼈다. 왕위앙의 꼬마 녀석들이었다. 자갈이 깔린 길을 녀석들은 맨발로 걸으며 앞서가고 있다. 녀석들이 이방의 여행자에게 슬슬 장난을 걸어온다. 외면하는 척하다가 갑자기 녀석들에게 달려들자 채 달아나지 못한 몇몇 녀석의 얼굴에 홍건하게 콧물이 터지고 웃음이 자지러진다. 다시 외면하며 뒤처져가다가 다시금 장난기 가득한 꼬마들에게 달려든다. 오후의 시골길이 숨이 넘어갈 듯한 아이들 웃음소리로 가득하다. 어, 그런데 이상하다! 내가 지금 뛰고 있는 건가? 다리가 부러진 지 백여 일 만에 나의 절뚝거리던 다리가 왕위앙의 시골길을 처음 내달리고 있는 것이 아닌가!

독서술을 체득하고 있는 사람은 가는 곳마다 만물이 변하여 책이 될 수 있단 것을 깨닫는다。 산수山水、 바둑、 술도 책이 될 수 있고、 달·꽃도 또한 책이 될 수 있다。 현명한 여행자는 가는 곳마다 풍경이 있는 것을 안다。 책과 역사는 풍경이다。 술도 시도 풍경이다。 달도 꽃도 또한 풍경이다。

:: 린위탕 『생활의 발견』 중에서

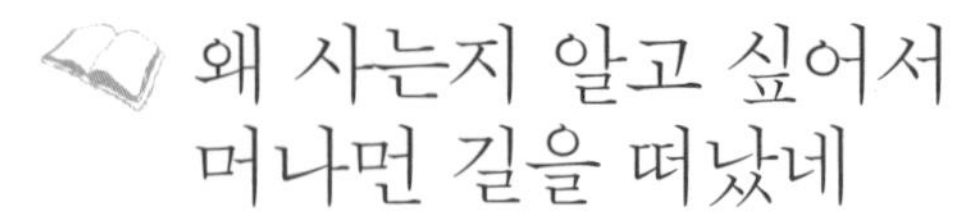

왜 사는지 알고 싶어서 머나먼 길을 떠났네

_베트남 | 『연인』『끝없는 벌판』

>

성은 비엣viet, 이름은 남nam. 흰 아오자이와 삿갓 모양의 논라를 쓴 여인의 이미지가 맨 먼저 떠오른다. 그 땅의 고유명사는 여성형이 틀림없으리라. 풍요로워서 눈물이 많은 그 땅의 역설을 읽으러 떠난 베트남. 그런데 베트남은 지금 공사중이다.

힘차게 노를 저어 오는 메콩 강의 사공들. 남자보다 여자들이 더 많았다.
이를 악문 베트남 여성들의 모습에서 강인한 생활력이 읽혔다.

사파에서 만난 소수 민족 사람들. '소수'라고 쓰자 문득 시인의 일갈이 들려왔다.
"누가 우리를 소수라 하는가 / 누가 우리를 작다고 하는가."(박노해)
삶의 모습에 대소와 귀천이 있을 수 없다.

메콩 델타 부근의 어느 초등학교。 점심시간이 되자
아이들은 운동장으로 나갔고, 여행자가 몰래 교실로 들어섰다。
호치민의 초상화를 뺀다면 바로 내 어린 날의 학교!

아쟁 비슷한 악기를 타던 악사와 노래 부르는 베트남 처녀.
노래는 잘 기억나지 않지만, 악기에 몰입하던
연주자의 형형한 눈매는 잊히질 않는다.

베트남의 노래를 듣다. 뜻밖에도 한恨보다는 경쾌함이 느껴진다.
한이란 애당초 없었던 것처럼, 아니면 이제는 까맣게 잊어버린 것처럼.

왜 사는지 알고 싶어서 머나먼 길을 떠났지 / 언제 다시 돌아온다는 아무런 약속도 없이 / 이 세상에 혼자만 버려진 느낌 / 밤하늘엔 수많은 별들 빛나고……

양희은 노래, 〈저 바람은 어디서〉 중에서

때론 짤막한 노래 한 구절이 여행으로 등을 떠밀기도 하는 모양이다. 가을과 사랑의 쓸쓸함을 노래한 '양희은 1991' 앨범을 닳도록 듣다가 뭔가에 홀린 듯 멍해져서는 이내 행장을 꾸렸다. 여행은 그렇듯 충동적이고 별 준비가 없을 때라야 떠날 확률이 높아진다. 잔뜩 벼르고 계획한다고 떠나지는 게 여행이 아니다. 왜 사는지 알고 싶다면 잠깐 어디 마실 다녀온다는 헐거운 마음으로 긴 여행을 떠나볼 일이다. 지난 많은 여행들이 그렇게 저질러졌다.

중국 윈난 성 쿤밍에서 버스를 타고 밤새 달리니 이른 아침 베트남 국경이었다. 히말라야의 끄트머리가 중국과 인도차이나를 가르고 있어 한밤중에도 달빛을 받은 산의 능선이 선명했고 새벽녘에는 깊고 푸른 골짜기가 차창으로 따라왔다. 베트남식 삿갓 '논라'를 쓴 아낙들의 자전거가 국경사무소 앞에 길게 늘어서 있다. 처음 만나는 베트남의 모습인데 왜 낯설지가 않은지 모르겠다.

베트남이 한국인에게 다가오는 감회는 각별하다. 우리 아버지, 삼촌들이 이 땅의 전장에 파병되어 젊은 피를 흘렸고 적성국이던 우리 기업들이 베트남 산업화의 길을 열어주었으며 많은 우리 총각들이 이 나라 여성들과 결혼해 가정을 꾸리기도 했다. 미국에서 제작된 베트남전 영화들이 대개 베트남을 잔인한 악의 무리로 그린 반면 전쟁에 직접 참전해 그에 관한 소설을 쓴 우리 작가들의, 이를테면 황석영의 『무기의 그늘』, 안정효의

『하얀 전쟁』, 박영한의 『머나먼 쏭바 강』 등의 작품은 전쟁 이면에 감춰진 추악한 본질이나 인간의 실존과 상처 등을 주로 다루곤 했다.

베트남을 잘 아는 친구가 하노이나 사이공, 훼 같은 유명 도시에 앞서 반드시 가야한다며 추천한 곳은 중국과 국경지대에 있는 산악 마을 '사파'다. 흐벅지게 펼쳐진 내륙으로 내려서기 전 베트남의 가장 큰 산인 '판시판' 중턱에 수많은 산악 소수 민족들이 모여 살고 있는데 사파가 그 중심 마을이다. 사파에서 사나흘을 보내며 인근 마을을 하나씩 찾아다녔다. 아이들은 벌거숭이가 되어 냇물에 풍덩풍덩 몸을 던졌고 목동이 모는 소떼가 시골길을 점령하곤 했다. 세상의 평화가 모두 어디 숨어버렸나 했더니 그 산골의 손바닥만 한 시골집 마당에 모여 해바라기를 하고 있다.

인도차이나가 지닌 무한한 풍요로움은 이 땅이 겪어야 할 아픈 성장통을 필연적으로 동반했다. 사내들이 가만두지 않는 예쁘장한 소녀처럼 이 축복받은 땅을 서구 강대국들은 가만 내버려두지 않았다. 꽤 가학적인 프랑스 통치에서 벗어나기 무섭게 베트남은 미국에 의해 또다시 고난과 상처의 땅으로 변한다. 프랑스 유학생 출신의 혁명가 호치민을 중심으로 무소불위의 미군을 몰아낸 베트남은 어렵게 쟁취한 혁명 뒤 오래지 않아 개방과 산업화에 문을 열게 된다. 지금은 아시아의 신흥국가로 떠오르고 있지만 그 과정에도 그늘과 상처는 여지없다.

고난에 찬 베트남 현대사를 배경으로 한 소설들 가운데 두 소녀의 아픈 성장기가 선명하게 기억에 남는다. 하나는 식민지 베트남에서 나고 자란 몰락한 프랑스 가정의 소녀 이야기이고, 다른 하나는 조류독감이 창궐했던 십여 년 전 안팎의 가난한 베트남 소녀의 이야기다.

프랑스의 여성 소설가 마르그리트 뒤라스의 1984년 콩쿠르상 수상작 『연인』은 소설보다는 영화로 먼저 알려졌다. 소설은 그리 길지도 않고 내용도 간단하다. 사이공 인근의 몰락한 프랑스 가정에서 나고 자란 15세 프랑스 소녀는 학교 여선생인 광기 어린 어머니, 도박과 마약으로 가산을 탕진해가는 큰오빠, 그들에게 핍박받는 소심한 작은오빠와 함께 살며 집안에 잠재된 억압과 갈등에 숨 막혀 한다. 어느 날 메콩 강을 건너 등교하는 배 위에서 지역 부호이자 소녀보다 12살이나 위인 한 중국인 사내를 알게 되고 우연히 그의 집에 초대되어 예기치 않은 첫 경험을 치른다. 허약하고 겁 많은 중국인 사내에게 애정이 깊었던 것은 아니지만 자신을 둘러싼 숨 막히는 환경은 소녀를 위험하고 도발적인 섹스에 몰두하게 만든다. "내가 이렇게 어머니가 금했던 행동을 할 용기를 갖게 되었는지 자문해본다. 이렇게 담담히, 이렇게 분명한 태도로, 어떻게 나는 '마지막까지 치닫기'에 이르렀을까" 자문하면서. 금지된 쾌락에 빠져 아무것도 나아지거나 희망할 수 없는 날들이 계속되던 어느 날 소녀는 베트남의 모든 것을 뒤로하고 프랑스로 귀국하는 배에 몸을 싣는다. 남 몰래 그녀를 배웅 나온 중국인 사내의 쓸쓸한 눈빛을 느끼며 그녀는 베트남과 함께 자신의 아픈 사춘기와도 작별을 고한다. 아마도 자신이 글 쓰는 운명을 살게 될 것임을 짐작하면서.

중국인 사내와의 만남과 무모한 정사 등을 빼놓고는 이렇다 할 사건이나 갈등은 발생하지 않는다. 작가의 자전적 성장담으로 읽히는 이야기에서 어머니와 큰오빠에 대한 증오, 그와 대조되는 작은오빠에 대한 연민이 거듭되고 후텁지근한 공기 속에 치러지는 정사가 불안한 분위기 속에 이어진다. 소녀의 가장 큰 적으로 설정된 어머니 역시 젊은 시절 불행한 염문을 간직한 여자다. 그녀는 딸에게 일어난 미묘한 변화를 눈치채고는 딸을 닦달하며 발작을 일으킨다.

어머니는 나에게 달려와 방에다 나를 감금하고 주먹으로 치고, 따귀를 때리고, 옷을 벗기고, 내 몸과 속옷 냄새를 맡아보고 중국인의 향수 냄새가 난다고 말했다. 그리고 그녀는 고함친다. 온 도시가 다 알아듣도록. 내 딸은 창녀라고. 그리고 딸을 밖으로 내쫓아 버리겠다고, 차라리 딸애가 죽는 것을 보았으면 좋겠다고. … 중략 … 어머니는 몸을 망친 딸은 자기 인생의 불행이라며 울었다.

『연인』 중에서

몇 줄로 줄거리가 요약되는 이 소설은 내러티브보다는 감각적인 문체와 기교로 세련된 프랑스 소설의 맛을 십분 발휘한다. 제목의 '연인'을 지칭하는 중국인 사내와의 밀회가 중심으로 보이지만 실은 소녀가 겪고 이겨내야 했던 가족과 성장의 이야기가 핵심이다. 헤어날 길 없는 억압과 혼돈 속에서 힘없는 사춘기 소녀가 도발할 수 있는 유일한 저항의 방법. 그것은 스스로를 망치고 세상이 정해놓은 도덕에 무모하게 맞서는 위악僞惡의 방법이다. 위악과 자해의 자질은 예민한 소년, 소녀들을 글 쓰는 이의 운명으로 이끌곤 한다. 베트남의 끈적끈적한 대기는 그렇듯 한 소녀의 숨 막히는 사춘기와 함께 위대한 한 여성작가의 작품 세계를 길러냈다.

1930년대 한 프랑스 소녀의 성장통이 몹시도 아팠던 그 땅에 70여 년 뒤 가난에 찌든 빈농 가정에서 태어난 베트남 소녀가 또 다른 성장통을 앓는다. 2000년대 중반, 베트남을 발칵 뒤집어 놓았다는 여성작가 응웬옥뜨의 소설 『끝없는 벌판』은 읽는 내내 처참하다. 우기가 아직 멀기만 한 메마른 몬순의 건조함과 답답하고 무더운 바람, 퀴퀴한 강의 썩은 냄새가 책장마다 진동한다.

가난한 오두막에서 부모와 어린 남동생과 함께 살던 열 살 안팎의 소녀. 함께 살기에도 비좁은 오두막에서 어느 날 어린 남매는 아버지가 없는 사이 벌어진 어미의 부도덕한 외도를 목격하게 되고 곧 엄마는 외도한 남자를 따라 가출한다. 어머니의 가출 뒤 아버지는 충동적으로 오두막을 불태우고 비좁은 거룻배에서 오리떼를 키우며 좁은 수로와 강을 떠다니는 힘겨운 삶이 시작된다. 곧잘 술에 취해 자식들에게 폭력을 일삼는 아버지에게 이따금 들판의 여자들이 다가설 때면 남매는 어른들의 일을 모른 척하거나 방해하지 않기 위해 거룻배에 남아 좀처럼 잠들 수 없는 밤을 보낸다. '사랑의 감정을 스스로 제거해' 버린 아버지는 점차 차갑고 잔인한 성격으로 변해 어린 남매를 공포에 몰아넣고 닥치는 대로 사랑 없는 애정행각을 벌인다. 어느 날 폭력배들에게 탈출한 창녀를 구해준 가족은 모처럼만에 그 여자와 따뜻한 시간을 보내지만 역시 차갑고 잔인한 아버지에 지친 여자는 그들 가족을 떠나고 그새 소년으로 자란 남동생 역시 여자를 따라 사라진다. 힘겨운 삶에 조류독감까지 겹쳐 오리를 살처분하게 되면서 들판의 삶들은 더욱 절망적으로 변한다. 마침내 처녀티가 물씬 나는 소녀는 불량배들에게 집단으로 폭행을 당하기에 이른다. 남동생이 떠난 뒤 뒤늦게 마음을 열게 된 아버지가 남은 오리들을 팔아 금반지를 선물하며 "결혼할 때를 대비해서……" 라며 얼버무린 순간, 소녀는 자신의 희망 없는 미래를 상상한다.

> 내가 저들 중 누구와 결혼해야 한단 말인가? 빈궁기를 대비하느라 논밭에 고개를 처박고 진이 다 빠질 때까지 일만 하는 그런 사내와 결혼하고, 애걸복걸 칭얼대는 아이들 소리와, 호리병 밥그릇 밑바닥의 밥풀을 야자나무 숟가락으로 벅벅 긁어대는 소리를 들으면서, 온 가슴이 그렇게 쓰라린 화상으로 문드러져야 한단 말인가? 아니면 오리 치는 사내를 선택해서 먼 길 떠나가는 일에 지쳐 떨어지고, 떠도는 인생

이라 소홀히 살고, 이어지는 불행에 한숨만 지어야 하는가. 그리고 기나긴 추수철의 어느 날 밤 아이를 끌어안고 길을 나섰다가 늙은 창녀와 놀아나는 남편의 킥킥거리는 웃음소리를 들어야 하는가.

『끝없는 벌판』 중에서

책 속에 펼쳐진 만연한 가난과 폭력은 질펀한 지옥도를 그려낸다. 우기 직전 한껏 메마른 들판과 건조한 대기의 묘사는 희망 없는 삶의 배경이 되고 부러진 젓가락, 깨진 솥뚜껑에도 삶의 고통을 투영할 줄 아는 여성작가의 문체는 섬세하면서도 질박하다. 은근슬쩍 근거 없는 희망과 구원을 설파하는 소설들과 달리 이 작품은 현실의 절망과 쉽게 타협하지 않는다. 불량배에게 폭행을 당한 뒤 혹시 아이를 밴 건 아닌지 모르겠다며 의구심을 갖는 소녀는 곧바로 마음을 다잡는다. 만일 아이를 낳게 된다면, '한평생 즐겁고 생기발랄하게 살 수 있도록 보살펴줘야지. 엄마의 가르침으로, 때때로 어른들의 잘못도 용서할 줄 아는, 속 깊은 아이로 키워볼 거야' 라고 되뇌며 간신히 한 줄기 희망을 부여잡는다.

긴 식민 통치와 끔찍한 전쟁, 끝없는 가난을 겪은 베트남은 다른 열대의 나라와는 달리 어느 정도 문학의 꽃이 만개한 듯하다. 우리에게 소개된 베트남 소설은 『끝없는 벌판』을 빼고는 대부분 전쟁을 배경으로 그 아픔과 상처를 담고 있다. 『사이공의 흰옷』으로 읽힌 바 있는 『하얀 아오자이』나 『전쟁의 슬픔』 『그대 아직 살아 있다면』 같은 작품이 그들이다. 이 작품들에서 보이는 베트남인들은 한결같이 '강인하다' 란 말로 요약될 만하다. 그러나 전쟁 뒤 이어진 사회주의와 급속한 산업화는 사회의 그늘을 짙게 만들었고 그 속에 벌어진 가난과 폭력은 누군가에게 상처투성이의 사춘기를 안겨주었다. 소녀에게 고통을 안겨준 무기력한 아버지나 어른들이 한때 초

강대국과 맞선 이들이었다는 게 믿기지 않을 정도다. 죽은 전우의 이름을 필명으로 사용한 작가 반레의 『그대 아직 살아 있다면』에서 보인 동포애와 인간애, 불의에 맞선 뜨거움은 어디로 사라진 것일까?

어떤 땅에 남성성과 여성성의 잣대를 들이대는 건 어폐가 있겠지만, 베트남은 확실히 여성적인 이미지가 앞선다. 흰 아오자이로 상징되는 순결함이 베트남을 떠올리는 첫 이미지다. 어떤 소설은 후텁지근한 몬순의 기후 속에 치러지는 금지된 정사에서 불안을 느끼게 하고, 어떤 소설은 메마른 들판의 야만적인 인간군상을 그리며 구원을 꿈꾼다. 이것도 저것도 모두 베트남의 풍경이다.

사파에서 내려와 하노이에서 며칠을 묵고 곧 베트남 중부까지 여행했다. 하노이의 저녁, 어두운 거리를 산책하다가 문득 들려온 비명 소리에 고개를 돌린 순간, 스쿠터의 도둑들에게 소매치기를 당한 한 여성이 바닥에 주저앉아 울고 있는 모습을 목격했다. 베트남은 여전히 울고 있었다. 조금 더 산업화가 완성되고 부강한 나라가 된다면 그런 눈물과 한숨은 사라질 것인가? 과연 그렇게 될 것인가? 여인의 절규가, 나라의 부유함과는 상관없이, 어쩐지 삶이 떠안아야 할 어쩔 수 없는 고통의 비명인양 귓가에 메아리쳤다. 인생은 알 수 없기만 한데 사는 동안 흘려야 할 눈물은 끝이 없다. 왜 사는지 알고 싶어 떠나왔지만 여행을 떠나온다고 삶을 알게 되는 건 아닌 모양이다.

여인아、 기다리지 말라、 봄과 함께가 아니라면 돌아오지 않으리라。

:: 김영현 「전야」 중에서

아름다움이 나를 배신한다

_일본 | 『세설』『금각사』

일본에 가고 싶다는 생각을 한 적이 별로 없다. 그런데도 교토만큼은 꼭 한 번 가보고 싶었다. 다니자키 준이치로의 수필에서 그곳은 '그늘陰'이 사는 땅이었다. 세상에는 그늘이 보고 싶어 떠나는 여행도 있는 법이니까.

나라奈良의 대찰 도다이지東大寺 근처에서 기모노의 젊은 여성들과 마주쳤다。
텔레비전이나 책이 아닌, 실제로 본 기모노의 맵시는 생각보다 아름다웠다。
간사이에는 미美가 살고 있었다。

"자매들이 항상 헤이안 신궁을 마지막 날로 남겨두는 것은
이 신궁 경내의 꽃이 교토에서 가장 아름답고 근사하기 때문이다."
(『세설』 중에서) 소설의 찬사는 여행자의 눈에도 틀림없었다.

금각에 비가 내린다. 저 건물이 60여 년 전 한 도제승에 의해 불태워진 그 금각이란 말인가.
소설가의 마음을 사로잡은 금각이란 말인가. 금각의 미美는 여전히 오리무중이었다.

햇살 가득한 간사이의 오후. 또 하나의 미美가 길 위에 하늘거린다.
잡힐 듯 잡히지 않는. 잡히지 않기에 찬란하고 가질 수 없기에 간절한 것. 미美.

아름다웠던 교토에서도 가장 아름다웠던 장소, '철학자의 길'.
아름다운 길을 알아보고 그 길을 헤치지 않으며 멋진 이름을 붙일 줄 아는 일본인들의 심미안이 부럽다.

김훈의 글을 약간 흉내 내어,

지나간 수많은 여행은 지금 막 신발끈을 묶고 길을 나서는 사람 앞에 무력하다. 모든 여행은 바로 지금 떠나는 자에게만 유효한 일이다. 일상에 있으면서 지나간 여행의 추억과 무용담을 곱씹고 떠드는 일은 구차하고 비루하며 쓸데없는 짓이다. 그런 망상이 깊어질 즈음이면 때가 된 것이다. 여행이 등을 떠밀어 다시 새벽 찬 공기 속으로 문을 열고 나설 때가. 집이란 신발끈을 묶기 위해 잠시 들르는 곳이라고 누군가 말하지 않았던가.

세상의 먼 곳들을 꿈꾸는 동안에도 일본은 좀처럼 마음에 들어오지 않는 여행지였다. 그 나라엔 낯선 땅이면 의당 있어야 할 낯섦과 이방감이 없어 여행하는 기분이 들지 않더라는 누군가의 감상을 들은 뒤부터다. 몇 해 전 도쿄에서 열린 모터쇼 참관을 위해 출장으로 다녀온 일본의 느낌도 꼭 그러했다. 일본은 어쩐지 '여행지'라는 느낌이 덜한, 익숙한 일상의 땅으로 여겨졌다.

우리보다 한 발 먼저 근대화를 맞이한 일본은 그 비조鼻祖 격인 나쓰메 소세키를 필두로 아쿠타가와 류노스케, 다니자키 준이치로, 다자이 오사무, 미시마 유키오, 가와바타 야스나리, 엔도 슈사쿠, 이노우에 야시스, 아베 코보, 오에 겐자부로 등을 거쳐 무라카미 류와 하루키, 마루야마 겐지, 요시모토 바나나로 이어지는 황홀한 문학의 산맥을 형성해 왔다. 일본이 자랑하는 만화와 애니메이션 등 이른바 오타쿠 문화의 뿌리에 일본 문학이 자리 잡고 있음은 주지의 사실이다.

이런 오롯한 작가들의 연대기에서 개인적으로 가장 훌륭하다 생각하는 작가를 꼽으라면 서슴없이 '다니자키 준이치로'란 이름을 댈 것이다. 그 위대함에 비하면 우리에겐 다소 소홀히 소개된 작가일 터인데 만일 그가 좀 더 오래 살았다면 일본의 첫 노벨문학상이 그에게 돌아갔으리란 한 평론가의 말에 별 이견이 없다. 낡은 세계문학전집에서 가와바타 야스나리, 미시마 유키오의 작품과 나란히 실린 그의 『치인의 사랑』을 읽고 나는 단박에 매료되었다. 젊고 아름다우며 방탕한 아내를 갖게 된 노인의 불안하고도 패배적인 심리를 담은 이 책은 '변태' 작가로도 불리는 다니자키 준이치로의 대표작이기도 하다. 『춘금초』나 『갓 쓰고 박치기도 제멋』 같은 작품 또한 그의 탐미적 경향이 잘 드러나 있는데 이들 작품에는 인간 안에 내재된 비틀린 심리, 미美를 추구하는 극단적인 추구가 세밀하게 그려지고 있다. 그런데 그 책들마다 말미에 붙은 해설에서 하나같이 칭송하던 책이 있다. 수많은 문학상을 휩쓸며 그의 대표작으로 자리 잡은 『세설細雪』이 바로 그것. 하지만 이 책은 어떤 이유에선지 우리나라에는 번역이 안 된 미지와 풍문의 책으로만 여겨졌다. 그러던 어느 날 친구의 집에서 오래된 '일본문학전집' 가운데 이 책을 발견하고는 그만 심장이 멎는 것만 같았다. 거의 강압적으로 책을 빌려오는 데 성공했는데 세로쓰기에 엄청난 두께의 책은 좀처럼 펼쳐지지 않은 채 먼지만 얹게 되었다. 그러다가 이태 전 서점에서 멋진 일러스트의 표지가 눈길을 끄는, 출간된 지 얼마 안 된 따끈따끈한 『세설』을 다시 발견했다. 당장 책을 사와 만만치 않은 두께의 책을 단숨에 읽었다. 책을 읽은 얼마 뒤에는 일본으로의 행장을 꾸리지 않을 수 없었다. 『세설』이 나로 하여금 다시 일본으로 향하게 했다.

제목만 봐서는 이 책이 가와바타 야스나리의 『설국雪國』과 마찬가지로 흰 눈 가득한 홋카이도나 동북 지방을 배경으로 한 소설이겠거니 짐작하게 된다. 이 책을 들고 한겨울 그 지방에 가서 읽으면 맞춤하리란 생각마저 든다. 하지만 이 책 어디에도 흰 눈은 내리지 않는다. 대신 난분분 난분분 벚꽃이 흩날리는 봄과 반딧불이 날아다니는 여름밤 등이 더 아름답게 묘사되어 있다. 그리하여 책을 다 읽은 지금도 여전히 반문하게 된다. 이 책의 제목은 왜 『세설』인가?

이 책을 함께 읽은 아내는 뭔가 고상한 정의를 내리려는 나의 헛된 노력 앞에 너무도 간단한 결론을 던졌다. "일본판 『작은 아씨들』이네!" 뒤통수를 한 대 얻어맞은 것 같다. 내가 권해 읽은 많은 책들 중에서 가장 재미있는 3권 안에 든다는 아주 명쾌한 평가와 함께 아내는 이 책에 흡족해했다. 내 감상도 크게 다르진 않다. 하지만 어리둥절할 뿐이다. 내가 알던 다니자키 준이치로가 아니었던 것이다. 변태스럽지도, 미美에 집착하지도 않는다. 그런데 역시나 위대하다.

일본 역사 문화의 중심지였던 간사이關西 지방, 그것도 오사카에 사는 세 자매의 아주 지나칠 정도로 일상적인 이야기가 두꺼운 책에 빼곡한데 그 호흡은 빠르거나 느슨해짐 없이 대체로 일정하고 고르다. 세 자매와 주변 인물들을 통해 1936년부터 일본 군국주의가 패망으로 치닫던 1940년대 초까지 오사카인의 생활과 풍속이 세밀하게 묘사되고 있다. 결혼한 사치코와 결혼 적령기를 넘긴 유키코, 그리고 남자들과의 관계가 다소 복잡한 막내 다에코. 세 자매가 등장해 몇 해 동안의 봄, 여름, 가을, 겨울을 겪는 이야기가 평이하게 진행된다. 이렇다 할 사건이 없는 편이지만 그나마 소설을 끌어가는 중심 사건은 둘째 유키코의 혼담과 그와 대조를 이루는 셋째 다에코의 복잡한 연애담이다. 이마저도 크게 도덕과 풍속에 어긋난 것도 아니고 극단으로 치닫는 돌발 상황도 없다. 그런데 어쩐 일일까, 이 두꺼운 소설을 읽는 동안 지루하다는 느낌은 찾아오지 않는다. 책을 다 읽은 뒤에는 꽤 괜찮은 소설을 읽었다는 만족감마저 든다. 특이한 것은, 일본 군국주의가 정점으로 치닫던 시대적 배경은 지극히 절제되어 보이지 않는 반면 사람들의 일상에 배경으로 흐르는 계절의 변화는 소설의 주인공인 양 돋보인다는 점이다. 봄이 오면 세 자매는 함께 기모노를 차려 입고 교토로 여행을 떠나 벚꽃의 취흥에 빠져들고 여름이면 먼 친척의 시골 마을에 내려가 황홀한 반딧불이의 세상을 경험한다. 둘째 유키코의 중매가 소설 속에 4~5번에 걸쳐 반복되지만 이 역시 일상의 사사로운 사건처럼 무심하게 진행된다. 이른바 세태소설이라 할 수 있지 않을까? 이보다 시기적으로 조금 먼저 쓰인 우리 작가 박태원의 소설 『천변풍경』이 내내 떠오른다. 따지고 보면 이제까지의 소설들이란 늘 사람들의 삶에 과장을 일삼아 갈등과 사건을 우겨 넣기에 급급했건만, 우리네 일상이란 게 그렇듯 늘 갈등과 사건의 연속은 아니지 않던가. 이렇다 할 사건 없는 '일상'이 주인공인 이런 소설들이야말로 어쩌면 삶의 모양을 제대로 담고 있는 것들이 아니겠는가.

책을 읽으니, 간사이 지방이라면 도쿄나 일본의 다른 곳에서는 느끼지 못할 어떤 매력을 만날 수 있을 거란 막연한 믿음이 생긴다. 마침내 시간을 내어 간사이로 향했다. 오사카의 밤엔 도톤보리의 선술집들을 옮겨다니며 술을 마셨고 나라의 절집에서는 으리으리한 그곳에 눌러앉은 곱게 늙은 평화를 발견했다. 교토에서는 『세설』에 묘사된 난젠지, 헤이안 신궁, 료안지 등 절집과 명소를 찾아다녔다. 단아한 기모노를 차려 입고 거리를 활보하는 교토의 젊은 여성들이 무척 아름답게 느껴졌다. 그제야 일본이 완전히 다르게 다가왔다. 나는 일본을 제대로 알지 못했던 것이다. 간사이 지방은 미美가 살고 있는 고장이었다. 간사이의 아름다움이 나를 배신했다.

간사이로 떠나기 전, 미시마 유키오의 『금각사』를 124쪽까지 읽었다가 여행에서 돌아와 그 나머지를 읽었다. 124쪽까지는 쉽게 읽었는데 다녀온 뒤에는 꽤 더디게 읽힌다. 그어지는 밑줄도 많아지고 머뭇거려지는 페이지도 많다. 그러다 보니 완독하는 데 거의 3주가 걸렸다. 단숨에 써내려간 듯 감정과 문체에 기복이 없는 편인데 관념적이고도 추상적인 주인공의 내면세계는 한 줄 한 줄을 쉽게 나아가지 못하게 했다. 어렵고도 고통스러운 책읽기였다. 책이 재미없어 고통스러운 것이 아니라 행간의 의미를 제대로 읽어내지 못할 거라는 불안에서 비롯되는 고통이었다. 십수 년 전 청춘의 어느 여름, 이 책을 어떻게 그리 빨리 읽어치웠는지 도무지 알 수 없다. 녹록하지가 않다.

어릴 적부터 아름다운 '금각사'에 대해 듣고 그에 대해 환상을 품고 자란 한 말더듬이 청년이 그 금각사의 도제가 되어 겪은 격렬한 청춘의 고뇌와 몽상이 소설의 내용이다. 선과 밝은 세계를 상징하는 친구 쓰루가와와 악과 어두움을 상징하는 친구 가시와기 사이에서 방황하던 도제승은 절도, 매춘, 태만 등 위악僞惡에 가까운 행동들을 저지르며 차츰 의도한 타락과 파멸의 길을 걷는다. 그의 내면에서는 선과 악, 미와 추가 끝없이 충돌하는데 그 중심에는 늘 '금각'이 있다. 금각의 미에 매료되었으면서도 그를 질투하며 금각이 자신의 삶을 방해한다고 느끼던 도제승은 마침내 일본 미학의 상징이자 국보인 금각을 불태우는 충격적인 행동을 저지르기에 이른다. 소설 앞부분, 주인공 소년이 처음 금각과 마주한 장면과 그 얼마 뒤 고향에 돌아와 금각을 떠올리는 심리의 간격에서 미에 사로잡힌 영혼의 극심한 혼돈과 악행은 이미 예견되고 있다.

— 아무런 감동도 일어나지 않았다. 그것은 낡고 거무튀튀한 자그마한 3층 건물에 지나지 않았다. 아름답기는커녕 조화되지 못한 느낌마저 풍겼다. 아름다움이란 이처럼 조잡스러운 것을 일컫는가 하는 생각이 들 정도였다. 내가 마음속으로 그처럼 간절하게 아름다움을 기대했던 만큼 배반당한 고통의 크기는 그럴 여유를 주지 않았다. 나는 깅가쿠(금각)가 그 아름다움을 감추려고 위장했다고 생각하기까지 했다.

— 몹시 실망을 안겨주었던 깅가쿠(금각)가 야스오카로 돌아오자 놀랍게도 내 마음속에서 그 아름다움이 되살아나기 시작했다. 그리하여 실물을 대하기 전보다도 더 아름다운 깅가쿠가 되어 있었다.

『금각사』 중에서

1950년 실제 교토 금각사의 도제승 하야시 쇼켄에 의해 범해진 금각사 방화 사건을 소재로 한 이 작품은, 역시 신문 한 귀퉁이에 실린 한 법대생의 전당포 노파 살인 사건을 소재로 삼은 도스토옙스키의 『죄와 벌』을 떠올리게 한다. 하나의 엽기적인 사건을 통해 그를 범하게 된 인물의 고뇌와 심리를 파고든 면에서 그러하다. 선과 악의 표상 사이에 고뇌하며 성장하는 청춘을 그린 점에서는 『데미안』의 그림자도 느껴진다. 무엇보다 이 소설은 아쿠타가와 류노스케와 다니자키 준이치로, 아니 일본 문화 속에 면면히 이어져온 탐미적 문학 전통의 정점에 서 있다. 김동인, 손창섭 등에 의해 간간이 명맥을 유지한 우리 문학에 비해 탐미주의는 일본 근대문학의 지배적인 경향으로 이어져 왔다. 그 중심에 미시마 유키오와 다니자키 준이치로, 그리고 그들 작품의 무대인 간사이 지방이 자리 잡고 있다 해도 틀린 말은 아닐 것이다. 그런데, 왜 미에 대한 추구는 종국에 가서는 악의 문제와 직결되는 것일까? 탐미주의 문학에 공통적으로 보이는 미와 악의 긴밀한 관계에 대해 여전히 알 수 없는 의문을 갖게 된다. 미는 과연 악한 것인가?

미가 살고 있는 간사이 지방으로의 여행은 아무리 시간을 가진다 한들 짧을 수밖에 없는 것이다. 미는 단번에 누군가의 영혼을 사로잡는 형식일 수도 있지만 때론 은은하고 도저하게 파고드는 것이기도 한 것. 미를 사로잡기 위해 더 많은 여행이 필요한 것인지도 모른다. 때때로 미는 그 모양을 바꿔가며 전혀 다른 모습으로 육박해오는 요괴와도 같다. 그렇듯 배반하는 미야말로 얼마나 견디기 힘든 찬란함일까. 마치 수도승의 젊은 날을 지배해온 찬란한 금각사처럼. 그런 미를 만난다면 어찌해야 할까. 금각의 방화에 주춤하고 머뭇거리던 도제승에게 마지막 힘을 불어넣어준 『임제록』의 구절에, 어쩌면 그 답이 있지는 않을까. 미를 만나거든, 미를 죽여야 하리라고.

> 부처를 만나면 부처를 죽이고, 조상을 만나면 조상을 죽이고, 나한을 만나면 나한을 죽이고, 부모를 만나면 부모를 죽이고, 친족을 만나면 친족을 죽여서, 비로소 해탈을 얻노라.

『임제록』의 구절, 『금각사』 중에서

좋은 소설의 문장은 마지막 장면을 향해 나아갈수록 시가 된다。 문장 하나하나、 단어 하나하나에는 그들의 모든 인생이 담기게 된다。

:: 김연수 『책도둑』 서평에서

절대 끝나지 않는 이야기가 담긴 책

_호주 | 『파이 이야기』

"수세기 동안 범선들은 매우 느린 여행을 하여서 오늘날보다도 그 여행은 훨씬 더 극적이었다. 여행 기간은 자연스럽게 그렇게 먼 거리만큼 지속되었다. 사람들은 지상에서나 바다 위에서나 이런 인간적인 느린 속도에 습관이 되어 있었다."

(마르그리트 뒤라스, 『연인』 중에서)

없다. 깨끗하고 아름다운 도시 시드니에 여행자를 불러들이는 강렬한 매력은 없었다.
모험과 불편함이 약간이라도 없는 여행은 언제부턴가 한없이 지리멸렬하기만 했다.

있다. 여행은 이름난 장소와 풍광들의 이야기라기보다는, 사람과 사람 사이의 이야기. 사람의 냄새가 곧 여행의 향내가 된다. 낯설거나 익숙한 향내를 찾아 그 사람에게 가고 싶다.

마침내 자동차 CF를 찍을 기회가 찾아왔다! 국내에 자동차 브랜드가 많지 않은 편이라 광고를 오래 한 사람도 경험해보기 힘든 것이 자동차 CF다. TV 광고의 꽃이라 불리는 자동차 CF는 멋진 풍광 위를 달리는 자동차를 매력적으로 담기 위해 대부분 해외에서 촬영되기 일쑤다. 마침내 명령이 떨어졌다. 모 자동차 광고의 촬영을 위해 호주에 다녀오라고. CF 감독과 클라이언트, 모델, 스태프와 함께 광고회사 담당자로 일주일가량 출장을 가게 되었다.

가보고 싶고 가야 할 곳도 많은 세상에서 갈 곳의 목록 맨 끄트머리에 놓았던 나라가 내겐 호주나 일본 정도였다. 유럽, 미국 등 선진국 여행에 더는 매력을 느끼지 못하면서부터 어쩐지 내 돈과 시간을 들여서 가기엔 아깝단 생각이 들던 나라들이다. 그런데 일을 위해 출장을 다녀오라니 그저 황송할밖에. 호주로 출장 가는데 머리 복잡하지 않고 술술 읽힐 만한 책 좀 없어? 책벌레 친구에게 묻자 『파이 이야기』를 추천한다. 파이? 수학과 관련된 책 아냐? 갸우뚱했지만 대체로 틀림없던 녀석인지라 그의 말을 믿기로 한다. 게다가 영국의 부커상 수상작이라니. 이번엔 때가 꼬장꼬장 묻은 여행 배낭이 아니라 빳빳한 캐리어 가방 안에 여행의 책이 고스란히 담겼다.

가족을 위한 레저용 차의 CF는 여러 장소에서 촬영이 진행되었다. 시드니를 거점으로 어떤 날은 중세 귀족의 대저택 같은 집 앞마당에서 촬영했고 어떤 날은 시내에서 한참 벗어난 울창한 숲에서 찍었으며 또 번화한 도심 한복판에서도 찍었다. 여간 공이 들어가는 촬영이 아니었다. 그러면서도 그 주 일요일 아침에 있을 도로 주행 신 촬영이 기다려졌다. 경험이 많은 동료 프로듀서가 아주 근사한 촬영이 될 거라며 잔뜩 바람을 넣었기 때문이다. 일요일은 좀처럼 오지 않았다.

해가 떨어져 촬영을 진행할 수 없게 되면 그제야 일과가 끝났다. 지친 몸으로 호텔로 돌아와 휴식하는 틈틈이 『파이 이야기』를 읽었다. 소설은 인도 남동부 폰티체리라는 작은 도시에서 시작된다. 프롤로그 앞부분에 "내 이야기를 들으면, 젊은이는 신을 믿게 될 거요"라는 말이 눈에 확 들어온다. 얼마나 대단한 이야기를 풀어내려고 이런 허풍을 다 떨까? 그러더니 '파이'의 모험담이 본격적으로 시작되는 본문 앞쪽엔 낯선 동물 '나무늘보'에 대한 박물학적 지식이 장황하게 서술된다. 재기발랄한 문장과 발상이 별생각 없이 책을 잡고 있던 나를 책으로 바짝 다가서게 한다.

> 나무늘보는 대단히 흥미로운 생물이다. 유일한 습관이 게으름 피우기다. 하루 평균 스무 시간씩 자거나 휴식한다. 이 동물은 나뭇가지에 거꾸로 매달려서, 시속 400미터로 움직인다. 땅에서는 시속 250미터로 나무에 기어오른다. 이것도 다급할 때의 속도다. 다급한 치타보다 440배 느린 속도다. 청력의 경우, 안 들린다기보다는 소리에 관심이 없다. 후각이 약간 낫긴 하지만 과대평가해선 안 된다. 놈들은 너무 느린 덕분에 목숨을 부지한다. 잠과 게으름 덕분에 재규어와 스라소니, 큰수리, 아나콘다에게 먹히지 않는다. 나무늘보의 입에는 언제나 맘씨 좋은 미소가 걸려 있다.
>
> 『파이 이야기』 중에서

남인도 폰티체리에서 동물원을 경영하는 부유한 집에서 태어난 주인공 소년 '파이'는 어려서부터 많은 동물들을 보며 자란다. 사자의 울음소리를 자명종 삼아 잠에서 깨고 수달과 아메리카 들소의 인자한 눈길을 받으며 등교할 정도. 동물들이란 대체로 보수적이라는 둥, 사교성이 가장 좋은 동물은 코뿔소라는 둥, 동물에게 지성이 있다면 야생이 아닌 동물원의 삶을 선택할 거라는 둥, 동물원에서 가장 위험한 동물은 인간이라는 등등 말랑말랑한 지식과 장광설을 그럴싸한 입심으로 풀어간다. 그러던 중 혼란스러워져만 가는 인도 정세에 불안을 느낀 파이의 부친은 마침내 동물원 사업을 접고 가족 모두 캐나다로 이민을 가기로 결심한다. 소유하고 있던 동물들은 가장 좋은 값을 쳐주는 미국에 팔기 위해 이민 가는 화물선 '침춤'호에 함께 태우고 마침내 남인도 마드라스항을 출발한다.

많은 동물과 가족을 태운 큰 배는 필리핀을 지난 며칠 뒤 폭풍우를 만나 태평양 한가운데서 좌초되는 비극이 벌어진다. 한밤중 격렬한 폭풍우 속에서 가까스로 구명보트에 올라타 생명을 구한 파이는 가족이 모두 몰살되었다는 슬픔을 느낄 겨를도 없이 보트에 올라탄 동행들을 보고 깊은 절망에 빠져든다. 보트 위에는 파이 외에도 얼룩말과 오랑우탄, 하이에나와 함께 '앞발이 브리태니커 백과사전만 한'(리처드 파커라 이름 붙인) 벵골호랑이가 올라타 있는 것이 아닌가. 난파된 보트 위에서 굶주린 하이에나는 얼룩말과 오랑우탄을 차례차례 공격해 잔인하게 뜯어먹고 목숨을 연명하지만 그 역시도 호랑이 리처드 파커에게 잡아먹히는 신세가 된다. 결국 보트 위에는 리처드 파커와 파이만이 남게 된다.

이쯤이 책의 절반 정도에 해당한다. 이튿날 아침 일찍 촬영이 예정돼 있는데 좀처럼 책을 내려놓을 수 없다. '책을 붙들고 새벽까지 단숨에 읽어 내렸다' 뭐 이런 우쭐한 서평을 쓰고 싶을 정도다. 하지만 일부러 잠을 청한다. 촬영도 촬영이지만 이 재미있는 책을 다 읽어버리면 갑자기 인생이 심심해질 것만 같다. 불을 끄고 누웠는데 태평양 한가운데 호랑이와 단둘이 남겨진 소년의 모습이 아른거린다. 보트 아래는 무시무시한 상어떼가 우글

우글하다 했지. 허구, 즉 소설이란 게 무슨 설정인들 못할까마는 이 소설의 '구라'는 대단하다. 과하단 느낌도 들지만 절대 비난할 수 없다. 소설은 모름지기 이래야 한다!

이튿날 촬영을 진행하면서도 태평양 한가운데서 벌어진 전대미문의 사건이 궁금해 미칠 지경이다. 호랑이와 단둘이 보트에 남겨진 소년은 과연 살아남을 수 있을까? 절반도 더 남은 책에 과연 무슨 이야기가 담겨 있을까? 그날따라 촬영은 몹시 더디기만 했다.

어디로 떠가는지 방향도 위치도 알 수 없는 태평양 한가운데서 맹수와 소년의 생존담은 계속된다. 언제쯤 이 연약한 소년이 굶주린 호랑이에게 꿀꺽 먹히는 신세가 될까 조마조마하지만 그런 상황은 계속 유보된다. 소년 파이는 무지막지한 맹수와의 미묘한 신경전을 잘 리드해가면서 절망의 상황을 해쳐나간다. 보트로 다가온 날치라든가 만새기, 상어 등의 물고기, 가마우지 같은 새, 심지어는 바다거북을 산 채로 잡아 난생처음 살생을 하고 그것들을 날로 먹으며 주린 배를 채운다. 그 장면들의 묘사는 극한 상황에 처한 인간이 얼마나 잔인하고 용감해질 수 있는지를 보여준다. 현기증으로 인해 배에 똑바로 서 있지 못해 파이를 공격할 수 없는 호랑이 리처드 파커에게도 물과 먹이를 던져주며 차츰 그를 길들인다. 처음엔 공포의 대상이던 리처드 파커는 어느덧 공존해야 할 친구로 인식되고 종당에는 보호해주고 싶은 대상이 된다. 끝을 알 수 없는 긴 난파 생활은 세상에 호랑이보다 더 무서운 것이 무엇인지를 일깨워준다. 파이는 다음과 같이 말한다.

죄다 말하겠다. 마음 한편으로 리처드 파커가 있어 다행스러웠다. 마음 한편에서는 리처드 파커가 죽는 걸 바라지 않았다. 그가 죽으면 절망을 껴안은 채 나 혼자 남겨질 테니까. 절망은 호랑이보다 훨씬 무서운 것이 아닌가. 내가 아직도 살 의지를 가지고 있다면, 그것은 리처드 파커 덕분이었다.

"사랑한다! 정말로 사랑해. 사랑한다, 리처드 파커. 지금 네가 없다면 난 어째야 좋을지 모를 거야. 난 버텨내지 못했을 거야. 그래, 못 견뎠을 거야. 희망이 없어서 죽을 거야. 포기하지 마, 리처드 파커. 포기하면 안 돼. 내가 육지에 데려다줄게. 약속할게. 약속한다구!"

『파이 이야기』 중에서

일요일의 촬영은 과연 대단했다. 차들이 드문 새벽, 아름다운 시내가 내려다보이는 교각 위에서 촬영이 진행됐다. 수십 대의 차량이 모델이 탄 차와 스태프들의 차를 앞뒤로 호위하며 같은 속도, 같은 방향으로 일제히 달려갔다. 첫 차량부터 마지막 차량까지 수 킬로미터 거리를 두고 달리면서 무전기로 촬영의 세세한 지시가 떨어졌다. 액션영화의 추격 신이 어떻게 촬영되는지 짐작이 갔다. 촬영이 끝나자 마침내 한시름 놓았다. 남은 촬영을 감독에게 부탁하고 계획대로 클라이언트와 함께 해안선을 따라 시드니 북쪽으로 한나절 여행을 다녀왔다. 영화 〈빠삐용〉의 마지막 장면을 찍은 천애의 낭떠러지를 보았고 드넓은 태평양과 마주한 광활한 모래사막에서 샌드보드를 타기도 했으며 멜버른이 멀지 않은 와인농장에서 만찬을 즐겼다. 예상대로 때 묻지 않은 자연과 세련된 도시가 공존하는 곳이 호주였다. 더 깊숙한 내륙 쪽으로 차를 달리고 싶었지만 집에 가야 할 일을 생각했다. 출장이란 일종의 여행일 수도 있지만 결국은 여행이 아닐 수도 있다.

절망마저 기력을 잃어갈 즈음, 파이와 호랑이를 태운 보트가 마침내 육지에 닿는다. 멕시코의 작은 해안가 마을에 도착한 보트에서 리처드 파커는 훌쩍 달아나 밀림 속으로 사라지고 파이는 마을 사람들에 의해 구출

된다. 227일의 긴 표류는 그렇게 끝을 맺는다. 멋진 이야기가 마침내 끝났다고 생각했는데 아직도 남은 책장은 도톰했다. 마지막 3부는 환자인 파이를 인터뷰한 일본인의 기록 형식으로 되어 있다. 파이가 바다에서 겪은 일을 인터뷰하는데 이 기록의 이야기는 앞부분에 장황하게 펼쳐진 호랑이와 하이에나 등이 등장하는 '동물'의 얘기가 아니라 구명보트에 구조된 몇몇 '사람'들이 등장하는 전혀 다른 이야기다. 그리고 그 이야기는 동물들의 이야기보다 더 끔찍하고 충격적이다. 파이는 두 이야기 중 어느 것이 진실인지 언급하지 않은 채 다음과 같이 말한다.

> 어느 이야기가 사실이든 여러분으로선 상관없고, 또 어느 이야기가 사실인지 증명할 수도 없지요. 그래서 묻는데요, 어느 이야기가 더 마음에 드나요? 어느 쪽이 더 나은가요? 동물이 나오는 이야기요, 동물이 안 나오는 이야기요?
>
> 『파이 이야기』 중에서

소설은 마지막 장까지 절대로 느슨해지지 않으면서 세상에서 가장 흥미로운 이야기를 풀어낸다. 이 책만큼 충격적이고도 의미심장한 반전을 보여주는 소설을 기억해낼 수가 없다. 이 소설이 영화화된다는 소식의 처음에 영화 〈식스센스〉의 감독이 거론된 사실도 그렇게 이해된다. 이 소설의 영화화는 최종적으로는 〈와호장룡〉의 이안 감독에게 메가폰이 넘어갔다고 한다. 이 무지막지하게 재미있는 소설을 스크린 안에서 제대로 풀어가는 일이 결코 만만치는 않으리라.

『파이 이야기』의 책장을 덮으며 문득 든 생각. 누군가는 소설이 죽었다고 선언했고 누군가는 더는 새로운 이야기는 없을 거라며 '창작의 고갈'

을 얘기했다. 하지만 이토록 흥미진진한 이야기는 여전히 상상되고 쓰이고 있지 않은가? '태평양 한 가운데 호랑이와 단 둘이 보트에 남겨진 소년의 이야기'란 발상처럼 상상력을 극한까지 밀고나간 훌륭한 이야기가 왜 불가능하단 말인가? 인간이 존재하는 한 인간의 '이야기 본능' 역시 죽지 않고 살아 있을 것이다.

책에서 한참 고개를 끄덕이게 한 대목 하나. 지루한 난파 생활 중에 파이가 툭 내뱉은 구절이다.

> 내 가장 큰 바람은 – 구조보다도 큰 바람은 – 책을 한 권 갖는 것이었다. 절대 끝이 나지 않는 이야기가 담긴 긴 책. 읽고 또 읽어도 매번 새로운 시각으로 모르던 것을 얻을 수 있는 책.
>
> 『파이 이야기』 중에서

끝이 안 보이는 긴 여행길에 절대로 끝나지 않을 책 한 권을 갖는 것. 그것은 여행자가 가지고 다닐 수 있는 최고의 보물일 것이다. 역설적으로 『파이 이야기』처럼 너무 단숨에 읽히는 책은 긴 여행에 적합하지 않다. 출장 같은 짧은 여행에나 그럭저럭 어울릴 뿐.

귀국 비행기의 창밖으로 드넓은 태평양이 펼쳐져 있다. 저 망망한 바다 어딘가에 무지막지한 호랑이와 더불어 사이좋게 절망을 헤쳐나가고 있을 소년의 보트가 떠다니고 있을 것만 같다.

세상엔 잡히지 않는 물고기들이 있단다。 다른 물고기보다 특별히 빠르거나 힘이 세지도 않은데 절대 잡히지 않는 녀석들이지。 뭔가 특별한 것만이 그 녀석들을 건드릴 수 있지。

∷ 영화 〈빅 피쉬〉 첫 구절

이야기를 찾아 떠나다

스페인

그리스

모로코

요르단, 시리아, 레바논

팔레스타인, 혹은 이스라엘

터키, 이집트

분노가 나를 여행하게 하네

_스페인 | 『카탈로니아 찬가』『바람의 그림자』

>

페르도 알모도바르 감독의 영화 〈그녀에게〉에는 우는 남자들이 등장한다. '아름다움'에 감격해 우는 남자들. 나도 그렇게 울어보고 싶어 스페인을 생각했다. 유럽의 나라들 중에 이처럼 눈물과 잘 어울리는 나라가 있을까? 플라멩코의 절규에 묻혀 살짝 울어볼 일이다.

세비아의 광장에서 만난 신사는 『돈키호테』의 산초 판사를 떠올리게 했다.
하지만 눈을 씻고 봐도 돈키호테를 닮은 사람은 찾을 수 없다.
돈키호테가 없는 시대, 따분하다.

벽은 도시를 닮아간다.
로마시대의 멋진 수로 유적이 있는 세고비아는 나이를 많이 먹은 도시다.
그 어느 외진 담벼락이 도시의 주름살을 대신 말해주고 있었다.

음악은 태생이 슬픈 것이라 했거늘, 플라멩코는 어쩌자고 슬픔 위에 눈물을 보태려 하는가.
'올레! 올레!' 를 외치는 사이, 눈앞에 보랏빛 샹그리아 잔만 차곡차곡 쌓여간다.

알함브라 궁전을 내려와 알바이신 마을로 향한다.
한 사진가가 그곳에 살며 쓴 책에서 알바이신은 고양이들의 나라였다.
지금, 고양이들을 만나러 가는 길.

트레몰로 주법의 기타 소리가 환청처럼 들려오던 알함브라 궁전의 맞은편 언덕.
그 위로 들리지 않는가, 이슬람의 천년 왕국이 함락되던 밤, 무어인들이 쏟아내던 비탄과 절규의 소리가.

1936년 겨울, 영국 청년

에릭 아서 블레어는 스페인 바르셀로나에 첫발을 디뎠다. 파시즘으로 치닫고 있는 이웃 나라의 불의를 그냥 보고만 있을 수 없다는 것이 이유였다. 그렇게 스페인 내전에 참가했다가 부상을 입고 고국에 돌아온 그는 전쟁에서 겪은 일을 책으로 남겼다. 그 책 『카탈로니아 찬가』에는 조지 오웰이라는 낯익은 필명이 붙어 있다. 그를 스페인으로 불러들인 건 '분노' 였다.

잘나가던 아나운서 손미나는 어느 날 자신의 발목을 잡고 있는 건 바로 자신뿐이란 걸 깨닫고 모든 것을 훌훌 털어버리고 짝사랑해왔던 스페인으로 향했다. 스페인에 가서 '마음껏 춤을 추다 오겠다'는 것이 그녀의 계획이었다. 그녀를 스페인으로 불러들인 건 되찾고 싶은 '꿈'이었다.

카탈로니아 문화를 전공하는 비키와 연애지상주의자인 친구 크리스티나는 낭만적인 휴가를 보내기 위해 바르셀로나에 도착한다. 그곳에서 괴짜 화가와 그 아내를 만나 좌충우돌 괴상한 해프닝에 휩싸이면서 결국 그들은 황급히 바르셀로나를 떠나게 된다. 우디 앨런의 영화 〈비키 크리스티나 바르셀로나〉의 여주인공들을 바르셀로나로 불러들인 건 스페인식 '낭만' 이었다.

스페인을 꿈꾼다면 그대는 아직 젊은 것이다. 누구나 나름의 이유로 스페인을 꿈꾸고 향한다. 그 겨울 내가 스페인을 찾은 건 그런데, 무엇 때문이었을까? 여행의 취향이 거친 오지와 사람들 쪽으로 향하면서 유럽이나 북미 같은 땅에 대체로 흥미를 잃었건만 그 겨울 문득 스페인에 가고 싶어졌다. 반년 전 남미 대륙을 여행하며 나는 곳곳에서 악명 높았던 스페인 제국주의의 흔적과 맞닥뜨리게 되었고 세상에서 가장 극악무도한 불한당들의 나라로 스페인을 점찍어 두었다. 나를 스페인으로 불러들인 것 역시 약간의 '분노' 비슷한 감정이었다. 그런데 스페인에 와서 단 며칠 만에 내 반감의 행방과 까닭을 잃어버렸다. 바르셀로나 람블라스 거리나 마드리드의 그랑 비아를 서성여 봐도 극악무도한 불한당의 그림자는 당최 만날 수가 없었다. 스페인은 친절했고 나름 순수했으며 한편으론 슬픔과 우울함을 잔뜩 머금고 있었다. 한을 담고 절규하는 플라멩코와 기괴한 건축과 그림들은 나로 하여금 이 나라를 다만 몇 마디로 쉽게 규정할 수 없게끔 만들었다.

여행 직전, 이 나라에서 공부했던 친구가 일러준 스페인은 썩 명쾌하고 간단했다. "바르셀로나에서 가우디와 피카소를 보고 마드리드에서 투우를 관람해 봐. 안달루시아에서 플라멩코에 빠져보고 알함브라 궁전도 다녀와. 시간이 되면 북부 산티아고 길을 걸어도 되겠군." 상당히 거들먹거리는 태도였다. 음, 그렇겠군. 생각하고 있는데 그가 다급하게 덧붙였다. "만일 여행 중에 FC 바르셀로나와 레알 마드리드의 경기가 있다면 반드시 찾아볼 것! 표를 훔쳐서라도 봐야 돼."

덧붙인 미소가 진실성을 의심케 했지만 어쨌거나 그 짧은 요약에 스페인에서 할 일들이 대번에 정리되었다. 음식은 어떤가? 바르셀로나에선 타파스에 시원한 맥주를, 발렌시아에서는 파에야를, 세고비아에선 코치니오 아사도를, 안달루시아에서는 차디찬 스프인 가스파초를 즐기면 된다. 아아, 읽어야 할 책도 얼마나 명쾌한가. 바르셀로나의 노천카페에 죽치고 앉아 조지 오웰의 『카탈로니아 찬가』나 사폰의 『바람의 그림자』를 읽는 거다. 카스티야의 황량한 들판에서 『돈키호테』를 읽고 안달루시아의 오렌지나무 아래서 우나무노의 사색적인 책이나 로르카의 희곡을 읽으면 어떨까? 루이스 브뉴엘의 영화에 등장하는 한심한 부르주아 사내들이나 페르도 알모도바르 영화의 울고 있는 여인들을 만나게 되겠지? 스페인에선 해야 할 일이 너무 많아 보였다.

바르셀로나 근교의 산악 마을 몬세라트로 향하다가, 나는 그 부근이 조지 오웰이 『카탈로니아 찬가』에서 묘사한 전쟁터와 꽤 흡사하다는 느낌을 받았다. 협곡을 사이에 두고 파시스트 군대와 길고 지루한 대치를 이어가던 산악의 느낌. 오웰은 1936년 겨울부터 이듬해 봄까지 '적보다 무서운' 추위와 벌레, 폐렴 등과 싸우며 전선에서 복무했다. 이웃 나라가 파시스트 군인들에 의한 쿠데타로 전쟁에 휩싸였다는 소문은 책상머리에서 글만 쓰고 있을 수 없었던 헤밍웨이나 앙드레 말로 같은 가슴 뜨거운 청년 작가들을 스페인으로 불러들였고 영국 청년 조지 오웰도 예외가 아니었다. 불의와 싸우기 위해 국경을 넘어 스페인 카탈로니아 지방의 주도인 바르셀로나에 도착했을 때 오웰은 완벽한 평등과 인류애가 넘쳐나던 도시 분위기에 한껏 고무되었다. 그는 바르셀로나의 첫인상에 대해 '그 도시의 모습을 보자마자 내가 싸워서 지킬 만한 어떤 가치가 있다고 확신했다'고 적고 있다. 그는 이내 혹독하고 지루한 겨울 전선에 보내진다.

교착 상태에 빠진 전선에서 생존을 위협하는 자연 조건과 싸우며 지루한 전투를 이어가던 5월 어느 날, 그는 마침내 휴가를 얻어 바르셀로나로 돌아온다. 그러나 그를 기다리고 있던 것은 반反파시즘 세력 내부에 잠재해 있던 갈등과 분열이다. 스탈린의 지원을 받은 다수파 세력이 다른 군소 정파를 붕괴시키고 주도권을 잡으려는 가운데 바르셀로나는 어제의 동지들끼리 총을 겨누는 비극의 현장으로 탈바꿈한다. 이 모든 과정에 환멸을 느낀 데다 억울하게 스파이로 몰려 생명의 위협까지 느끼게 된 오웰은 가까스로 국경을 넘어 스페인을 탈출한다. 쫓겨나듯 스페인을 떠나면서도 그는 자신이 지키고자 했던 꿈과 이상을 옹호하고 추억하며 다음과 같이 스페인을 뒤돌아본다.

나는 잠깐이나마 모든 사람의 상상 속에 존재하는, 아득한 소문과 같은 나라 스페인을 본 것 같았다. 하얗고 뾰족뾰족한 산맥, 염소지기, 종교재판을 하던 지하 감옥, 무어인의 궁전, 꾸불꾸불 줄지어 가는 검은 노새, 잿빛의 올리브나무와 레몬숲, 머리에서 어깨까지 검은 베일을 덮어쓴 처녀들, 말라가와 알리깐떼의 포도주, 성당, 추기경, 투우, 집시, 세레칸테. 간단히 말해 이것이 스페인이었다. 유럽국들 가운데 나의 상상력을 가장 강하게 사로잡았던 나라였다.

『카탈로니아 찬가』 중에서

『중국의 붉은 별』『세계를 뒤흔든 10일』과 함께 세계 3대 르포 문학으로 꼽히는 『카탈로니아 찬가』는 전장의 모습을 사실적으로 그려낸 전반부와 반파시즘 세력 내부의 갈등과 비극을 보여준 후반부를 통해 전쟁의 의미에 대해 묻는다. 환멸 속에 작가가 찾은 결론이란 어딘가에 적고 있듯 "모든 전쟁은 진행되는 과정에서 점차 타락해간다"는 사실이다. 누구나 알고 있으되 누구도 그 진상을 제대로 알고 있지 못하는 복잡한 스페인 내전에 관한 지식은 이 책이 주는 덤이다.

람블라스 거리의 타파스 바에서 맥주잔을 기울이며 『카탈로니아 찬가』의 마지막 장들을 읽어나갔다. 작가가 느낀 울분과 절망이 고스란히 전해진다. '분노'가 아니었다면 이 책을 쓰지도 않았다는 작가의 말처럼 책은 차분한 듯 격렬한 분노를 머금고 있다. 가까스로 탈출해 국경을 넘자마자 시가부터 먼저 샀다는 그가 만일 곁에 있다면 맥주라도 한 잔 사드리고 싶어진다. 진실과 정의를 좇는 웅숭깊은 작가의 눈망울에 설핏 눈물이 맺히는 걸 보게 될지도 모른다. 묵묵히 잔을 드는 퀭한 눈빛에서 모든 전체주의, 파시즘에 대한 반대를 표명한 그의 나중 작품들, 이를테면 『동물농장』이나 『1984년』의 실마리를 읽게 될지도 모를 일이다. 그러다 술잔이 깊어지면 이 실패하고 좌절한 마음 뜨거운 사내, 엉엉 울어버릴지도 모를 일이 아닌가.

바르셀로나를 떠나 마드리드, 톨레도, 세고비아 등을 거쳐 나의 여정은 스페인 남부의 안달루시아 지방으로 향했다. 그 길에 동행한 책은 스페인 소설로는 드물게(?) 세계적인 베스트셀러가 된 카를로스 루이스 사폰의 『바람의 그림자』. 역시 바르셀로나가 무대인 소설이다. 책의 톡톡 튀는 문장과 생각들이 지루하게 이어지는 카스티야 평원의 여행길에 경쾌하게 튀어 올랐다.

— 누가 그랬어. 누군가를 사랑하는지 생각해보기 위해 가던 길을 멈춰 섰다면, 그땐 이미 그 사람을 더 이상 사랑하지 않는 거라고.

— 그 만년필은 배고픔과 추위 때문에 죽어버린 어느 소설가, 한때 그 만년필의 주인이었던 그 소설가의 고통스런 영혼에 사로잡혀 있었다. 어느 습작가의 수중에 들어가자 그 만년필은 종이에다가 옛 주인이 살아서 끝내지 못한 마지막 작품을 집요하게 쓰려고 했다.

— 네가 보는 책들, 한 권 한 권이 모두 영혼을 가지고 있어. 그것을 쓴 사람의 영혼과 그것을 읽고 살면서 꿈꾸었던 이들의 영혼 말이야.

『바람의 그림자』 중에서

책을 읽다가 밑줄을 긋고 어떤 부분에서는 책장의 귀퉁이를 접어두기까지 했다. 어떤 글귀는 강렬한 맛으로 자극해오고 어떤 문구는 은은하면서도 담백한 뒷맛으로 감긴다. 입안에 퍼지는 일품요리의 느낌을 잊고 싶지 않듯 경쾌한 구절들이 주는 울림을 두고두고 음미하고 싶어진다.

이 책 역시 스페인 내전과 그 앞뒤의 시대를 시간적 배경으로 한다. 화자인 소년 다니엘이 그의 아버지와 함께 찾아간 '잊혀진 책들의 묘지'라는 서가에서 『바람의 그림자』란 책을 꺼내 들면서 이야기가 시작된다. 그 책의 저자인 훌리안 카락스에 관심을 갖게 된 다니엘에게 정체 모를 괴한이 찾아와 책을 넘길 것을 요구하고 악랄한 형사까지 그를 추적해오면서 소설은 30여 년 전 바르셀로나에서 벌어졌던 음울하고 슬픈 사랑과 우정, 불륜과 파멸의 드라마를 드러내기 시작한다. 고딕 소설의 인물을 연상시키는 매력적인 주인공 훌리안 카락스는 한때 촉망받는 작가 지망생이었는데 자신의 저주받은 운명을 깨달은 순간 기괴하게 뒤틀린 괴물로 탈바꿈한다. 그밖에도 악의 화신인 푸메로 경위나 비운의 여성 누리아 몽포르트, 숨겨진 진실을 파헤치는 소년 다니엘과 익살스러운 페르민, 진지하고 사려 깊은 다니엘의 아버지 등의 인물들이 책장마다 살아 숨 쉬고 있다. '가르시아 마르케스, 움베르토 에코, 그리고 호르헤 루이스 보르헤스가 이 작품에서 만나고 있다' 라는 《뉴욕타임즈》의 리뷰나 '이런 책이 있다면 텔레비전의 좋은 프로그램과 행복한 뉴스가 왜 필요하단 말인가?' 라던 스티븐 킹의 리뷰도 끄덕여줄 만하다. 그러나 이 책에 전적인 찬사만을 보내긴 어렵다. 순간순간 분위기를 만들어내는 솜씨는 탁월하지만 추리의 틀이 좀 엉성한 느낌이다. 저주받은 운명을 깨달은 주인공이 자신이 출간한 소설을 모두 사들여 불태운다는 등 몇몇 설정은 지나친 비약으로 읽힌다. 게다가 모든 비극의 열쇠가 진부하기 짝이 없는 '출생의 비밀' 때문이란다. 가장 맘에 안 드는 건 할리우드의 블록버스터에나 등장할 법한 억지스러운 해피엔딩이다. '해피엔딩' 이란 결국 위대한 작품의 발목을 잡는 어찌할 수 없는 걸림돌이란 말인가?

이 책은 긴긴 밤이나 먼 여행길을 훌쩍 건너가기에 맞춤한 책이다. 같은 도시에 비슷한 시대를 배경으로 했으되 시대의 준엄함에 짓눌린 조지 오웰의 책과는 다르다. 그러면서도 바르셀로나의 무겁고 음산한 분위기는 비슷하다. 오웰의 책이 무겁고 진한 오징어먹물 빠에야의 깊은 맛을 풍긴다면 이 책은 다채롭고 은은한 스페인 중부의 새끼돼지 요리, 코치니오 아사도의 맛이다.

스페인의 도시들은 저마다의 빛깔과 향기로 여행자를 맞는다. 마드리드는 마드리드대로, 톨레도는 톨레도대로, 세고비아나 코르도바, 세비아, 그라나다 모두 그런대로. 그러나 뭐니뭐니해도 처음 만난 바르셀로나의 인상은 특히 강렬하다. 그룹 퀸의 프레디 머큐리가 요절하기 전 부른 노래 〈바르셀로나〉에서처럼 강렬한 환상과 자극이 이 도시에서 느껴진다. 가우디의 기기묘묘한 세계가 이곳에 세워진 것도 당연해 보인다. 오웰이 '지킬 만한 어떤 가치가 있다고 느꼈던' 도시의 분위기는 『바람의 그림자』의 매혹적인 로맨스를 빚어낸 밤안개처럼 여행자의 흉중에서 떠나질 않는다. 그런 강렬한 이미지 하나 마음에 담아왔다면 괜찮은 여행이었다 할 만하지 않겠는가?

나는 그 책이 수년 동안이나, 어쩌면 내가 태어나기 전부터 그곳에서 나를 기다리고 있었을 거라고 확신했다. 진정으로 마음을 열어준 첫 번째 책처럼 한 독자에게 그토록 많은 흔적을 남기는 대상은 없다.

:: 카를로스 루이스 사폰 『바람의 그림자』 중에서

운명아, 너 가는 곳으로 나를 데려가라

_그리스 | 『오이디푸스 왕』

그리스 여행에 가져간 것들: 마리아 칼라스의 ‘노르마’와 영화 〈페드라〉의 마지막 장면, 미키스 데오도라키스의 음악과 니코스 카잔차키스의 책들. 신들이 떠난 자리에 사람들의 삶은 적요롭고 쓸쓸하기만 했다. 오이디푸스 왕도, 조르바도 만나지 못한 한없이 쓸쓸했던 여행.

지금은 이름도 기억나지 않는 그리스의 어느 섬. 지중해의 바람을 맞으며
노천에서 그리스 소주 우조를 마셨다. 사람에게서 술 냄새가 난 것이 아니라,
술에서 사람 냄새가 났다. 그리스 사람 조르바의 냄새가 났다.

(이철수 판화를 흉내 내어)
"이태리에도 있더니 스페인에도 있더니 그리스에도 있구나. 흔한 놈!"
지중해의 속내를 품고 있던 생선 요리 한 접시.

글쟁이 고종석은 말했다. "우리는 모두 그리스인이다."라고.
제우스와 포세이돈, 율리시즈와 오이디푸스의 이야기는
그리스만이 아닌 인류 보편의 신화가 되었다.

직장생활을 오륙 년쯤 하다가

우연히 '직장인 연극 동호회' 같은 것이 있다는 걸 알게 되었고 그곳에 들어가 다시 연극에 흠뻑 빠져 지낸 적이 있다. 대학에서 활동했던 연극 동아리에서는 주로 창작극을 올렸는데 그 직장인 동호회는 셰익스피어를 비롯한 서양의 정통 번역극을 무대에 올리는 곳이었다. 당시 나의 관심사에 더없이 적절한 곳이 아닐 수 없었다. 뒤늦게 셰익스피어에 빠져 잘 알려진 4대 비극은 물론 덜 유명한 역사극과 희극까지 탐닉하던 시절이었다. 그 무렵 재미있게 읽은 희곡은 셰익스피어가 창조한 인물 중 가장 익살스럽고도 지혜로운 인물인 폴스타프가 등장하는 「헨리 4세」 「맥베스」보다 대략 백배쯤 더 사악한 악의 화신 「리처드 3세」, 세상에서 가장 잔혹한 희곡이라 할 수 있는 「타이터스 앤드러니커스」, 연작처럼 읽히던 「안토니오와 클레오파트라」와 「줄리어스 시저」 등이었고 「십이야」 「한여름 밤의 꿈」 같은 희극喜劇도 유쾌하게 읽어나갔다. 그러나 언제 읽어도 뭉클한 감동을 주는 작품은 단연 4대 비극들이다. 청년 「햄릿」, 중년의 「맥베스」와 「오셀로」, 늙은 「리어 왕」 등은 언제나 멋지게 일그러진 영웅들이었고 그 대사들은 펄펄 튀어 올라 삶의 비의를 깊숙이 꿰뚫었다. 셰익스피어의 희곡만 남아 있다면 세상 모든 책이 불살라지더라도 문학은 다시 복원될 수 있다는 데 별 의심이 없었다.

그럼에도 불구하고 위대한 셰익스피어의 4대 비극을 모두 합친 것만큼이나 위대한 작품이라 생각해온 희곡이 있다. 소포클레스의 「오이디푸스 왕」이다. 2,500여 년 전 쓰인 이 희곡은 현대의 어떤 추리소설보다 치밀한 플롯을 갖추었고 어떤 훌륭한 희곡보다 인물과 갈등 구조가 살아 있다. 학생 때인 1990년 겨울, 국립극장 대극장 무대에 그리스 연출가에 의해 올려진 〈오이디푸스 왕〉을 관람한 일이 있는데 나는 연극을 보고도 펑펑 울 수 있다는 사실을 그때 처음 알았다. 아리스토텔레스가 『시학』에서 말한, 그것도 바로 「오이디푸스 왕」을 요모조모 분석하며 설명했던 '연민과 공포', '카타르시스' 등의 개념을 실감했다. 마침내 모든 진실이 밝혀진 순간 오이디푸스가 내뱉은 단말마의 비명에 나는 그만 저릿하게 감전되고 말았다. 그 순간 내가 오이디푸스였다.

오이디푸스를 만났던 두 번째 장면은 1998년이던가, 운 좋게도 한 연극단체의 관극평 공모에 뽑혀 세계 최대의 연극 축제라는 프랑스 아비뇽 페스티벌을 참관한 때에 있었다. 첫 유럽여행이기도 했는데 그때 이탈리아, 스위스를 거쳐 아름다운 남부 프랑스의 아비뇽에 도착했고 그 중세의 도시에서 매일 두어 편씩 연극을 관람했다. 영어도 아니고 대부분 불어로 상연된 연극들은 이해하기가 쉽지 않아서 실험극이나 현대극 대신 익히 줄거리를 아는 작품들, 이를테면 〈고도를 기다리며〉나 〈대머리 여가수〉, 체호프의 〈갈매기〉 같은 작품을 찾아보았다. 그러면서도 페스티벌 내내 기다린 연극은 그해 연극제의 하이라이트로 출품된 〈오이디푸스 왕〉이었다. 아비뇽 한가운데 자리 잡은 거대한 중세 성곽 안마당에 무대와 객석을 설치해 고대 그리스 야외극장의 분위기를 되살린 야심찬 공연이었다. 야외무대에서 펼쳐진 한여름 밤의 〈오이디푸스 왕〉은 역시나 대사를 전혀 알아들을 수는 없었지만 그 자리에 있다는 사실만으로도 행복하고 황홀한 경험이었다.

운 좋게도 가입한 직장인 극단에서 꿈에 그리던 「오이디푸스 왕」을 무대에 올리기로 결정했다. 거짓말 같지만, 바로 내게 오이디푸스 배역이 주어졌다. 노벨상이나 올림픽 금메달, 로또에 최고 상금을 받게 되더라도 그때처럼 감격스럽진 못할 것이다. 오이디푸스를 만난 세 번째 장면이다. 그러나 이 작품은 역시나 그리 호락호락한 작품이 아니었다. 관객을 고려해 한 시간 반 분량으로 압축한 연극에서 오이디푸스의 대사가 거의 절반 이상을 차지했다. 그 긴긴 대사들을 외느라 회사 일이 제대로 될 리가 없었다. 직장인들이 없는 시간을 쪼개 만든 연극이라 서로 호흡을 맞춰 볼 시간도 턱없이 부족했다. 그래도 행복했다. 세상에 태어나 연극 무대에 서보는 것만으로도 영광인데 그것도 주인공을 맡았고 다른 역도 아닌 '오이디푸스'가 아니던가. 먼 훗날 인생을 되돌아보더라도 오이디푸스와 하나가 되었던 그 시절은 틀림없이 가장 찬란했던 시간으로 기억될 것이다.

몇 해가 흘러 그리스로 떠나는 여행배낭 안에 다시금 『오이디푸스 왕』을 챙겨 넣었다. 오이디푸스와 만나는 네 번째 장면을 만들기 위해. 시들해지고 말라비틀어진 삶에 다시 한 번 '오이디푸스' 신을 불러들이고 싶었다. 그러면 어쩐지 삶이 다시 뜨거워지고 힘이 부쩍 솟을 것만 같았다.

그리스로의 여행을 준비한다면 가져갈 책 첫머리에 『그리스 로마 신화』가 놓일 것이다. 신화란 한 번 읽고 끝나는 일회용 책이 아니라 두고두고 틈틈이 읽어봐야 그 맛을 알게 될 책이다. 그리스 신화라면 말해 무엇하겠는가. 어린 시절 읽은 토머스 불핀치의 책도 괜찮고 오비디우스가 『변신』이란 이름으로 정리한 책, 우리 작가 이윤기 선생이 지은 책을 통해서도 다른 각도의 신화를 읽을 수 있다. 신화가 내키지 않는 사람이라면 두 말할 나위 없이 니코스 카잔차키스의 『그리스인 조르바』는 어떨까. 이 책만큼 사람 냄새 물씬 나는 책, 원초적인 생명력이 느껴지는 책도 달리 없다. 합리주의 문명을 태동시킨 유럽 소설임에도 불구하고 '조르바'라는 거인은 합리성과 이성의 낮은 울타리를 훌쩍 뛰어넘는다. 누구나 이 책을 읽으면 삶과 인간을 사랑할 수밖에 없다. 위대한 철학자이자 행동가, 노동자인 '조르바'야말로 모든 소설 가운데 가장 사랑받는 캐릭터가 아닐까. 그러나 나는 그 여행길에 '신화'나 '조르바'가 아닌 『오이디푸스 왕』을 챙겨갔다. 삶이 너무 헛헛했기 때문이다. 책을 읽다 나도 모르게 그 대사들을 소리 내어 읊

조렸다. 주위 사람들이 이상하게 쳐다보아도 아랑곳하지 않았다. 그 순간 다시 한 번 오이디푸스가 될 수 있었다.

고대 그리스의 테베 왕국에 전염병과 괴질이 돌면서 시민들이 왕(오이디푸스)의 신전 앞에 탄원을 하며 이야기는 시작된다. 전령을 보내 알아낸 아폴론의 신탁에 의하면 테베에 닥친 재앙의 원인은 선왕인 라이오스 왕을 살해한 자 때문이며 그를 찾아내 추방하거나 벌을 주어야 재앙이 풀린다는 것이다. 라이오스 왕이 낯선 고장에서 의문의 죽음을 당한 즈음, 괴물 스핑크스의 수수께끼를 풀고 그를 물리침으로써 새 왕으로 등극한 오이디푸스는 라이오스의 부인이었던 왕비 이오카스테와 결혼한 뒤 테베를 통치하고 있던 참이다. 그는 이번에도 라이오스를 죽인 흉악한 범인을 찾아낼 수 있을 거란 자신감에 넘쳐 범인을 찾아낼 것을 명령하고 그 범인에게 가공할 만한 저주를 퍼붓는다(결국 스스로에게 퍼붓는 저주인 셈이다). 그런데 선왕 살해와 관련된 증인들을 하나하나 불러들여 과거의 사실들을 조각하고 파헤치는 과정에서 여러 증인들이 오이디푸스 왕을 차츰 궁지로 몰아간다. 여기서 수사를 멈추었다면 비극은 생겨나지 않았을 터. 하지만 자신의 출생의 비밀을 알아내려는 오이디푸스의 호기심은 수사를 멈추지 않는다. 마침내 결정적인 증인에 의해 자신이 라이오스 왕에 의해 버려진 친아들인데다 그를 살해한 장본인이고 자신의 어머니와 결혼한, 세상에서 가장 불행한 사람임을 알게 된다. 절망한 오이디푸스는 먼저 자살한 왕비 이오카스테의 브로치 핀을 가져다 스스로 눈을 찔러 멀게 하고 제 발로 추방의 여행길에 오른다.

> 내 눈을 찌른 건 바로 내 손. 이 불쌍한 놈의 손이다! 내 눈은 즐거운 일은 하나도 보여주지 않거늘 무엇 때문에 보아야 한단 말이냐? 말해

주게, 친구들이여. 내가 볼 만한 것이 있을까? 내가 사랑할 만한 것이 있을까? 친구들이여, 어서 나를 나라 밖으로 데려가 다오. 가장 절망하고 가장 저주받고, 그렇다, 하늘의 가장 큰 미움을 받은 인간인 나를 데려다 다오! 만일 모든 비탄을 능가하는 비탄이 있다면, 그것은 오이디푸스의 것이다. 슬픔이 미치지 못하는 곳에 산다면 얼마나 좋을까?

『오이디푸스 왕』 중에서

책을 읽는 내내 그 몇 해 전 무대에서 뱉었던 대사들이 되살아났다. 뜻밖이었다. 아직 그 대사들이 지워지지 않고 내 안에 살아 있었구나. 가슴이 뜨거워졌다. 돌이켜보건대, 그때 그 연극을 썩 잘해내진 못했던 것 같다. 많은 대사와 감정의 기복을 연기하기에 내게 너무 과분한 에너지가 필요했다. 비극의 왕이 되기에, 다른 직업을 갖고 여기餘技(틈틈이 취미)로 도전하는 것 자체가 무리였던 셈이다. 열악한 상황에서도 무대 위에서 땀과 정성을 쏟는 직업배우들에게 일종의 모독이었을 터다.

오이디푸스 왕 안에는 셰익스피어 4대 비극의 주인공들이 갖고 있는 비극적 결함들이 두루 담겨 있다. 리어 왕다운 오만과 맥베스의 권력욕, 집요하기만 한 햄릿식 고뇌와 오셀로의 불안까지. 우리가 소설이나 연극을 통해 매력과 연민을 느끼는 캐릭터란 착하고 정의감 넘치는 인간이 아니라 우리의 성품과 닮아 있는, 어딘지 불완전하고 결함 많은 캐릭터다. 흥부보다 놀부의 인간다움에 연민을 느끼는 심리랄까. 「오이디푸스 왕」 등의 희랍극을 분석해 세계 최초의 문학이론서 『시학』을 낸 아리스토텔레스에 따르면, 반드시 위대한 인물이 극의 주인공이어야 하고 그가 비극을 초래할 성격적 결함을 가지고 있어 마침내 파멸하고 마는 이야기의 형태를 시詩, 즉 비극悲劇의 전형으로 설명한다. 이를 통해 신 앞에 위대한 존재는 없으며 늘

신 앞에 겸손할 것을 가르치기 위해 연극이 기능한다는 것이다. 이를 설명하기 위해 아리스토텔레스는 '기승전결', '카타르시스' 같은 이론을 내놓기에 이른다. 우리가 배우거나 배워야 할 문학 이론들이 이미 그때 궁리된 것이다.

오이디푸스의 이야기는 『그리스 로마 신화』의 한 페이지를 차지하고 있지만 소포클레스는 이 이야기에다 세련된 플롯을 장치함으로써 흥미롭고 위대한 비극을 창조했다. 신화야말로 문학의 가없는 자양분이 아닐 수 없다. 「오이디푸스 왕」에 등장하는 친부 살해, 친모 결혼 등의 모티브는 여러 작품에 흔히 등장한다. 록그룹 도어즈의 〈디 엔드The End〉나 퀸의 〈보헤미안 랩소디〉 같은 노래의 가사에도 이러한 모티브가 등장한다. 프로이트는 정신분석의 핵심 이론에 '오이디푸스 콤플렉스'란 용어를 붙인 바 있다. 『테이레시아스의 역사』의 저자 주경철 교수는 오이디푸스를 일컬어 '나를 만나는 두려움'이라 요약했고 김열규 교수는 이 비극을 〈베토벤 교향곡 7번〉 2악장에 비유했다. 모두 고개가 끄덕여지는 감상이다. 신탁에 따른 갓난아기의 유기와 구조, 성인이 된 그의 영웅담은 지중해 너머 성서의 땅에서 모세의 이야기로 출현하기도 한다. 오이디푸스의 이야기는 문명사 곳곳에 위대한 흔적을 남겼지만 내가 이 비극을 사랑하는 것은 순전히 그 완벽한 작품성 때문이다. 생의 어느 굽이에 어떤 곡절로 나는 또다시 오이디푸스를 만나게 될 것인가?

그리스로의 짧은 여행에서 많은 곳을 돌아보지는 못했다. 그리 크거나 번잡하지 않던 아테네 시내를 걸어다녔고 아크로폴리스와 주변 유적지를 찬찬히 둘러보았으며 배를 타고 지중해의 작은 섬에 다녀온 정도다. 그리스란 이름이 주는 울림에 비하면 수박 겉핥기식 여행이었던 셈이다. '광장'으로 알려진 아크로폴리스는 아테네 시 한가운데 우뚝 선 언덕에 파르테논 신전을 비롯한 몇 개의 석조 건물과 박물관으로 이뤄져 있다. 최초의 근대 올림픽이 열린 경기장은 그날의 함성을 간직한 채 철문이 굳게 잠겨 있고 이따금 언덕과 폐허에 허물어진 신전들이 보였다. 신의 시대가 거했는데도 여전히 어떤 신들은 인간의 세상을 떠나지 못해 서성이는 듯했다. 그 너머 이따금 보이던 황량한 들판, 신들의 장난에 의해 세상에서 가장 큰 불행을 안고 태어나 제 손으로 자신의 눈을 찌른 비극의 주인공이 스스로를 추방해 헤맨 들판이 저러했을까.

아크로폴리스 언덕 아래쪽에 희랍극을 공연했을 고대 야외극장이 한눈에 들어왔다. 그 무대 위에서 2,000년 전, 그리스의 한 비극 배우는 스스로 눈을 뽑은 장님 '오이디푸스'가 되어 저주받은 운명을 한탄하며 이렇게 외쳤을 것이다. "자, 내 운명이 하는 대로 내버려두세"라고. 그러나 분명히 기억나는 것이 있다. 내가 오이디푸스였을 때, 나는 그 부분을 이렇게 고쳐 내뱉었던 것 같다. "운명아, 너 가는 곳으로 나를 데려가라!"고. 이것은 온전히 여행자의 대사가 아닌가? 이따금 어떤 여행길에 나는 그렇게 외치고 싶어진다. "여행아, 너 가는 곳으로 나를 데려가라."

나는 타락해 있었다。 여자와의 사랑과 책에 대한 사랑을 선택하라면 책을 선택할 정도로 타락해 있었다。

:: 카잔차키스 『그리스인 조르바』 중에서

책을 버리다, 땅을 읽다

_모로코 | 『인간의 대지』 『연금술사』

"사막이 아름다운 건 어딘가에 우물을 감추어두고 있기 때문이야."(『어린왕자』 중에서) "자네가 무언가를 간절히 원할 때 온 우주는 자네의 소망이 실현되도록 도와준다네."(『연금술사』 중에서) 사막이 만들어낸 잠언들. 텅 빈 사막에는 분명 무언가가 있다. 사람을 죽음, 혹은 지혜로 이끄는.

사하라 여행의 출발지인 마라케시에서 나무 그림자 하나가
종일 담벼락을 천천히 여행했다。
여행하는 나무、이제 사하라가 멀지 않다고 말하려는 듯。

모로코는 〈글레디에이터〉〈미이라〉 등 할리우드 영화들의 촬영지로도 유명하다. 오손 웰즈가 주연, 감독한 영화 〈오셀로〉의 촬영지인 에사오이라에서.

영화 〈카사블랑카〉의 도시 카사블랑카의 어느 기차역.
험프리 보가트가 낮은 저음의 목소리로 잉그리드 버그만에게
속삭인다. "세상은 망해가는데 우린 사랑에 빠져버렸군."

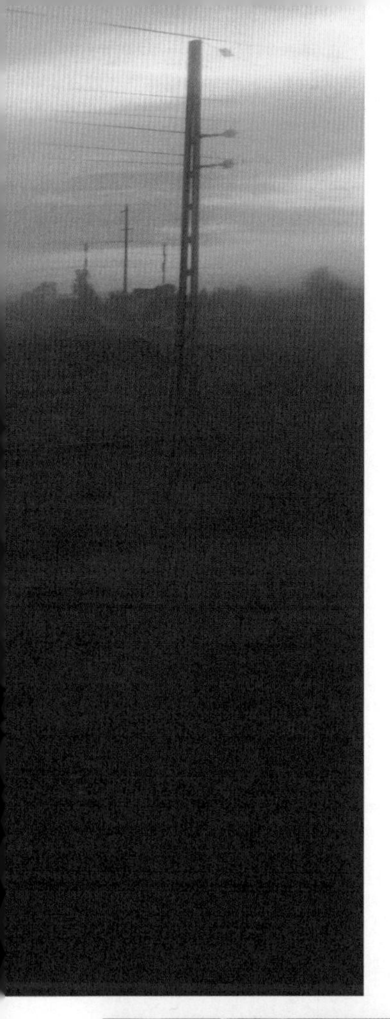

극장과 학교와 시장。 낯선 나라에 가면 꼭 이 세 곳을 가보라 했다。
마라케시의 야시장에서 밤마다 북부 아프리카의 음식을 섭렵했다。
따진과 쿠스쿠스、 또 이름 모를 음식들。

설산을 넘어서자 오아시스 마을이었다. 사하라가 멀지 않은 마을 언덕길에서 돌아보니,
이제까지 달려온 아틀라스 산맥의 우람한 줄기가 끊임없이 이어졌다.

그녀가 내게 책을 내밀었다.

『인간의 대지』였다.

"다음 주 월요일까지야."

"뭐? 겨우 사흘 남았잖아!"

그녀는 미안함과 심술궂음을 반쯤 섞은 미소만 지어보였다. 사흘 안에, 그것도 모처럼 시험이 끝나고 맞은 황금주말을 온통 책 읽기와 리포트 작성에 바쳐야 한다는 것, 그것이 눈앞에 닥친 현실이었다. 게다가 생텍쥐페리라니. 『어린왕자』의 작가란 건 알겠는데 『인간의 대지』나 『남방우편기』 『전시조종사』 등은 당시로선 당최 구미가 당기지 않던 책들이다. 설상가상 그녀의 손에 들린 『인간의 대지』는 도서관 서고의 후미진 구석을 뒤져 찾아낸 듯 낡고 두꺼운 하드커버에다 약간 곰팡내가 나는, 결정적으로 세로쓰기의 책이었다.

졸업이 위태로운 과 동기생 그녀의 급한 SOS 요청이었다. 독후감 형식의 리포트를 제출하지 못하면 9년째 학교를 다니는 진기록을 세우게 될 터인데 자신에겐 그걸 쓸 시간도 능력도 없다는 것이다. 그녀의 목소리는 전화기 너머로 절박하게 울렸다. 군 복무를 마친 나야 그다지 이상할 게 없지만 여학생으로 8년째 학교를 다니는 그녀의 이력은 앞뒤 몇 학번을 뒤져봐도 드문 일이었다. 그녀의 8년 대학생활에는 넉넉하지 못한 가정 형편과 위태위태한 연애, 한때 종교로 귀의했던 과도한 열정까지 어느 것 하나 쉽게 이해할 만한 것은 없었다. 그런데 이제 와서 그 업보를 애꿎은 동기생에게 뒤집어씌우려 하다니.

하는 수가 없었다. 그 저녁부터 강의실 한구석에 처박혀 『인간의 대지』를 읽어나갔다. 예상대로 참 딱딱하고 건조하게 읽혔다. 어쩌면 『어린왕자』랑 이렇게 다르지? 이게 픽션일까 논픽션일까? 비행기 조종사였던 생텍쥐페리가 자신의 경험을 바탕으로 쓴 이 소설은, 동료 조종사들에 대한 얘기와 안데스와 대서양, 사하라를 오가는 몇몇 에피소드들을 제외하곤 딱딱하고 건조하게 읽힌다. 이 책을 정말 끝까지 다 읽어야 할까? 이제까지 읽은 내용을 대충 부풀려 리포트 분량을 채워 봐? 한참 나른함이 극에 달했을 즈음, 소설은 새로운 국면을 보여주기 시작한다. 아마도 우연한 기회에 프랑스 어느 도시의 폭포 앞에 선 사막의 무어인들이 콸콸 쏟아지는 물을 바라보며 "무어인들의 신이 무어인들에게 베푸는 것보다, 프랑스인들의 신이 프랑스인들에게 베푸는 것이 훨씬 나은 것 같다"고 어눌하게 말하던 대목부터일 게다. 사막의 비행장에 근무하게 된 생텍스(생텍쥐페리의 애칭)가 사막과 사막의 토착민들과 부딪치며 겪게 되는 여러 에피소드들에 차츰 마음이 열리기 시작한다. 그러다 마침내 7장. 생텍스 자신이 방향도 위치도 가늠할 수 없는 사막 한가운데에 비행기 고장으로 불시착해 절망을 넘어 죽음 가까이에 이르렀던 경험이 간곡하게 펼쳐진다. 이 7장은 처음부터 별다른 형식을 갖지 않았던 책의 느슨함과 건조함을 일거에 날려버리며 따분했던 논픽션을 위대한 명작으로 뒤바꿔 놓는다. 마치 한 인간을 사막 위에 툭 던져놓고 극단의 실험을 자행하고 있는 기분이다. 그리고 인간은 결국 그 실험에서 살아남는다. 살아남았기에 이 책을 썼겠지? 위대하고 위대한 이, 그대의 이름은 인간이다!

책을 다 읽은 뒤 잠시 하드커버의 책을 덮고 그 위에 손을 얹었다. 가슴이 뛰었다. 책을 읽고 이런 두근거림을 만나기란 쉽지가 않다. 이런 두근거림을 조금 더 오래 간직할 순 없을까? 문득 이 책을 건넨 친구의 얼굴이 떠올랐다. 세월이 사람을 그냥 허송하게 내버려두는 법은 없는 모양이다. 그녀에게 8년이란 세월은 이런 훌륭한 책을 친구에게 던져줄 만한 혜안을 갖게 한 것이었나 보다. 만일 사람이 책을 찾는 것이 아니라 어떤 책이 누군가를 찾아오는 거라면, 내게 그 책은 생텍쥐페리의 『인간의 대지』일 것이다. 그런 감흥과 더불어 지구 어딘가에 있을 위대한 지명 하나가 내 마음에 자그만 영토를 만들었다. 그 이름은 사하라였다.

모로코로의 여행 배낭을 꾸릴 때 내 짐 안에는 진즉부터 그 책 『인간의 대지』가 들어앉아 있었다. 십오 년 만의 재회다. 이번엔 하드커버에 곰팡내가 나거나 세로로 인쇄된 책은 아니지만 여지없이 뒷부분에 『어린왕자』와 『남방우편기』를 달고 있다. 사하라 사막을 향한 작가의 연민과 찬사가 거듭되는 이 책은 모로코만을 배경으로 했다고 보기는 어렵다. 가장 중요한 7장에서 생텍스가 조난당한 곳도 모로코가 아닌 리비아에 가까운 사하라다. 하지만, 사하라 사막 트레킹을 위해 여행자들이 흔히 찾는 곳이 모로코 남부의 도시 마라케시다. 나는 『인간의 대지』를 사하라 복판에서 다시 읽을 것이다. 그곳에서 절망 속에 길을 잃고 마침내 실낱같은 생존의 희망을 포기하려던 생텍스가 아내와 동료들을 떠올리며 '여기서 내가 포기하면 나는 개새끼다!' 뭐 그 비슷하게 외쳤던 부분을 다시 찾아내 읽으리라. 그 구절은 오랫동안 이 책을 누군가에게 추천할 때면 으레 내뱉는 내 대사가 되었다. '개새끼' 같은 극단적인 단어가 강렬했던 탓인지 사람들은 내 독백에 대개 귀를 기울이는 편이었다. 다만 정확한 구절이 떠오르지 않을 뿐이다.

『인간의 대지』 말고도 모로코로 나를 이끈 것은 서너 가지가 더 있다. 브레드 피트와 그의 아내로 나온 케이트 블란쳇이 모로코 여행 중 불의의 총격을 당하며 시작됐던 꽤 이상했던 영화 〈바벨〉이 그 하나고, 모로코 출신으로 모로코의 자연과 사람을 사진에 담아온 매그넘의 사진작가 브르노 바르베의 사진집이 다른 하나며, 무엇보다 험프리 보가트와 잉그리드 버그만의 눈망울만 가득했던 영화 〈카사블랑카〉가 결정적으로 모로코로 여행자를 부른 것들이다. 나는 스페인의 알헤시라스에서 배를 타고 지브롤터 해협을 건너 항구 도시 탕헤르에 도착할 것이고 거기서 버스를 타고 사진가 브르노 바르베의 사진 속에 담긴 알 수 없는 푸른빛을 만나러 산골 마을인 셰프사우언에 갈 것이며 거기서 또 오래된 왕국의 수도였던 페스로 향할 것이다. 그곳에서 아틀라스 산맥을 넘어 마침내 드넓은 사하라로 들어가는 사막 트레킹에 참가할 것이다. 생텍스처럼 사막에서 조난당하는 일이 없다면 나는 집으로 돌아가게 되겠지. 돌아가는 비행기를 타기 위해 거치게 될 카사블랑카. 레지스탕스이자 연인이었던 험프리 보가트와 잉그리드 버그만이 재회한 릭의 카페에서 루이 암스트롱의 젊은 시절을 연상케 하는 흑인 재즈 싱어의 〈As time goes bye〉를 한참 들으며 칵테일을 마시리라. 잉그리드 버그만에게 "세상은 망해 가는데, 우리는 사랑에 빠져버렸군" 하고 말하던 험프리 보가트의 심드렁한 목소리에 건배! 모든 계획은 완벽했다. 그해 12월 31일, 첫 계획과는 달리 알헤시라스가 아닌 스페인 남부 세우타에서 지브롤터를 건너 모로코 탕헤르에 도착했다. 한 시간도 걸리지 않아 아프리카였다. 그리고 몇 시간 뒤면 새해였다.

탕헤르. 이 도시의 이름은 썩 낯이 익었다. 카사블랑카만큼은 아니지만 〈마라케시 익스프레스〉라는 팝송에 등장했던 마라케시보다는 꽤 익숙한 지명이다. 파울로 코엘료의 『연금술사』가 떠오른다. 스페인 안달루시아 지방을 전전하던 양치기 산티아고가 꿈속의 계시를 받고 피라미드 아래 묻혀 있다는 보물을 찾기 위해 처음 바다를 건너 도착한 곳이 바로 이곳 탕헤르다. 이곳에서 잠시 꿈을 보류한 채 크리스털 가게의 점원으로 일을 하게 되는 산티아고. 그러나 지금 탕헤르에는 그런 크리스털 가게는 보이질 않고 거리 한복판에 우뚝 선 맥도널드 입간판이 눈에 들어온다. 산티아고가 우리 시대 청년이었다면 아마도 저 맥도널드 매장 안에서 빅맥과 런치 세트 따위를 주문받는 아르바이트를 하며 시간을 죽이고 있을까? 문득 그런 그림이 그려졌다.

'무언가를 간절히 원하면, 온 우주가 그 소망이 실현되도록 도와준다'는 『연금술사』 혹은 파울로 코엘료식의 낭만주의가 지나치게 모호하단 생각이 들지만, 『연금술사』의 미덕은 어쨌거나 여행에 관한 책이란 점에 있다. 나는 소설 앞부분에 나오는 산티아고와 아버지의 대화를 좋아한다. 여행을 꿈꾸는 아들 산티아고에게 그 아비는 말한다.

> "우리 중에 떠돌아다니며 살 수 있는 사람은 양치기밖에 없어."
>
> "그렇다면 전 양치기가 되겠어요."
>
> 『연금술사』 중에서

산티아고의 당돌함이 멋지다 생각할 즈음 그의 아버지는 금화 세 개를 건네주며 이렇게 말한다.

> "이것으로 양들을 사거라. 그리고 세상으로 나가 맘껏 돌아다녀. 우리의 성이 가장 가치 있고, 우리 마을 여자들이 가장 아름답다는 걸 배울 때까지 말이다."
>
> 『연금술사』 중에서

부자간의 짧은 대화는 여행과 삶에 대한 의미 있는 통찰력을 담고 있다. 그 말대로라면 나는 아직도 여행의 길 위에 있어야 하리라. 세상 어딘가에 더 멋진 성과 아름다운 여자들의 마을이 있으리란 꿈을 여전히 버리지 못했으므로.

『연금술사』는 다소 낭만적이고 교훈적인 느낌에도 불구하고 썩 재미있게 읽히는 동화다. 너무 쉽게 읽었던 이 책을 여행에 돌아와 다시 읽어보니 예전에 보이지 않던 것들이 보석처럼 더러 발견된다. 생텍쥐페리의 『어린왕자』를 떠올리게 하는 구석이 있다. 베르나르 베르베르의 책에 줄곧 삽화를 그렸던 뫼비우스의 일러스트를 곁들인 걸 보면 제2의 『어린왕자』를 꿈꾼 것 같다. 생텍스가 직접 그린 엉성한 듯 독창적인 삽화의 맛도 훌륭하지만 뫼비우스의 삽화는 또 그런대로 『연금술사』의 느낌에 잘 어울린다. 무엇보다 두 책의 가장 흡사한 점은 사막의 책이란 점이다. 두 동화 모두 사하라가 쓴 책들이다. 사막은 어딘가에 우물을 숨기고 있지만 그것 말고도 진정 소중한 무언가를 감추고 있는 모양이다.

마라케시에서 사하라로 향하는 지프 안에서 나는 15년 전 운명적으로 나를 찾아왔던 책의 첫 장을 읽어나가기 시작했다. 오래전 마지못해 읽었던 앞부분도 차근차근 읽어나가니 마음에 알알이 다가와 박힌다. 실존 인물이자 생텍스의 절친한 동료이기도 했던 메르메와 기요메의 이야기에서부터 대지를 향한 인간의 투쟁이 밀도 있게 그려진다. 내가 정확한 구절을 기억해내지 못하면서 오로지 '개새끼' 만 강조하며 내뱉었던 구절은 사막에 조난당한 생텍스의 독백이 아니라 혹한의 안데스에서 조난당한 동료 기요메가 되뇐 말로 판명되었다. 그 정확한 구절을 나는 트레킹의 첫 밤을 보낸 다데스 고르지 인근 숙소에서 다시 만났다. 그 부분은 다음과 같다.

> 눈 속에서는 생존 본능을 완전히 잃어버리는 법이네. 이틀 사흘 나흘을 걷고 나면 바라는 것은 잠자는 것뿐이지. 나도 그랬어. 하지만 나는 자신을 타일렀어. '아내가 만일 내가 살아 있다는 것을 믿는다면, 아내는 내가 걷고 있다는 것을 믿고 있다. 동료들도 내가 걷고 있다는

것을 확신한다. 그들은 한결같이 나를 믿고 있다. 그런데도 내가 만일 걷지 않는다면, 나는 더러운 인간이 되고 만다.'

『인간의 대지』 중에서

눈을 씻고 뒤져봐도 '개새끼'가 들어 있는 구절은 찾을 수가 없다. '개새끼'가 아니라 '더러운 인간'이라고 완만하게 표현한 부분만 눈감고 넘어간다면 기억 속의 구절과 크게 다르지 않다. 아마도 그 하드커버에 곰팡내가 진동하던 세로쓰기 책에는 분명 '개새끼'라고 적혀 있을 게 틀림없겠지. 어쨌거나 이 부분에서 그때나 지금이나 갖게 되는 생각은 같다. 내가 어디에 있든 무엇을 하고 있든 아무리 힘든 상황에 닥치더라도 쉽게 포기하고 마는 '개새끼'는 되지 말아야겠다고.

사하라의 밤. 놀랍게도 그 밤, 사막에 비가 내렸다. 여행자 일행을 낙타에 태워 사막 안쪽까지 데리고 왔던 모로코인들이 모닥불을 피우고 북을 두드리며 사막의 노래를 부를 즈음이었다. 얼굴에 토닥토닥 부딪치던 빗방울이 차츰 사막을 적셨다. 모닥불이 꺼졌다. 바다만큼이나 넓은 사막 사하라에 비가 내리다니. 아주 사소한 비가 금세 지나가자 이번엔 사막의 모래바람이 휩쓸고 지나갔다. 잠을 자기 위해 쳐놓은 천막 안으로 바람에 실려 온 모래가 무시로 틈입해 들어왔다. 천막이 날아가지 않도록 몸뚱이로 천막 끄트머리를 누르고 잠을 청하면서 천막 틈새로 펼쳐진 하늘을 쳐다보았다. 별이 없어서일까, 호수처럼 까맣고 깊은 하늘이었다. 아주 오래전 이 사막 어딘가에 불시착했던 초보 비행 조종사 앙투완 드 생텍쥐페리가 올려다 본 하늘도 저러했을까?

사막은 사람에게 행동하라 가르친다. 그 행동이란 의도된 철학적, 존재론적 행위가 아니다. 생존을 위한 안간힘일 뿐이다. 사막 같은 극한의 땅

위에 서면 누구나 일상을 뛰어넘는 사색과 결단을 하게 되고 마침내 행동하게 된다. 그래서일까, 사막은 책 따윈 버리고 대신 땅을 읽으라 한다. 사막에 당도하지 못한 자들만이 책을 읽는 것이다. 사하라가 만든 책인 『인간의 대지』나 『연금술사』 모두 땅을 읽으라고 가르친다. 땅 읽기에 비하면 책 읽기는 아무것도 아니라고.

> 대지大地는 우리에게 온갖 책들보다 더 많은 것을 가르쳐준다. 왜냐하면 대지는 우리에게 저항하기 때문이다. 인간이란 장애물과 스스로 겨눌 때 자신을 발견하는 것이다.
>
> 『인간의 대지』 중에서

> 산티아고에게도 길을 떠나던 날부터 읽으려 했던 책이 한 권 있었다. 그러나 대상 행렬을 바라보거나 바람 소리를 듣는 것이 훨씬 더 재미있었다. 그는 자신의 낙타를 더 잘 알고 싶었고, 낙타와 친해지기 시작하자 책을 던져버렸다. 책은 이젠 그에게 그저 무게만 나가는 쓸모없는 물건이었다.
>
> 『연금술사』 중에서

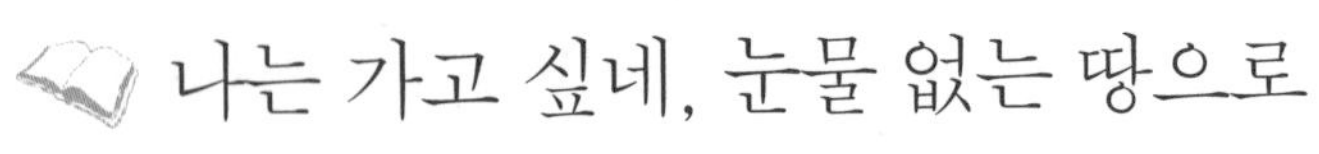

나는 가고 싶네, 눈물 없는 땅으로

_요르단, 시리아, 레바논 | 『천 개의 찬란한 태양』 『연을 쫓는 아이』

이라크에 가보았으면 좋겠다. 아프가니스탄에 가보았으면 좋겠다. 그들 땅에도 틀림없이 전쟁을 반대하고 폭력을 싫어하며 남의 눈물을 먼저 닦아줄 줄 아는 마음 착한 사람들이 더 많다는 걸 두 눈으로 확인하고 싶다. 그런데 그렇게 하는 것이 이토록 어려운 것일까?

이슬람 3대 모스크의 하나인 시리아의 우무야드 모스크.
종교가 우릴 살게 하고 종교가 우릴 구원하며 종교가 우릴 학살한다.
신들만 화해해도 인간들의 슬픔은 없으련만.

여행의 첫날、요르단 암만에서 아랍식 물담배를 피웠다。
사과 향도 레몬 향도 내겐 모두 낯설고도 그윽한 여행의 향내다。
또 하나의 여행、그런데 이 여행을 도대체 어찌해야 하는가!

레바논 북부 트리폴리에서 만난 '평화'.
총 대신 그물을, 군가 대신 뱃노래를, 증오 대신 감사를 가슴에 품는다.
그렇게 사는 것이 그토록 어려운 것인가.

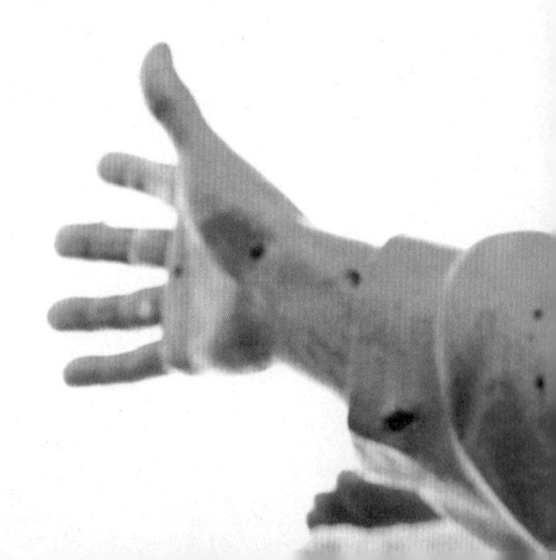

+ 레바논의 수도 베이루트에서 만난 '전쟁'.
이스라엘과의 전쟁과 내전 등으로 도시 곳곳이 포탄의 생채기를 간직하고 있다.
어디고 한숨과 눈물이 없는 땅은 드물다.

십자군전쟁 최후 격전지인 시리아의 크락 데 슈발리에 성. 서구는 이곳에서 패배를 기록했고 이슬람은 승리를 기억한다.
남은 건 폐허와 잡초, 환청으로 남은 그날의 함성뿐.

사람들을 다 만나기 마련인데 그 사람은 내가 만난 여행자들 가운데서도 좀 유별났다. 나이가 나보다 서너 살쯤 아래다 보니 대뜸 내게 '형님'이라 불렀는데 동행하는 동안 관찰한 바로, 그는 조금 이상한 사람이었다. 카메라와 렌즈, 책 등에 자리를 내주느라 옷과 생필품을 최소화한 내 배낭과 달리, 그의 캐비닛만큼 커다란 두 개의 배낭에는 수 벌의 옷과 함께 드라이어, 노트북, 슬리퍼에 여벌 신발, 심지어는 인터넷 전화기까지 들어 있었다. 장기 여행도 아니고 한 달 남짓을 여행하는 짐인데 말이다. 샤워를 마친 뒤 그가 배낭에서 하나하나 꺼내 놓는 각종 화장품과 세안 용품, 클렌징 용품에 나는 입을 다물 수가 없었다. 그런 것들로 두 개의 여행 배낭이 꽉꽉 찬 듯했다. 그와는 시리아의 수도 다마스쿠스에서 우연히 만났다. 내가 곧 시리아의 몇몇 도시를 거쳐 레바논으로 넘어갈 거라 했더니, 자기도 따라가면 안 되겠냐며 사정을 하기에 마뜩지는 않았지만 동행하게 되었다. 터키에서 시리아로 내려온 그는 예정에도 없던 레바논행에 적이 흥분해 있었다.

그 즈음 정말 가고 싶은 나라는 아프가니스탄이었다. 무슨 특별한 정치적 의도나 학구적인 목마름이 있었던 것은 아니다. 매그넘의 사진 작가 스티브 맥커리를 비롯해 그곳을 찍어온 사진가들의 사진을 통해 황톳빛 풍경과 선량한 사람들의 미소가 마음을 끌었고 그 무렵 읽은 이 나라 출신 망명 작가 할레드 호세이니의 소설 『천 개의 찬란한 태양』에 마음을 빼앗긴 탓도 있다. 그러나 포토 저널리스트 정은진이 수도 카불에 1년간 살며 쓴 『카불의 사진사』의 사진들을 통해 호세이니가 묘사한 풍습과 풍경 등을 간신히 확인할 수 있었을 뿐이다. 하지만 아프가니스탄은 너무 멀었다. 지도로 보면 그리 먼 나라는 아닌데 마음의 거리는 천왕성보다 명왕성보다 멀었다. 폭력과 절망, 탄식과 눈물의 땅은 도처에 있지만 아프가니스탄은 그 중에서도 가장 절망적인 땅으로 보였다. 그곳에 가지 못할 바에야 기왕이면 흔히 가지 않는 이슬람 나라들 가운데 갈 곳을 마련하고 싶었다. 세계지도를 한참 들여다보다가 요르단과 시리아, 레바논 등이 눈에 들어왔다. 그 이름들에서도 고난과 상처의 정황이 어렴풋이 느껴졌다. 여행 출발 전 배낭 안엔 호세이니의 다른 책 『연을 쫓는 아이』가 일찌감치 들어앉았다.

요르단과 시리아, 레바논은 북쪽으로는 터키와 접해 있고 동쪽으로는 이라크, 이란, 사우디아라비아, 서남쪽으로는 이스라엘, 이집트 등과 이웃하고 있다. 일찍이 티그리스, 유프라테스 강을 따라 세계에서 가장 오래된 '메소포타미아' 문명이 발생한 곳이며 호머의 서사시들보다 1500년 이상 앞섰을 거라 추측되는 「길가메시 서사시」를 낳은 땅이기도 하다. 이 부근에는 성경의 익숙한 지명이 산재한 까닭에 수많은 크리스천들이 성지 순례를 오기도 한다. 「예언자」로 유명한 시인 칼릴 지브란이 레바논 출신이란 사실도 새삼스럽다. 요르단은 고대 나바테아 왕국이 건설한 장엄한 '페트라' 유적과 영화 〈아라비아의 로렌스〉의 무대로도 유명하다. 시리아는 '이슬람식 사회주의' 국가로 우리나라와는 수교가 없다. '이슬람'이나 '사회주의' 모두 우리에겐 이물스런 단어인데 뜻밖에도 불편하거나 힘든 적은 없었다. 오히려 친절한 사람들로 인해 인근 국가 중 가장 편하게 여행했던 곳이다. 요르단의 붉은 사막과 페트라를 돌아본 뒤 국경을 넘어 시리아로 온 나는 6천 년 전 문헌에도 나와 있다는 세상에서 가장 오래된 도시 다마스쿠스에서 사흘을 묵다가 실크로드의 중요 거점인 팔미라로 옮겨갔다. 이어 십자군전쟁 최후의 격전지이자 미야자키 하야오 감독이 〈천공의 성 라퓨타〉의 모델로 삼았다는 중세의 성, '크락 데 슈발리에'까지 쉼 없이 여행했다. 레바논은 그 성에서 불과 30여 킬로미터 떨어진 거리였고 어렵지 않게 넘어

올 수 있었다.

차를 달려 한참 만에 만나는 도시들을 빼놓고, 여행의 길은 대부분 황량한 사막을 통과했다. 그 퍽퍽한 사막 길은 책을 읽기에 맞춤했다. 할레드 호세이니의 소설은 길 위에서 술술 앞으로 나아갔다. 『연을 쫓는 아이』와 『천 개의 찬란한 태양』의 높은 인기는 이미 몇 해 전부터 수많은 국제공항의 서점에서 발견해 알고 있었다. 『나를 부르는 숲』의 빌 브라이슨이나 『다빈치 코드』의 댄 브라운 등과 함께 그의 책들은 가장 잘 보이는 곳에 진열되어 있었다. 영어로 쓰인 최초의 아프가니스탄 출신 작가의 소설에 쏟아진 관심과 열광은 책을 읽는 동안 고개가 끄덕여졌다. 지나치게 실험적인 문체와 현학, 기교 따위를 일삼았던 유럽, 미국의 소설들과 달리 그의 작품은 소설 본연의 미덕에 충실하다. 준엄한 전쟁의 현실을 바탕으로 인간이 처한 고난과 역경이 탄탄한 스토리를 통해 펼쳐지고 중간 중간 허를 찌르는 반전이 짜릿함을 더해준다. 단지 읽는 즐거움에 그치지 않고, 잔인한 시대를 살아가면서도 희망을 잃지 않은 아프가니스탄 사람들의 고귀한 삶을 보여줌으로써 '교훈성'이라는 소설의 또다른 미덕 또한 놓치지 않고 있다.

『천 개의 찬란한 태양』은 기구한 운명을 살아간 두 여성의 이야기다. 아프가니스탄 서부 헤라트에서 사생아로 태어난 마리암과, 그녀보다 스무 살가량 아래로 카불의 괜찮은 가정에서 태어난 라일라. 왕정의 몰락과 소련의 아프간 침공, 그 뒤 이어진 군벌들의 내전과 이를 종식시키며 등장한 탈레반의 폭정 등 지난 30여 년간 지속된 공포와 절망의 현실이 아프가니스탄 여인들의 운명을 눈물과 한숨 속에 빠뜨린다. 기구한 운명의 두 여인은 폭력을 일삼는 남편 라시드의 전처와 후처로 만나는데, 처음엔 반목했던 두 여인은 차츰 서로를 이해하고 보듬으며 암울한 상황을 함께 헤쳐나간다. 그러나 남편의 습관적이며 무자비한 폭력에 저항하는 와중, 뜻하지 않게 그를 살해하게 된 두 여인. 결국 라일라를 파키스탄으로 망명시킨 마리암이 혼자 죄를 뒤집어쓰고 탈레반에 의해 처형되면서 비극은 끝맺는다. 줄거리는 이렇다지만 소설이 주는 감동과 흡인력을 어떻게 설명해야 좋을까. 남성 작가의 소설임에도 봉건적인 관습과 가부장제, 전쟁 등 이중 삼중의 고통에 처한 아프간 여성들의 슬픔이 애절하게 그려진다. 내셔널지오그래픽 역사상 가장 유명한 표지 사진으로 일컬어지는 스티브 맥커리의 사진 〈아프가니스탄 소녀〉의 초상에서 책의 주인공들이 겪은 공포와 슬픔을 어렴풋이 만날 수 있을까. 책을 덮은 독자라면 이보다 먼저 출간된 작가의 데뷔작 『연을 쫓는 아이』를 반드시 펼쳐들지 않을 수 없다. 그 반대 경우도 마찬가지지만.

소련의 아프가니스탄 침공 이후 외교관인 부친을 따라 미국으로 망명한 작가 할레이니는 의사로 활동하는 틈틈이 이 소설들을 써왔다고 한다. 자신이 등져야 했던 조국의 계속되는 비극을 먼 이방에서 지켜보면서 작가는 눈물로 작품을 써왔을 터다. 아프가니스탄과 고향 카불은 참담한 현실 아래 신음하는 동포들이 살고 있는 곳, 언젠가는 돌아가야 할 그립고 아득한 유소년의 성지로 그려진다. 그런 까닭일까, 두 소설에서 아프간 사람들은 목숨을 걸고 조국을 탈출하는 한편 위험을 무릅쓰고 다시 잠입해 들어가기도 한다. 『연을 쫓는 아이』는 그렇듯 자전적인 성장소설로 읽힌다.

카불에서 비교적 부유층 가정에서 태어난 '나' 아미르는 아버지 바바와 하인 알리, 그리고 알리의 아들이자 나와 친형제처럼 자라난 언청이 소년 하산과 함께 유년을 보낸다. 출생과 함께 어머니를 여읜 나는 아버지 바바에게 늘 인정받고 사랑받고 싶어하지만 바바는 나에게 마음을 열지 않고 오히려 하인인 하산을 더 따뜻하게 대하는 듯싶다. 소련이 아프가니스탄을 침공하기 전인 1975년 어느 겨울날. 카불에서 벌어진 연날리기 대회에 참가한 나는 바바가 지켜보는 가운데 당당하게 우승을 차지한다. 그러나 나의 연을 쫓아 달려간 충직한 하인 하산이 동네 불량배들에게 무자비한 폭력을 당하는 광경을 목격하고도 나는 하산을 위해 싸우지 못한다. 하산에 대한 죄책감에 휩싸여 괴로운 나날을 보낸 나는 계략을 꾸며 하산을 도둑으로 몰고, 알리와 하산 부자는 이를 계기로 집을 떠난다. 바바는 눈물 속에 그들을 보낸다. 여기서 이야기는 일단락되는 듯싶다.

1981년 소련의 아프간 점령을 피해 바바와 함께 미국으로 망명해온 '나'는 대학을 졸업하고 결혼하여 가정도 꾸리며 아버지 바바의 임종을 맞기도 한다. 그러던 어느 날, 아버지의 친구였던 라힘 칸의 호출로 파키스탄에 가게 된 나는 놀라운 사실들을 알게 된다. 하산이 실은 이복동생이었다는 사실이다. 충격도 잠시, 라힘 칸은 하산이 탈레반에 의해 처형되었으며 하산의 아들, 즉 조카뻘인 소년이 아프간에 있다는 사실을 알리며 내게 조카를 데려올 것을 권유한다. 평온한 일상에 찾아온 과거의 엄청난 진실에 괴로워하던 나는 평생을 따라다닌 어린 시절의 불의와 비겁, 상처를 극복하기 위해 탈레반이 점령한 위험천만한 고향 카불로 잠복해 들어간다.

'우리는 과거를 잊었지만, 과거는 우리를 잊지 않았다'던, 어느 영화의 구절이 책을 읽는 내내 떠나지 않는다. 우리가 이야기를 길어 올릴 수 있는 샘은 미래나 현재보다는 대체로 늘 과거에 있어 왔다. 소설은 '과거'의 산물이다. '과거'는 결코 사라지거나 지워지지 않고 남아 잊힐 만하면 찾아와 우리에게 말을 걸어온다. 특히 유소년의 계절은 악몽이든 달콤한 꿈이든 누구에게나 하나의 굳건한 왕국으로 자리 잡는다. 유소년이야말로 인생을 통틀어 가장 강렬하고 찬란하며 위대한 시절이며 인간은 유소년의 상처를 평생의 빛으로 간직하며 살아가는 존재다. "1975년의 춥고 흐렸던 어느 겨울날, 나는 열두 살 나이에 지금의 내가 되어버렸다"는 구절로 시작하는 이 소설의 전반부는 아직 전쟁과 파괴가 시작되기 전, 평화롭고 행복했던 아프가니스탄에서의 유소년 시절을 그려낸다. 전쟁을 피해 미국으로 망명한 뒤 평온한 삶을 되찾은 주인공이 탈레반 치하의 위험한 아프가니스탄으로 목숨을 걸고 잠입해 들어가는 행동은 전쟁과 폭력에 의해 빼앗긴 소중한 유소년의 성을 탈환하려는 싸움과 다름없다. 작가가 그려낸 유소년의 풍경이 흡인력을 갖는 것은 나라와 시대는 달라도 누구에게나 그럴 법한 보편적인 풍경으로 그려진 까닭에 있다.

우열을 가리기 힘들 만큼 호세이니의 두 작품은 고르게 훌륭하다. 아프가니스탄을 탈출했지만 소년 시절의 죄의식으로부터는 탈출하지 못한 『연을 쫓는 아이』의 이야기가 남성적이고 회고적이라면, 아프가니스탄을 탈출하지 못한 두 여성의 기구한 드라마 『천 개의 찬란한 태양』은 지극히 여성적이며 현재진행적이다. 소설 본연에 충실한 미덕에서도 두 작품은 같다. 단 두 편의 소설을 통해 호세이니는 위대한 몇 가지 업적을 이뤄냈다. 서구인들의 시각과 언론에 의해 대개 왜곡되기 십상인 이슬람 세계와 이슬람인들의 실상을 편견 없이 보여준 점, 뒤틀린 역사에 종기처럼 등장한 탈레반의 원리주의와 본래 이슬람 사회가 본질적으로 다르다는 것을 보여준 점, 그리하여 이슬람이 우리가 함께 어울려 살아갈 수 있고 함께 살아가야 할 사람들이란 걸 일깨워준 점. 소설이 아니라면 이러한 교훈과 업적이 가능하기나 한 것일까? 또한 30여 년 넘게 뉴스의 한 자리를 차지한 아프가니스탄의 복잡한 현대사를 찬찬히 더듬어 볼 수 있는 것도 이 책이 주는 미덕이다. 참으로 오랜만에 소설다운 소설, 마음이 울먹해지면서 맑아지는 소설을 만난 것은 책을 고른 독자들의 행운이다. 다음 작품이 자못 기다려진다는 말은 호세이니 같은 작가에게 썩 어울리는 말이다.

『연을 쫓는 아이』를 읽는 사이 여행자는 시리아를 거쳐 레바논으로 넘어왔고 트리폴리와 베이루트 등의 도시에 잠시 머물렀다. 트리폴리는 따뜻하고 낙천적인 도시였지만 베이루트는 전쟁의 상흔이 곳곳에서 발견되었다. 총알과 폭탄이 할퀴고 간 상처들이 도처에 있었다. 그곳에서 더 남쪽으로 내려가면 이스라엘과 대치하고 있는 헤즈볼라의 땅이다. 거기서 더는 나아가지 못하고 다시 국경을 넘어 시리아로 돌아왔다. 어느 땅인들 사연 없는 땅이 없고 눈물 없는 땅이 없다.

트리폴리와 베이루트에서 같은 호텔 방에 묵는 동안 내 이상한 동행은 책을 읽는 내 옆에서 내내 텔레비전을 보곤 했다. 알아들을 수 없는 아랍의 언어들은 다행히도 책읽기를 방해하지 않았다. 그런데 아무래도 그는 이상한 친구였다. 그가 보고 있는 프로그램은 말이 안 통해도 어렴풋이 이해할 수 있는 뉴스라든가 영화 같은 게 아니라 당최 알아들을 수 없는 말들로 지껄이는 토크쇼 같은 것이었다. 정말 해석이 불가능한 친구. 그 친구와는 다시 요르단으로 넘어와 헤어졌다. 길 위에서 만난 모든 이가 스승이라 했거늘 그는 내게 결국 무엇을 가르쳐준 것일까?

나무는 결코 일생 동안 신에게 도달할 수 없다。

:: 시리아 속담

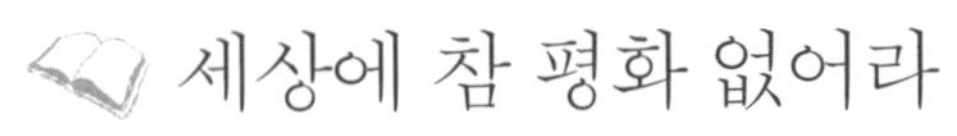

세상에 참 평화 없어라

_팔레스타인, 혹은 이스라엘 | 『불볕 속의 사람들』『나의 미카엘』

“일본에서 정말 많은 사람들이 이 ‘예루살렘상’을 받지 말라고 제게 충고했습니다. 물론 그 이유는 가자 지구에서 벌어지고 있는 혹독한 전투 때문입니다. 심사숙고 끝에, 저는 예루살렘을 방문하기로 결정을 내렸습니다. 거리를 두기보다는 이곳에 오기를 선택했습니다. 보지 않기보다는 보기를 선택했습니다. 아무것도 말하지 않기보다는 여러분께 말하기를 선택했습니다.”

(무라카미 하루키, ‘예루살렘상’ 수상 연설 중에서)

베드로의 고향인 갈릴리 호수 마을에서 만난 유대인 아저씨。
사람 낚는 어부가 되라 했던 예수의 가르침에 따라
하루빨리 사람의 땅에 평화가 깃들기를。 부디 평화。

예수가 탄생한 자리에 세워졌다는 베들레헴의 예수탄생 교회。
2002년, 팔레스타인 무장 세력이 피신해 있다는 구실로
이스라엘군은 이곳에서 무자비한 학살을 자행한 바 있다。

팔레스타인인들은 어떻게 생겼을까? 어둡고 음흉하고 호전적일까?
팔레스타인 자치구에서 만난 소녀들이 이런 선입견에 뒤통수를 친다.
대관절 누가 어떻게 심어놓은 선입견인가?

팔레스타인 거주지와 바깥 세상을 분리시켜 놓는 높이 8미터의 분리 장벽.
평화와 자유를 염원하는 팔레스타인인들의 벽화 아래,
택시들이 한가로이 관광객을 기다리고 있다.

성서에 젖과 꿀이 흐르는 곳이라 했던 이 땅을 유대인, 로마인, 아랍인 등이
거쳐 가면서 비극은 잉태되었다. 지금도 이슬람과 유태교, 가톨릭이
불안하게 공존하고 있는 예루살렘 성.

어린 시절 다니던 교회의 기도실 벽면에는 큼지막한 지도 한 장이 걸려 있었다. 이스라엘 지도였는데 나는 어쩐지 그 지도가 현실에는 존재하지 않는 성서 속 가상의 나라, 즉 모세와 아브라함, 다윗이 사는 이야기 속 세상의 지도라고 줄곧 생각했다. 30여 년이 지나 이스라엘로 들어가는 국경검문소 한쪽 벽에서 그 나라 지도를 발견하고는 옛날 기도실에서 보았던 지도와 흡사하다는 데 새삼 놀랐다. 이야기 속의 어떤 나라가 그 순간 지상으로 강림해온 느낌이라고나 할까.

나는 줄곧 성경의 이야기를 들으며 자랐다. 가장 재미있는 이야기는 누구라도 그렇겠지만, 모세의 파란만장한 무용담이었고 아브라함과 이삭, 야곱, 요셉 가문의 일대기도 흥미로웠다. 고래에 먹힌 욥이나 사자를 잠재운 다니엘, 골리앗과 싸운 다윗과 명석한 재판의 솔로몬 왕까지. 그러나 이야기의 대부분은 직접 성경을 읽어 알게 된 내용은 아니다. 주일학교 선생님이 들려주거나 교육용 자료와 텔레비전 영화를 통해 그 이야기들은 내게 왔다. 성경책은 너무 어렵고 해독하기 어려운 말들로만 쓰여 있고 세로쓰기의 빽빽한 글자들은 좀처럼 책장을 펼치도록 허락하지 않았다. 주일마다 두툼한 성경과 찬송가 두 권을 옆구리에 끼고 부지런히 교회로 향했을 뿐이다.

이스라엘로 향할 때 이왕이면 성경책을 하나 가져가고 싶었다. 긴 여로에 좀처럼 끝나지 않을 경전은 얼마나 맞춤한 친구가 될 것인가. 2천 년 넘게 거기 적힌 글자 하나하나를 두고 신학자들은 논쟁을 일삼고 종파는 갈렸으며 이단의 딱지는 난무했으리라. 그 행간의 의미를 파고드는 일은 마르지 않는 샘을 긷는 일처럼 늘 새로울 것 같았다. 내가 찾은 책은 신 · 구약이 모두 담긴 두꺼운 성경책이 아니라 신약만 따로 모은 파랑 비닐 표지의 포켓용 성경이다. 예전엔 그토록 흔하던 그 성경책을 어쩐 일인지 구할 수가 없었다. 하는 수없이 다른 책을 가지고 갔다. 포켓용 성경만큼 작기도 하거니와 어떤 면에선 성경만큼 위험하기도 한 책. 가산 카나파니의 『불볕 속의 사람들』.

악명은 들어 알고 있었지만 요르단과의 접경 알렌비 국경검문소에서 나는 거의 모욕에 가까운 출국 심사를 거쳤다. 가냘파 보이는 여군이 심사를 했는데 돌아갈 비행기 표를 보여달라, 소지한 달러를 모두 꺼내 보여달라, 여권에 비자 스탬프가 찍힌 시리아와 레바논은 왜 갔냐 등등을 물으며 진을 다 빼놓았다. 수속을 마치고 홀에 들어와 잠시 수첩에 메모를 끼적이는데 이번엔 무장한 경찰이 다가와 무얼 적고 있냐며 수첩을 빼앗아 매서운 눈초리로 훑어나갔다. 수첩을 압수당하겠다 싶었지만 다행히 그러진 않았다. 식은땀을 흘리며 모든 절차에 고분고분했다. 뭔가 잘못돼 엑스레이 판독대를 거친 내 배낭을 샅샅이 파헤치면 어쩌나. 그 안에서 이스라엘에 맞선 가장 극렬한 단체인 팔레스타인 해방전선PFLP 대변인 출신 작가의 소설책을 발견하면 어쩌나. 한글 외에 작가의 영문명이나 PFLP 같은 약자를 펜으로 지웠고 의심스런 지도도 없앴지만 그 책 『불볕 속의 사람들』의 정체를 알아차리면 어쩌나. 어느 정도 스릴을 예상하고 책을 가져왔지만 그 순간만큼은 긴장을 놓을 수 없었다. 다행히 별일 없이 검문소를 통과했다. 그들의 특수한 상황을 모르는 바 아니지만 지독히 모멸감을 주는 입국 수속이었다. 처음부터 이스라엘에 정나미가 떨어졌다.

성서의 도시, 예루살렘의 오래된 성곽 안으로 들어서자 시간은 중세를 거쳐 예수가 살던 시대로 거슬러 올라간 느낌이다. 예수가 성전에서 분노하며 쫓아낸 상인들이 죄다 그곳에 다시 모여 좌판과 가게를 연 듯했고 골목 곳곳엔 총을 멘 군인들이 행인들을 지켜보며 살벌한 분위기를 연출했다. 다소 우스꽝스럽게 보이는 커다란 털모자와 긴 외투, 귀밑으로 내려온 한 가닥 곱슬머리의 유대인들도 성곽 안 풍경을 별스럽게 했다. 듣기로 예루살렘성 안은 유대인 지구, 크리스천 지구, 아랍인 지구로 나뉘어 있다는데 큰 충돌 없이 어울려 살고 있다고 했다. 언제 어디서 폭탄이 터질지 모르는 화약고이자 지뢰밭에 그런 평화가 머물러 산다는 것이 좀 의아했다.

한겨울, 예루살렘의 밤은 일찌감치 찾아왔다. 상점들도 문을 닫고 북적이던 골목에 인적이 드물어지면 여행자 숙소의 침대로 돌아와 책을 읽었다. 팔레스타인의 투사이자 대변인, 편집자였던 작가 가산 카나파니의 소설집은 짧고 간결한 단편소설들의 묶음이다. 노벨문학상 수상 작가 나기브 마흐푸즈처럼 우리나라에는 별로 소개되거나 주목받지도 못한 아랍 출신 작가인데다 팔레스타인 해방운동이라는, 어쩐지 우리와 멀어 보이는 세상의 작가인 까닭에 그의 책도 쉽게 구할 수는 없었다. 하지만 팔레스타인이라는 문제적 공간과 현실을 이 소설집만큼 핍진하게 형상화한 작품이 또 있을까. 십여 편이 안 되는 중단편집에서 두서없이 아무 소설이나 꺼내 읽었다.

표제작인 「불볕 속의 사람들」은 소설집에서 가장 긴 분량의 중편소설이다. 팔레스타인에서 쫓겨나 유민이 된 비참한 아랍인들이 목숨을 걸고 기회의 땅 쿠웨이트로 밀입국하는 현실을 담고 있다. 죽음의 사막, 위험한 국경을 넘어 쿠웨이트로 가려는 3명의 사내는 돈을 아끼기 위해 물탱크가 설치된 트럭을 구해 쿠웨이트로 잠입하려 한다. 이스라엘과의 전쟁에서 포로로 붙잡혀 남성을 거세당한 운전수 아불 카이주란은 동포인 그들의 딱한 처지를 이해하고 불볕 같이 숨 막히는 물탱크 속에 그들을 숨겨 국경을 통과하려 한다. 하지만 국경사무소 직원의 짓궂은 장난으로 시간이 지체되고, 불볕 같은 물탱크 안에 숨어 있던 3명의 밀입국자는 무참히 질식사한다.

소설집의 맨 마지막에 있는 또 다른 중편 「하이파에 돌아와서」는 이

보다는 직접적으로 쫓겨난 팔레스타인들의 비극을 다루고 있다. 영국 제국주의의 철수와 동시에 팔레스타인으로 진격해 들어온 이스라엘군의 폭격으로 생후 집에 남겨진 5개월의 갓난아기를 집에 두고 하이파를 떠나야 했던 부부는 그로부터 20여 년이 지나서야 고향 하이파에 다시 돌아올 기회를 갖는다. 20년 전 살던 집에 돌아온 노부부는 그때와 변함없는 집 구조와 가구들을 보며 깊은 향수에 젖는다. 폴란드에서 이주해 와 그 집을 불하받아 살고 있는 유대인 부인은 그들을 친절히 맞이하는데 자식이 없던 그 부인이 집에 남겨진 5개월짜리 갓난아기를 아들로 키워온 사연을 밝히게 된다. 마침내 밤이 되어 집으로 돌아온 청년. 버려진 팔레스타인 아이는 아이러니하게도 이스라엘 군인이 되어 자신의 친부모와 총을 겨눈 적으로 성장해 있다. 집을 나서며 노부부는 말한다. “민족이 뭔지 알고 있소? 이런 일이 일어나지 말라고 있는 게 민족이야.” 나라와 고향을 잃은 팔레스타인인들의 비극이 고스란히 전해진다.

두 편의 중편소설 외에 다른 작품들은 거의 장편掌篇에 가까운 단편들이다. 아들을 아랍인 의용군에 보낸 어머니의 비장한 마음(「사아드의 어머니」)이나, 폭격에 다리가 잘린 조카딸을 보고 행복이 보장된 곳으로의 탈출을 포기한 채 전쟁 중인 땅 가자 지구에 남겠다고 다짐하는 사내의 사연(「가자에서 온 편지」) 등 대부분 이스라엘과의 길고도 뼈아픈 전쟁의 역사가 모든 소설에 그늘을 드리우고 있다. 싸움에 바쁜 투사들은 산문가보다는 시인에 더 가까운 것일까, 비유와 묘사에 능통한 작가의 솜씨로 인해 이 짧은 단편들은 산문의 시詩로 승화되는 느낌마저 준다.

혁명가나 투사들이 빠지기 쉬운 생경한 이념과 성급한 선동에서 이 작가가 유능하게 벗어나 있다는 역자의 해설과 달리, 나는 이 작품들에서 여전히 어떤 생경함과 거침을 느꼈다. 물론 여느 투사의 작품보다 훨씬 리얼리티가 돋보이는 데도 말이다. 투사의 문학은 근본적으로 생경함과 거칢을 면하기 어려운 것일까? 문학은 결국 예리한 싸움의 도구가 될 수 없는 것일까? 혹 가능하다면 어떤 형식이어야 할까? 예루살렘의 밤, 어디선가 낮은 고양이 울음소리가 스산한 바람결에 떠다녔다.

예루살렘 성곽 안쪽엔 예수가 십자가에 못 박힌, 골고다 언덕 자리에 세워진 교회가 있다. 총독 빌라도가 바라바와 예수 중 십자가를 질 사람을 심판하던 현장부터 예수가 십자가를 지고 가다 처음 넘어진 곳, 여인 베로니카가 고통받는 예수에게 손수건을 건넸다는 자리까지 그 모든 성서의 기록이 구체적인 장소를 갖고 고스란히 성지로 지정되어 있다. 2천 년 전 그날의 일들이 그토록 분명한 흔적을 남길 수 있을까 의심스럽지만 도처에서 몰려든 신자들은 그곳을 차례로 순례하며 예배를 드렸다. 비좁은 골목을 정처 없이 헤매다 총을 든 군인들의 검색대를 지나자 시야가 탁 트이며 너른 광장이 나타났다. '통곡의 벽'이라 했다. 로마인들에 의해 웅장했던 성전이 파괴되고 서쪽 일부만이 남아 '서쪽 벽'이라 불리기도 한다. 예루살렘에서 축출된 유대인들이 일 년에 단 하루 허락된 날에 이 벽 앞에 모여 통곡의 기도를 올렸다 해서 생긴 이름이다. 오랜 세월 쫓겨나고 박해받아온 유대인들의 통곡 위로 내겐 어쩐지 팔레스타인인들의 통곡이 겹쳐 들려왔다.

예루살렘에서 남동쪽으로 8킬로미터 떨어진 베들레헴. 아기 예수의 탄생지로 유명한 이 도시는 아이러니하게도 팔레스타인의 대규모 거주지인 까닭에 경비가 삼엄했다. 버스에서 내리자마자 높다란 콘크리트 장벽이 가로막아 선다. 높이 8미터의 분리 장벽은 수십 킬로미터를 에돌아 베들레헴과 바깥세상을 철저히 분리시켜 놓는다. 까다로운 검문 검색을 통과하자 베들레헴의 안쪽이다. 장벽 안에는 해방과 자유를 염원하는 팔레스타인인들의 벽화가 화려하게 그려져 있다. 이런 장벽이 가자 지구 쪽에는 더 높고 길게 세워져 있다 했던가. 이태 전 이스라엘 최고의 문학상을 수여한 무라카미 하루키는 이스라엘 한복판에서의 수상 연설을 통해 이스라엘의 가자 지구 침공을 맹비난한 바 있다. 한없이 소심하고 왜소해 보이던 이 작가의 어디에 그런 용기와 강단이 숨어 있던 것일까. 그 연설을 통해 나는 하루키의 진정한 팬이 될 수 있었다. 연설문은 그의 어떤 소설들보다도 아름다웠다.

> "단단하고 높은 벽이 있어 그곳에 하나의 달걀이 부딪쳐 깨질 때, 아무리 그 벽이 옳다고 해도 아무리 달걀이 잘못했다고 해도 나는 달걀 편에 설 것이다. 왜냐하면 우리들 개개인은 하나의 달걀과 같으며 단 하나밖에 존재하지 않는 깨지기 쉬운 껍질에 쌓여 있는 정신이기 때문이다. 우리들이 싸우는 것은 높은 벽이며 그 벽은 곧 제도이다."
>
> 무라카미 하루키, '예루살렘상' 수상 연설 중에서

이스라엘 혹은 팔레스타인을 여행하고 돌아왔지만, 이런 땅은 좀처럼 떠나온 느낌이 들지 않는다. 뉴스나 신문을 통해 이 문제적인 땅은 늘 자신의 존재를 알려온다. 성스러운 땅의 눈물 어린 소식을 접할 때마다 비발디의 음악을 올려놓게 된다. 세상에 참 평화 없어라, 참 평화 없어라.

이스라엘에서 돌아와 이 나라를 대표하는 작가로 해마다 노벨문학상 후보로 거론되는 아모스 오즈의 『나의 미카엘』을 찾아 읽었다. 양심 있는 평화주의자로 알려져 있어 가산 카나파니와 비교해 읽어도 좋겠다고 생각해 집어 들었는데 정치적인 목소리는 드물었다. 두 남녀와 주변 인물들의 사랑과 결혼, 꿈, 죽음 등을 통해 일상에 잠재된 불안이 세심하게 그려져 있다. 자유분방한 서술과 현란한 문체 때문일까, 그리 쉽게 읽히지는 않았다. 그의 다른 작품, 『여자를 안다는 것』이나 『바람을 스치며 물결을 스치며』 등을 사두었지만 선뜻 손에 걸려 들어오지 않는다.

생각해보니 딱 한 번 성경이 내게 그 속 깊은 진언을 속삭여준 적이 있다. 십여 년 전 아버지의 마지막 시간을 지키던 중환자실 옆방 보호자 대기실에 무심히 꽂혀 있던 성경책 한 권. 그 밤에 아마도 요한복음을 읽었던 것 같다. 어릴 적 난해하기만 하던 성경의 구절들이 그 밤에는 비로 쓸어낸 마당처럼 분명하게 마음에 읽혔다. 삶의 시간이 얼마 남지 않은 아버지를 생각하며 성경의 한 구절 한 구절을 읽어나갔으리라. 어떤 간절함과 절박함이 난해한 자간과 문장들을 읽게 했다. 경전이란 그냥 책이 아닌 게다. 삶과 죽음의 진언이 담긴, 말 그 이상의 언어로 쓰인 책.

우리가 매일 접하는 뉴스 매체인 신문과 텔레비전은 오늘날 국민 전체를 대표하기에 너무나 부실하고, 너무나 무책임하고, 너무나 비겁하다. 이 세계가 어떻게 돌아가고 있는지 알 수 있는 매체는 책밖에 없다.

:: 커트 보네거트 『나라 없는 사람』 중에서

날마다 새로운 이야기가 태어나는 땅

_터키, 이집트 | 『내 이름은 빨강』 『에프라시압 이야기』 『도적과 개들』

책이 시작된 땅 이집트, 이야기가 살고 있는 나라 터키. 역사의 사실들이 상상력을 자극하는 이야깃거리가 될 수 있는 나라는 얼마나 행복한가. 이야기를 찾으러 떠나 수수께끼를 더 많이 채우고 온 오래된 땅들로의 여행.

눈이 내릴 것만 같던 초겨울 이스탄불의 밤. 연인은 눈물짓고
화가는 고뇌하며 살인자는 음모를 꾸미기에 좋은 밤이었다.
묘하게 스산하고 매력적인 밤이었다.

을씨년스러움. 터키하면 떠오르는 단 한 단어. 여행 전에도 그랬고 다녀온 뒤에도 그렇다.
『내 이름은 빨강』 탓이 크다. 한 권의 소설이 심어놓은 이미지의 강렬함.

피라미드에 관한 기록 하나. "어떤 신사는 소망했던 대로 피라미드 꼭대기까지 올라갔으나 그만 현기증을 일으켜 아래로 굴러 떨어지는 바람에 온몸이 산산조각 나 형태조차 찾아볼 수 없었다." (『잊혀진 이집트를 찾아서』 중에서)

옴무 칼숨의 노래를 들으며 나기브 마흐푸즈의 소설들을 읽을 것. 혹은 오르한 파묵이나 이흐산 옥타이 아나르를 읽을 것. 터키와 이집트를 여행하는 한 방법.

+피라미드도 스핑크스도 세월과 바람 앞에 퇴색해버린 그 땅에 사람들의 춤만이 면면이 내려와
여행자의 눈을 사로잡았다. 황홀하고 숨 가빴던 나일 강의 수피 댄스.

가장 훌륭한 시는 아직 씌어지지 않았다. / 가장 아름다운 노래는 아직 불려지지 않았다. / 최고의 날들은 아직 살지 않은 날들 / 가장 넓은 바다는 아직 항해되지 않았고 / 가장 먼 여행은 아직 끝나지 않았다. / 불멸의 춤은 아직 추어지지 않았으며 / 가장 빛나는 별은 아직 발견되지 않은 별 / 무엇을 해야 할지 더 이상 알 수 없을 때 / 그때 비로소 진정한 무엇인가를 할 수 있다. / 어느 길로 가야 할지 더 이상 알 수 없을 때 / 그때가 비로소 진정한 여행의 시작이다.

나짐 히크메트, 「진정한 여행」 전문

감옥에서 쓰였다곤 믿기지 않을 정도로 가슴 벅찬 희망의 이 시를 좋아한다. 만일 다시 초등학교 교실로 돌아가 장래희망을 적게 된다면 당당히 '탐험가'라 쓸 거라고 종종 다짐하는데, 이 시는 그런 시대착오적인 바람에 용기를 북돋워준다. 아직 항해되지 않은 바다, 아직 발견되지 않은 땅, 발견되지 않은 별이 어딘가 있을 거란 상상은 얼마나 황홀하고 아름다운가. 러시아 시인 마야코프스키의 영향을 받았다는 나짐 히크메트에 대해 알려진 바는 많지 않지만 그가 터키 시인이란 사실이 눈에 들어온다. 내가 가진 터키에 대한 인상이란, 감옥에서 만들어져 칸 영화제 그랑프리를 받은 영화 〈욜Yol〉의 암울한 봉건적 분위기, 영화 〈미드나잇 익스프레스〉에서 보인 참담한 인권 후진국의 느낌이 대부분이었는데 나짐 히크메트의 시는 그런 암울한 시절에 쓰인 절망 속 희망의 연가로 미뤄 짐작된다. 터키에 대한 인상을 다시 한 번 강렬하게 뒤흔들어놓은 작품이 또 있다. 2006년 노벨문학상 수상작인 오르한 파묵의 『내 이름은 빨강』이 그것.

생각해보면 늘 노벨문학상의 계절마다 가슴이 설레었던 것 같다. 가을의 한복판에 발표되는 노벨문학상의 소식은 단풍잎 끝을 발갛게 물들이는 바람에 실려와 문학의 가을을 예감케 했다. 익히 아는 작가의 수상 소식에는 흥분했고 처음 듣는 이름에는 좋은 작가를 추천받아 반가웠다. 『양철북』의 귄터 그라스와 『눈먼 자들의 도시』의 주제 사라마구, 『녹색의 집』의 마리오 바르가스 요사, 르 클레지오나 도리스 레싱, 해롤드 핀터의 이름에 흥분했고 가오싱젠, 존 맥스웰 쿠체, 헤르타 뮐러 등 처음 듣는 이름에는 호기심이 동했다. 한편 밀란 쿤데라나 존 업다이크, 무라카미 하루키, 이사벨 아옌데 등의 이름이 들려오지 않는 건 여전히 고개를 갸우뚱하게 한다. 하긴 톨스토이나 카프카, 보르헤스 같은 작가도 끝내 그 목록에 오르진 못했으니 노벨문학상의 눈이 늘 정확했다 보긴 어렵다. 그런데 노벨문학상 소식 중 가장 흥분되었던 경험이 바로 오르한 파묵의 『내 이름은 빨강』이다. 늘 좋은 책을 권해주던 친구에게 일찌감치 추천받아 꽤 재미있게 읽은 책인데 얼마 뒤 수상 소식이 들려왔다. 어쩐지 나, 혹은 소수만이 알고 있는 소중하고 짜릿한 비밀이 만천하에 까발려진 듯한 허망함도 동시에 느껴졌다. 이 책의 첫 구절을 읽었을 때의 섬뜩함과 책을 읽는 동안의 긴장, 책을 덮은 뒤 찾아온 뿌듯함을 나는 잊을 수가 없다. 카프카나 코엘료, 폴 오스터처럼 이 작가도 소설의 도입부에 꽤 공을 들이는 듯한데 책 속으로 단번에 몰입케 만든 첫 구절은 다음과 같다.

> 나는 지금 우물 바닥에 시체로 누워 있다. 마지막 숨을 쉰 지도 오래되었고 심장은 벌써 멈춰버렸다. 그러나 나를 죽인 그 비열한 살인자 말고는 내게 무슨 일이 일어났는지 아무도 모른다. 그자는 내가 정말로 죽었는지 확인하려고 숨소리를 들어보고 맥박까지 확인했다. 그러고는 옆구리를 힘껏 걷어차더니 우물로 끌고 와 바닥으로 내동댕이쳤다. 이

미 돌에 맞아 깨져 있던 내 머리는 우물 바닥에 부딪히면서 산산조각이 났고, 얼굴과 이마, 볼도 뭉개져 형태를 분간할 수 없다.

『내 이름은 빨강』 중에서

'나는 죽은 몸'이라는 소제목으로 시작되는 이 장章의 화자는 '엘레강스'란 이름(별명)의 터키 세밀화가다. 1591년, 터키 이스탄불에서 황제 술탄의 명에 의해 이슬람의 성일을 기념하는 밀서密書 제작에 참여하고 있다가 같은 작업에 참여한 동료 궁정화가 누군가에 의해 살해당한다. 그 범인을 추적하는 과정과 속속들이 밝혀지는 배경이 이 소설의 내용인 셈이다. 총 59개 장으로 구성된 이 책은 각 장마다 화자(엘레강스, 올리브, 황새, 나비, 에니시테, 카라, 세큐레 등)를 달리해 각자의 입장에서 살인 사건 안팎에 놓인 사실들을 진술한다. 조각조각 퍼즐을 맞추듯 구성되며, 범인의 정체는 소설 끝에서야 어렴풋이 밝혀진다. 외견상 추리소설의 모양을 하고 있지만 그렇게만 규정 짓기에는 담고 있는 사상과 문제 제기가 너무도 크고 의미심장하다.

술탄을 설득해 밀서 제작을 맡고 그 작업을 총괄 지휘한 사람은 이들 궁정화가의 스승인 '에니시테'다. 그는 터키에서 멀지 않은 베네치아 공국의 서양화를 보고 깊은 감명을 받아 술탄을 설득해 이 외래 화풍(원근법)을 밀서에 도입하고자 한다. 그러나 작업에 참여하게 된 제자들, 즉 엘레강스와 황새, 올리브, 나비 등은 스승의 이런 의도에 불안과 갈등을 느끼게 된다. 수백 년을 이어 내려온 이슬람 세밀화의 신성함을 지키려는 쪽과 새로운 화풍을 도입하려는 예술혼이 맞부딪쳐 결국 그 와중에 엘레강스가 죽임을 당하고, 소설 중반에서는 스승인 에니시테마저 살해당하는 피의 참극이 펼쳐진다. 살인 사건을 자신에 대한 도전으로 받아들인 황제 술탄이 궁정

화원장 오스만과 또 다른 주인공인 카라에게 범인을 찾아낼 것을 명하며 소설은 긴박감을 더한다. 스승 에니시테의 딸이자 전쟁터에 나가 돌아오지 않는 남편을 둔 미녀 '세큐레'가 주변 남성들과 맺는 복잡한 애정 관계는 자칫 무겁고 딱딱하기 쉬운 소설에 멜로 드라마적인 분위기를 불어넣는다.

이 작품을 통해 작가는 이슬람 세계에서 가장 위대했던 터키 세밀화의 전통과 함께 역사적으로 동서양 문명이 충돌해온 문제적 공간으로서의 '터키'를 날카롭게 파헤치고 있다. 세밀화나 이슬람, 터키 중세사는 물론 생경한 인명, 지명에 익숙하지 않은 다른 나라 독자에게는 이 책이 다소 어렵게 읽히겠지만, 그러한 지역성이 이제까지 그 어떤 소설에서도 보지 못한 새롭고 독특한 개성을 부여한다. 이런 소설을 읽노라면 유럽이나 미국의 소설이 얼마나 그동안 우리에게 익숙해졌으며 그래서 얼마나 낡고 진부한 것이 되었는지 새삼 느끼게 된다. 제3세계, 혹은 이제껏 역사의 변두리에 있던 문화권들의 풍습과 사상이야말로 문학, 혹은 예술이 진부함과 고갈, 매너리즘을 딛고 일어설 무한하고 신선한 공급처가 아니겠는가. 아프리카 조각에서 영감을 얻은 피카소나 일본 판화에 주목한 고흐, 인도 여행을 통해 새로운 음악을 창조해낸 비틀즈의 경우가 말해주듯이.

흔히 훌륭한 생각과 사상을 담은 소설들이 즐겨 쓰는 방법 중 하나가 추리기법이다. 도스토옙스키는 『카라마조프의 형제들』에서, 움베르토 에코는 『장미의 이름』 등에서 흥미진진한 추리 소설적 사상서를 펴낸 바 있고 포나 보르헤스 등도 추리기법을 담은 심오한 단편소설들을 낸 바 있으며 『사람의 아들』 『영원한 제국』 같은 우리 작품도 마찬가지다. 대중문학의 대표적인 기법인 추리의 얼개는 본격 문학의 심오한 사상과 문제의식을 담으려는 작가들에게 매력적인 방법이었으리라. 『내 이름은 빨강』 역시 추리의 기법을 훌륭하게 활용해낸 역작이다. 이 같은 대중적인 재미에 터키, 이슬람의 지역성이 덧붙여져 독특한 개성과 감명을 자아낸다. 이 소설이 노벨 문학상 이전에 프랑스, 이탈리아 등 유럽의 내로라하는 문학상을 휩쓴 경력에 고개가 끄덕여질 만하다.

책의 이미지를 가슴에 간직한 탓일까, 그 땅에 발을 디디기 전까지만 해도 이스탄불은 온통 빨강이 넘쳐 흐를 거라 지레짐작했다. 하지만 이스탄불은 그렇게 빨강을 많이 품은 도시는 아니었다. 오히려 소피아 성당 건너편 블루모스크의 이미지처럼 파랑이나 잿빛, 혹은 다른 빛깔이 더 눈에 띄었다. 『내 이름은 빨강』의 차갑고 을씨년스런 느낌은 공기 중에 떠다녔지만 영화 〈욜〉과 〈미드나잇 익스프레스〉에 이어 『내 이름은 빨강』에 풍기던 낙후된 봉건성은 이미 옛 이야기가 되었다. 이스탄불 역시 고층 빌딩과 산뜻한 상점이 늘어선 현대 도시로 변모해 있었다. 그런데 이스탄불의 무엇이 작가로 하여금 강렬한 '빨강'을 형상화하도록 만들었을까? 유럽과 아시아의 경계인 보스포루스 해협의 물살만이 문명 간의 격렬한 충돌지로서의 터키 역사를 절실히 증언하며 흐르고 있었다.

『내 이름은 빨강』 이후 파묵의 책을 더 읽어보려 했지만 어쩐 일인지 다른 책은 쉽게 읽히지 않는다. 『새로운 인생』의 1권을 절반쯤 읽다가 도무지 손에 잡히지 않는 관념의 나열에 지쳐 중간에 접고 말았고 『검은 책』 등 다른 책들은 아직 책장을 펴보지도 못했다. 주변에 들으니 『내 이름은 빨강』 역시 꽤 어렵게 읽었다는 감상이 지배적이다. 다시 들춰보니 역시 쉽지 않은 책이란 생각이 든다. 파묵의 소설 대신, 최근 활발히 소개되고 있는 동시대 터키 소설들을 읽어본다. 이흐산 옥타이 아나르의 『에프라시압 이야기』에는 공포, 종교, 사랑, 천국 등 4가지 주제로 '재미있는 이야기 들려주기' 내기를 펼치는 '죽음'(저승사자)과 노인이 등장한다. 내기에 이길 때마다 노인 젯잘 데데의 생명은 한 시간씩 연장되는데 4개 주제에 두 인물이

각 한 편씩 이야기를 펼쳐 모두 8개의 이야기가 등장한다. 각 이야기들은 터키, 특히 동부 아나톨리아 지방의 풍습과 신화에 얽힌 것들로 독특한 분위기를 풍긴다. 저승사자가 종교에 관해 펼친 '세계사'라는 제목의 이야기는 굉장히 재미있게 읽혔다. 재미의 편차는 있지만 풍부한 상징과 교훈을 담은 단편들이 고루 흥미롭다. 아흐멧 알탄의 『위험한 동화』는 앞서 인용한 작품들보다 훨씬 관념적이며 모던하다. 소설 쓰기와 살인, 현대인의 고독과 성의 문제를 다룬 주제부터가 다른 작가들과 차별화된다. 소설 중간에 등장하는 '위험한 동화'라는 우화를 통해 터키 소설에 공통적인 한 관습이 발견될 뿐이다. 이들 작가들을 통해 터키가 아름답고 흥미진진한 이야기의 나라, 이야기가 날마다 새로 태어나는 픽션과 신화의 나라로 여겨진다. 터키에는 진정 '이야기'들이 살고 있다.

터키에서 지중해를 건너 여행한 이집트에서 나는 어린 시절을 지배해 온 미스터리와 호기심, 불가사의의 세계와 조우했다. 기자Giza의 피라미드와 스핑크스, 카이로 박물관, 룩소르의 신전과 왕들의 계곡을 여행하며 그간 희미하게 존재하던 의혹과 미스터리가 대번에 정리되는 귀중한 경험을 했다. 누구나 그 땅에 서면 호기심과 미스터리에 사로잡히는 추리작가이자 고고학자가 될 법하다.

이집트와 나일 강은 책을 탄생시킨 땅이다. 그것이 종이에 옮겨질 때까지 누천년이 걸렸지만 그들은 무덤과 신전의 벽을 하나의 책장 삼아 관념의 세계를 적어나갔다. 그런 찬란한 문명을 탄생시킨 이집트가 지금은 퇴락한 아랍의 변두리 국가가 되어 관광산업으로 명맥을 유지하고 있다. 덧없는 과거 영광에 대한 예우일까, 이 나라에서 아랍 최초로 노벨문학상을 수상한 작가가 나왔다. 1988년 『우리 동네 아이들』과 『도적과 개들』로 상을 수여한 나기브 마흐푸즈가 그다. 감옥에서 출감한 사내가 자신을 파멸로 몰아넣은 가족과 보스, 사회에 복수하려다 비극적인 죽음을 맞게 되는 내용인 『도적과 개들』은 전체적으로 음산하고 답답한 분위기다. 마치 서구 사회가 구현해놓은 현대 문명과 쉽게 화해할 수 없는 아랍, 혹은 이슬람의 운명을 은유적으로 펼쳐놓은 듯하다. 노벨문학상의 나기브 마흐푸즈 외에도 가산 카나파니, 나왈 알사으다위, 알리파 리파이트, 유수프 이드리스, 자카리야 타미르, 부사이나 알나시리, 알리야 맘두흐 같은 아랍 작가들이 있다고 한다. 이 낯선 이름들 가운데 한둘이라도 알 만한 사람이 있겠는가? 우리나라에 소개된 바 있는 아랍문학선 『천국에도 그 여자의 자리는 없다』 같은 책은 별다른 주목도 받지 못한 채 일찌감치 절판의 길을 걸었다. 가장 오래된 2대 문명을 배태한 땅이자 유럽이 중세 암흑기를 거칠 때 수학, 과학 등의 학문에서 빛나는 인류의 유산을 구축해놓은 이 땅이 작금에는 닫힌 세계, 변두리 문명으로 전락해 있다. 역사가 가는 길을 누가 알겠는가. 하지만, 오르한 파묵에서 변방의 문명들은 다시금 희망을 보지는 않았을까. 매너리즘에 빠진 유럽, 미국 주도의 문명보다는 새로운 에너지를 품은 소수, 변두리 문명에 어떤 답이 있는 것은 아닐까? 그런 희망이 목마른 자에게 여행을 떠나고 책을 읽게 한다.

가장 멋진 여행은 아직 떠나지 않은 여행이며, 가장 훌륭한 책은 아직 쓰이지 않은 책이다.

한 권의 좋은 책은 열 갈래 다른 독서의 시작이다.

:: 김주하 『지식 e 2』 추천사에서

나를 찾아 떠나다

쿠바

페루

볼리비아

칠레

아르헨티나, 파타고니아

어디에도 없는 나라로의 여행

_쿠바 | 『유토피아』

헤밍웨이가 왜 이 나라에 20여 년을 눌러 살며 글을 썼는지, 의사 지망생 체 게바라가 왜 이 나라에서 혁명을 위해 젊음을 바쳤는지, 왜 '부에나 비스타 소셜 클럽'의 늙은 가수들이 여전히 사랑 노래를 감미롭게 부를 줄 아는지. 쿠바에 오면 알 것이다. 쿠바의 말레콘 방파제에 서면 알 것이다.

'노인을 위한 나라' 는 있었다. 젊음 못지않게 가슴 뜨거운 노래를 부르고,

춤추고 사랑할 줄 알던 쿠바의 노인들. 뜻밖에도 그들의 얼굴에서 젊음을 읽었다.

카리브 해에서 잡은 물고기를 들고 말레콘 방파제 위를 터벅터벅 걸어가던 소년.
헤밍웨이도 이런 풍광들 속에서 『노인과 바다』의 장면들을 떠올렸을까.

컴퓨터와 게임, 텔레비전 따위가 놀이이자 관심사인 우리 아이들이 행복할까?
나무와 흙과 광장을 놀이터 삼는 쿠바 아이들이 더 행복할까?
행복이란 알 수가 없는 일이다.

쿠바 트리니다드를 헤매다 우연히 맞닥뜨린 골목. 흡사, 엘리스의 '이상한 나라'의 풍경 같았던.

그렇게 많은 나라를

가봤으면서 오직 쿠바에 가보질 못했다는 이유만으로 자신보다 내 여행 편력을 윗길로 쳐주는 친구가 있다. 쿠바를 못 가봤다면 진정한 여행을 했다고 할 수 없다는 게 그의 해괴한 편견 내지는 선입견이다. 그 친구만이 아니다. 많은 사람들이 내 여행담 가운데 가장 흥미롭고 낭만적인 이야기들이 쿠바에 있을 거라 생각한다. 쿠바의 무엇이 그토록 많은 사람들의 마음을 사로잡고 설레게 하는 것일까? 혁명가 체 게바라의 삶과 전설? 쿠바에 머물며 작품을 썼던 헤밍웨이와 그 작품 『노인과 바다』? 세계 정상급 수준의 야구라든가 '부에나 비스타 소셜 클럽'의 쿠반 재즈? 혹은 살사 댄스와 라틴 댄스? 코발트 빛 카리브 해와 말레콘의 방파제? 유명한 쿠바산 시가나 럼주? 사실 이 나라의 매력과 낭만을 표현하는 단어는 한두 가지가 아니다. 비행 스케줄 때문에 파나마에서 하루를 보낸 뒤 쿠바의 수도 아바나로 향하면서 나 또한 쿠바에 간다는 사실에 적이 흥분되어 있었다. '부에나 비스타 소셜 클럽'의 작고한 노가수들이 부른 노래들이 내내 입가에 흥얼거려졌다. 구두 수선공 출신의 이브라힘 페레르 할아버지가 무척 감미로운 목소리로 불렀던 5번째 트랙 〈치자꽃 향기Dos Gardenias〉가 쿠바를 내게 바짝 당겨주었다.

쿠바에 향한다면 그곳에 살면서 왕성한 작품 활동을 펼친 헤밍웨이의 소설이나 체 게바라의 평전쯤을 읽으면 맞춤할 것이다. 하지만 쿠바 여행에 정작 내가 선택한 책은 토머스 모어의 『유토피아』다. 오래전부터 읽어보려던 책인데 쿠바행에 선뜻 손에 걸려 들어왔다. 잘못된 사회를 갈아엎고 이상적인 사회를 세우겠다는 젊은 혁명가들의 생각이, 몇 세기 전 이상사회를 꿈꾸고 그려보았던 한 인문학자의 상상과 얼마나 비슷할까 혹은 다를까, 그것을 가늠해보고 싶었다.

쿠바는 북한 등 몇몇 나라와 함께 외견상 사회주의 체제를 굳건히 지켜가고 있는 듯 보인다. 반제국주의 혁명을 이끈 피델 카스트로가 생존해 반세기 가깝게 쿠바를 이끌고 있다. 그런데도 다른 독재 국가와 달리 완강한 폐쇄성이나 폭력적인 정치 체제에 대한 인상은 드물다. 이웃 나라 미국의 집요한 봉쇄와 압력에도 굳건히 맞서고 있다는 인상이다. 세계 각지에 의료 지원 활동을 가장 왕성하게 펼치고 있는 나라가 이 나라이고, 소련 붕괴로 식량 지원이 끊기면서 자구책으로 택한 이 나라의 유기농업은 지구촌의 귀감이 되고 있다. 의료와 교육에 있어 높은 수준의 사회 지원 시스템을 확립했다는 이 나라는 세상에서 유례를 찾아보기 힘든 독특한 개성을 지닌 나라다. 내가 쿠바에 대해 알고 있는 지식이 그러했으며 쿠바에 『유토피아』를 챙겨간 까닭도 그런 연유에서다.

아바나에 도착했을 때는 한밤중이었다. 자정을 넘긴 아바나는 후텁지근한 아열대의 열기에도 불구하고 서늘한 인상을 풍겼다. 처음 발을 디딘 땅에 대한 두려움 때문일 것이다. 택시가 큰 호텔이 밀집한 뉴 아바나로 접어들자 갑자기 사위가 환해지면서 도시의 활기가 느껴진다. 미리 적어둔 주소의 숙소 앞에 택시가 멈췄다. 연락도 없이 밤 1시에 문을 두드렸는데 집주인이 나와 문을 열어준다. 여행자들 사이에 유명한 클라라 아줌마다.

클라라 아줌마네에 여장을 풀고 이튿날부터 올드 아바나 거리와 박물관, 유적지, 그리고 밤이면 재즈 바들을 순례하며 돌아다녔다. 한낮에는 찜통 같은 무더위에 대부분의 사람들이 그늘에 피신하곤 했는데 밤이 되자 모두들 시원한 방파제로 몰려나와 밤을 즐겼다. 한밤중인데도 위험하다는 느낌은 들지 않았다. 지척에 있는 미국의 살벌한 대도시들과는 썩 대조적인 밤풍경이었다.

폭염 아래 시원한 그늘을 간절히 찾아 들어가 헤밍웨이가 즐겨 마신 모히토 같은 칵테일을 마시며 틈틈이 『유토피아』를 읽었다. 500여 년 전 쓰인 책이라 꽤 고루할 거라 예상했는데 의외로 어렵지 않게 읽힌다. 책의 내용은 간단하다. 작가인 토머스 모어가 '유토피아'란 섬나라에서 5년 동안 지내다 온 '라파엘 히슬로다에우스'라는 포르투갈 선원을 만나 그에게 들은 여행담을 기록한 형식이다. 실존했던 탐험가 아메리고 베스푸치 아래서 선원 생활을 했다는 가상의 인물 라파엘은 우연한 기회에 세상에 흩어져 있는 여러 나라를 탐험하게 되고 그중에 '유토피아'라는 나라를 인상 깊게 기억하여 그 나라의 지리, 정치, 경제, 사회, 문화 등에 관한 전반적인 이야기를 저자에게 들려준다. 그가 들려준 유토피아의 모습 중 특이하거나 핵심적인 내용들은 다음과 같다.

- 천혜의 지형으로 접근이 쉽지 않은 섬나라 유토피아는 우토푸스라는 사람이 이곳을 점령한 뒤로 그의 이름을 따 '유토피아'라 부르게 되었다.
- 이 섬나라에는 사유재산이 없다. 사람들은 십 년에 한 번 추첨을 통해 서로 집을 바꾸어 산다.
- 모두가 예외 없이 농사에 종사하지만 농사 이외에 각자 전문적인 일을 한 가지씩 더 배운다.
- 술집이나 맥주집, 매음굴이 없으니 타락할 기회가 아예 없다. 숨을 곳도 밀회할 공간도 전혀 없으며 만인이 주시하는 가운데 살기 때문에 건전한 여가를 즐길 수밖에 없다.
- 물자가 부족한 지역과 남는 지역을 조사한 뒤 부족한 곳에 남는 잉여분을 채워준다.

- 화폐 제도가 없다. 돈을 없앰으로써 돈으로 인한 탐욕을 없앤 것이다.
- 불치 환자의 경우 스스로, 혹은 타인에 부탁해 고통에서 해방되는 것은 경건하고 바른 행위다.
- 전쟁을 혐오하기에 전쟁을 수행해야 하는 경우 자국민이 참전하지 않고 용병을 쓴다.

유토피아의 다양한 풍속을 요모조모 설명하는 라파엘 씨의 묘사를 읽노라면 우리가 사는 세상의 모습을 그 위에 자연스럽게 겹쳐서 보게 된다. 어떤 부분에서는 현대사회에 실현된 탁월한 예언이 읽히기도 하고 어떤 부분에서는 상당한 모순과 아이러니가 보인다. 어떤 대목에서는 과연 '유토피아'란 곳이 이상 사회인지 이상한 사회인지 갸우뚱한 부분도 있다. 사유재산의 부정이나 공공의 배분 등을 설명하는 부분에서는 사회주의 사상의 단초가 보이기도 하고 자연과 검소함을 피력하는 다음과 같은 묘사들 위로는 소로의 『월든』류의 사상이 겹친다.

- 금이 넘쳐나지만 과대평가하지 않으며 금 은 보석 등을 조롱거리, 경멸의 대상으로 만든다.
- 좋은 옷으로 자신을 훌륭하다 생각하는 경우가 대표적인 사이비 쾌락이다. 돈을 잔뜩 모아두고 쓰지 않는 일이나 사냥과 노름, 보석에 열광하는 것들 모두 사이비 쾌락에 불과하다.
- 다양한 종교와 완벽한 종교적 자유가 있지만, 다른 종교를 비난할 경우 큰 처벌을 받게 된다.

그런가 하면, 때때로 만나게 되는 다음과 같은 장면의 묘사는 무척 황당하고 어리둥절하다.

> 과부든 처녀든 장래의 신부가 될 사람은 책임감 있고 존경할 만한 여성 보호자의 인도 아래 신랑에게 나체로 선을 보입니다. 마찬가지로 존경할 만한 남성 보호자가 신랑을 신부에게 나체로 선을 보입니다. 남자가 아내를 멀리하게 만들 만큼 심각한 결점이 의복 밑에 숨겨져 있을 가능성은 얼마든지 있습니다.
>
> 『유토피아』 중에서

배후자의 최고 조건이 '건강'이고 그것을 확실히 하기 위해 나체로 맞선을 본다는 이런 대목에서 저자의 유쾌한 장난기를 읽어야 할지 한 사회를 그려내고자 한 세심함을 읽어야 할지 난감하다. 하지만 이런 부분은 그 나름으로 책을 더욱 풍부하게 만든다. 지리, 관습, 법률, 형벌, 학문, 외교, 전쟁, 종교, 교육 등 한 국가를 이루는 거의 대부분의 분야를 하나도 놓치지 않고 아우르고 있음은 저자의 폭넓은 인문학적 깊이와 치밀함을 보여주는 대목이다. 하지만 이러한 완벽한 구현에도 불구하고 저자는 자신이 애써 그려낸 유토피아에 대해 다음과 같은 최종 변론을 붙임으로써 슬그머니 완벽함의 혐의에서 발을 빼거나 판단의 몫을 독자에게 넘겨버린다.

> 라파엘 씨가 이야기를 마쳤을 때 그가 설명한 유토피아의 관습과 법 가운데 적지 않은 것들이 아주 부조리해 보였다. 비록 그가 의심할 바 없이 대단한 학식과 경험을 가진 것은 분명하지만, 나는 그가 말한 모

든 것에 동의할 수는 없다. 하지만 고백하건대…… 어쨌든 우리나라에 도 도입되었으면 좋겠다고 염원할 만한 요소들이 많다고 본다.

『유토피아』 중에서

토머스 모어는 해박한 인문학적 지식과 양심을 지킨 정의로운 삶으로 인해 가톨릭 교회로부터 성인으로 추대된 종교인이기도 하다. 헨리 8세 등 왕들에 대한 비판에 추호의 물러섬이 없었으며 불의한 결정에 소신을 굽히지 않은 인물로도 유명하다. 서거한 김대중 전 대통령의 세례명이 토머스 모어였음이 문득 상기되기도 한다. 이 책은 그의 학문적 동지인 에라스무스의 『우신예찬』에 대한 응답의 형식으로 쓰였다. 애당초 '어디에도 없는 곳'이란 의미의 '유토피아'를 설정한 자체가 굉장한 지적 유희의 산물임을 암시하고 있지만, 당대 현실에 대한 한 지식인의 폭 넓은 고민과 성찰의 깊이는 결코 녹록지가 않아 보인다. 냉철하고 서늘한 서술에도 불구하고 묘한 인간미가 느껴졌던 마키아벨리의 『군주론』처럼 저자의 따뜻한 온기나 열정이 느껴지기도 한다.

『유토피아』를 비교적 단숨에 읽어버린 까닭에 아바나에서 산타클라라, 베라데로, 트리니다드 등 쿠바의 유명 도시로 넘어갈 때에는 손에 들린 책이 따로 없었다. 대신 차창 밖으로 이어지는 쿠바의 평화로운 자연을 읽어나갔다. 차라리 그 편이 나았다. 쿠바는 여행자들의 꿈과 환상에 부응하듯 아름답고 낭만적이며 황홀했다. 허물어진 담벼락과 건물은 허물어진 대로 아름다웠고 넘실대는 카리브 해는 꿈을 싣고 일렁였다. 쿠바에서는 특히 아이들과 노인들의 표정이 밝고 아름다웠다. 밤이 되면 작은 광장과 카페마다 음악과 춤판이 벌어졌고 삶을 즐길 줄 아는 사람들의 건강한 웃음소리가 넘쳐났다. 작금에 거의 모든 나라에서 문화와 소비의 중심이 십 대,

이십 대들에게 점령당하다시피 했는데 이 나라만은 그렇지 않은 듯했다. 코맥 맥카시가 '없다'라고 선언했던 '노인을 위한 나라'가 혹시 이 나라가 아닐까 하는 생각마저 들었다. 이상 사회, 유토피아는 경제 지표나 통계 등 숫자로 가늠되는 나라가 아닐 것이다. 사람들 얼굴에 담긴 표정, 그들이 보이는 마음 씀씀이나 여유에서 드러날 것이다. 그렇다면 친절하고 낙천적인 사람들이 삶을 즐겁게 꾸려가는 이 나라가 비록 '유토피아'라 말하진 못할지언정 폐쇄적인 후진국이라 매도할 순 없지 않겠는가. 비록 동전의 앞면만을 본 것인지는 몰라도 여행자의 눈에 비친 쿠바는 그러했다.

'유토피아'는 있는가? 그 어원에서처럼 그런 나라는 애초부터 존재하지 않는 것인지 모른다. 이상 사회의 잣대나 기준도 저마다 제각각일 수밖에 없다. 토머스 모어 이래 어딘가 존재할지 모를 이상 사회에 대한 환상과 동경은 여러 문학 작품 속에 면면히 이어져 왔다. 신대륙 어딘가에 있을 '엘도라도'를 찾기 위해 수많은 탐험가가 목숨을 잃었는가 하면, 『걸리버 여행기』에 등장하는 '휴이넘'의 나라, 쿠빌라이 칸이 산다는 '재너두', 제임스 힐턴이 『잃어버린 지평선』에서 그린 '샹그릴라' 등이 저마다의 이상 사회를 그리고 꿈꿔왔다. 가상 국가를 통해 현실의 디스토피아를 비판하고 이상적인 미래상을 제시했다는 점에서 『유토피아』는 SF문학의 효시로도 꼽힌다. 이 책은 르네상스의 완연한 봄날에 던진 한 인문학자의 유쾌하면서도 진지한 환상문학으로 읽힌다.

쿠바를 떠나기 하루 전, 운 나쁘게도 나는 개에게 물렸다. 그것도 클라라 아줌마네 거실에 얌전히 있던 작은 개에게 당한 것이다. 특별히 녀석에게 못되게 한 일도 없는데 그놈이 왜 느닷없이 내 다리를 향해 달려들었는지 지금도 미스터리다. 이상 사회, 혹은 유토피아에 살게 되더라도 종종 사람이 개에게 물리는 일은 막을 수 없는 노릇인가 보다.

헤매는 이들이 모두 길을 잃는 것은 아니다.

:: J·R·R·톨킨

하지 않은 행동에 대한 후회, 읽지 않은 책에 대한 후회

_페루 | 『새들은 페루에 가서 죽다』『녹색의 집』『판탈레온과 특별봉사대』

'달팽이가 되기보다는 참새가 되어야지 / 그래, 그럴 수만 있다면 그게 좋겠지 못이 되기보다는 망치가 되어야지 / 그래, 그럴 수만 있다면 그게 좋겠지.(〈엘 콘도 파사〉 가사). 오래전, 광화문 지하보도의 남미 악사들이 안데스로 처음 나를 떠밀었다. 그래, 갈 수만 있다면 그게 좋겠지.

전기도 들어오지 않던 티티카카 호수의 꽃대궐 집에서 하룻밤을 묵었다.
밤새 창에 걸린 보름달이 잠 못 들게 하더니 이내 호면 위로 아침햇살이 떠올랐다.
숨 막히던 햇살, 그 빛!

+ 마추픽추로 향하는 길에 만난 피사크 유적.
지나온 산들의 능선만큼이나 여행자의 기분도 하향과 상승을 반복했다.
기력 없는 눈에도 아름다운 풍광은 거부할 수 없을 정도로 아름다웠다.

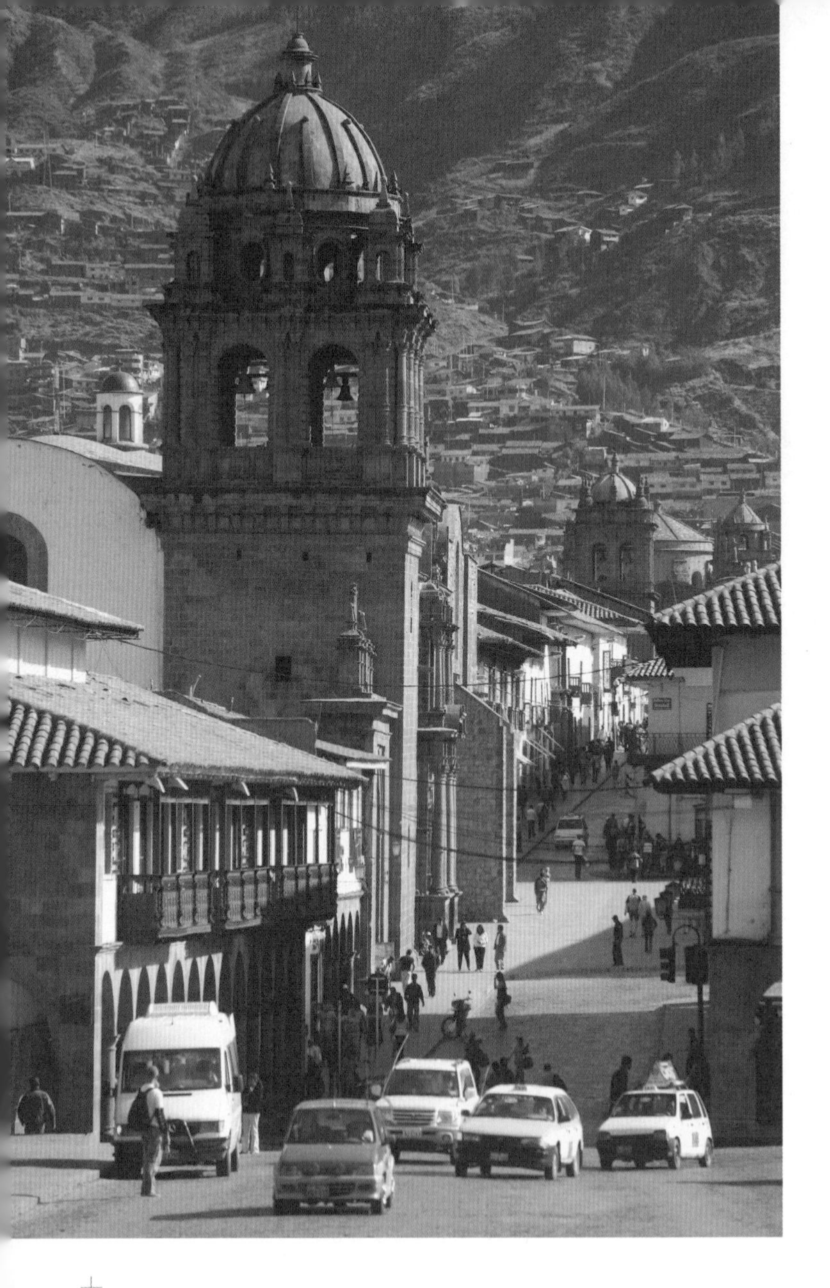

태양의 제국 잉카의 수도였던 쿠스코. 남미 대륙의 대부분을 거느렸던 대제국은 침략자들의 화승총 몇 자루 앞에 허무하게 무릎을 꿇었다. 도시 곳곳에 슬픔과 비탄의 역사가 배어 있다.

세상 가장 후미진 곳에 유배된 마을처럼 보였던 티티카카 호수의 섬들.
태양과 별들마저 이곳을 그만 까맣게 잊어버릴 것만 같았다.

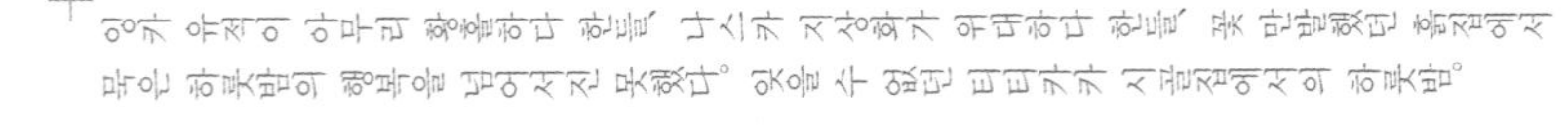

잉카 유적이 아무리 황홀하다 한들, 나스카 지상화가 위대하다 한들, 꽃 만발했던 흙집에서
묵은 하룻밤의 행복을 넘어서진 못했다。 잊을 수 없던 티티카카 시골집에서의 하룻밤。

SAN CARLOS
PUNO

아주 어릴 적부터

'티티카카'를 꿈꾸었다. 티티카카, 티티카카, 티티카카…… 자꾸만 발음하면 저절로 휘파람이 불어지고 그러다가 어떤 이름 모를 새가 되어 하늘로 훌쩍 날아오를 것만 같았다. 지구 반대편에 있다는 그 신비한 호수에서 만월을 마주하게 된다면 생에 더는 바랄 게 없을 거라고, 백 년은 훨씬 전부터 꿈꿔왔던 것 같다. 그런데 인생은 멋대로 흐르고 흘러서 마침내 꿈꾸던 땅에 꿈꾼 자를 부려놨다. 볼리비아 쪽 호숫가 마을인 코파카바나에서 잉카의 건국 신화가 서린 태양 섬과 달의 섬을 오가며 이틀을 보냈고 페루 쪽 마을 푸노에서 또 안쪽 섬들을 드나들며 사나흘을 보냈다. 푸노에서 배를 타고 들어간 아만타니 섬에서 하룻밤을 묵게 된 날, 나는 그만 깜짝 놀라고 말았다. 전기가 들어오지 않는 섬의 캄캄한 밤, 호수면 위로 둥실 떠오르던 보름달. 내 삶이 호수를 향해 열심히 달려왔듯이 보름달 역시 그 섬을 향해 힘겹게 찾아오고 있었다. 의도한 것이 아닌데 여행은 만월의 밤 티티카카 호수 한가운데에 나그네를 세워놓았다.

여행은 꿈을 이루는 것이라고 흔히 말하지만, 따지고 보면 꿈을 하나둘 잃어가는 것에 더 가깝다. 가슴 속에 고이 간직했던 땅들이 마침내 눈과 코, 발바닥 앞에 벗겨질 때 그 만큼의 감격과 함께 꼭 그 만큼의 상실감이 따라온다. 꿈꾸던 곳을 디딘 순간, 꿈이 하나둘 가슴팍 어딘가에서 허무하게 빠져나간다. 처음부터 꿈 따위는 갖고 가지 않는 것이 현명한 여행자일지도 모른다. 티티카카는 훌륭했지만 그곳을 떠날 때 엄습한 알 수 없는 섭섭함, 상실감은 대책 없이 쓸쓸했다.

페루를 여행하며 내내 비슷한 감정 속에 떠다녔다. 티티카카 호수와 마추픽추, 쿠스코, 나스카의 지상화, 아마존 등 라틴아메리카의 가장 이름난 유적과 겪을 거리가 모여 있는 나라가 페루가 아닌가. 때론 기대를 넘어서기도 하고 때로는 적잖이 실망하게 만드는 그 인간과 자연의 기념물들 앞에서 여행자가 받아들여야 하는 감정은 내내 납득이 가지 않는 것들이었다. 차츰 하향 곡선을 그리던 여행의 리듬은 티티카카 호수를 떠나 옛 잉카 제국의 수도인 쿠스코에 도착하면서 저점에 달했다. 거기서 그만 극심한 우울과 피로에 떨어져버렸다. 긴 여행 중에 찾아오는 낯선 땅의 이물감이 바위처럼 가슴을 짓눌렀고 부모와 친구들에 대한 그리움이 사무쳤다. 손과 발, 피부에 트러블이 생기고 얼굴은 영양실조라도 걸린 듯 각질이 벗겨졌으며 저절로 다이어트가 되어 바지는 한없이 헐렁해졌다. 간신히 기력을 찾아 인근 여행지를 찾아 나섰지만 그야말로 '간신히'였을 뿐이다. 잉카인들이 건설한 마추픽추와 인근의 피사크 마을, 오얀타이탐보 유적도 어김없이 다녀왔다. 그 땅들의 불가사의함과 아름다움, 위대함은 무수한 책들에 적혀 있으니 따로 덧붙이는 게 구차스럽다. 다만 그러한 위대함을 정석처럼 느끼기보다는 구닥다리 화승총 몇 정과 스무 명 남짓한 스페인 정복자 피사로의 군대에 너무 쉽고 허망하게 무너진 잉카 제국에 대해 울분을 느끼는 것이 정당해 보였다. 잉카의 대제국이 여행자의 우울함과 무기력에 전염돼 허우적댔다. 유적 여행을 마치고 다시 쿠스코 시내로 돌아와 내내 하릴없이 시간을 허비하며 보냈다. 울적하게.

몸도 마음도 지친 상태라 책이고 뭐고 다 물리치고 싶었지만 그래도 아예 책을 읽지 않은 것은 아니다. 우연히 여행자 숙소에 꽂혀 있던 『새들은 페루에 가서 죽다』를 발견하고는 문득 읽고 싶어졌다. 세계 각국에서 모여든 배낭여행자들이 즐겨 찾는 싸구려 숙소였는데 예전 그곳에 묵었던 어떤 한국 여행자가 두고 간 책인 듯했다. 영어, 독어, 일어 등 외서가 가득 쌓인 가운데 눈에 띄는 한글 제목에 반가웠고 그 제목에 들어 있는 '페루'가 마음을 끌어당겼다. 소설집에는 여러 단편이 실려 있지만 다른 건 놔두고

표제작 「새들은 페루에 가서 죽다」만을 읽었다. 오래전 한 번 읽은 적이 있던 그 단편소설에서 페루의 잔상은 남아 있지 않았지만 프랑스 소설 특유의 분위기는 기억이 났다. 푹 쉬기로 작정한 어느 날, 오랫동안 빨지 않아 퀴퀴한 냄새를 풍기는 옷가지를 잉카의 눈부신 햇살 아래 빨아 넌 뒤 숙소 소파에 잠겨 후딱 읽어버렸다.

페루의 수도 리마에서 북쪽 십여 킬로미터 떨어진 외진 해변에 홀로 카페를 열고 사는 마흔일곱 독신의 사내. '스페인에서 투쟁하고 프랑스에서 항독지하운동에 참가하고 쿠바에서 싸우고 난 뒤' 삶에 깊은 허무를 느끼며 그곳 쓸쓸한 바닷가에 은둔하며 살아간다. '절대 배반하는 법이 없는' 아름다운 풍경에 간신히 마음의 위안을 삼으면서. 그가 살고 있는 해변에는 뜻밖에도 바다에서 살다가 생을 마치고자 찾아온 새들의 주검이 모래사장 가득 기이한 풍경을 만들어낸다.

> 그 새들이 무엇 때문에 난바다의 섬들을 떠나 리마 북쪽 십 킬로나 떨어져 있는 이 해변에 와서 숨을 거두는 것인지 그에게 설명해줄 수 있는 사람은 아무도 없었다.
>
> 『새들은 페루에 가서 죽다』 중에서

어느 아침 눈을 뜬 사내는 해변을 바라보다가 파도에 휩쓸리려는 한 여자를 발견하고 한 걸음에 달려가 그녀를 구출해준다. 도시에 카니발이 열린 지난밤, 괴한들에 납치돼 해변까지 끌려와 몹쓸 짓을 당한 그녀는 더러워진 자신을 부끄러워하며 자살을 결심하고 파도에 뛰어든 것이다. 처음엔 자신을 구출해준 사내를 원망하지만 차츰 사내의 따뜻한 대접에 마음을 여는 여자. 그녀는 사람들이 찾지 않는 세상 끝의 카페에 남아 있고 싶어한다. 그제야 사내는 지난 인생의 고독과 외로움을 보상받은 듯 느끼며 '마지막 순간에 와서 그의 인생이 성공한 것 같은 느낌을 받'는다.

하지만, 그런 기대와 행복도 잠시. 여인의 남편으로 보이는 오십 대 영국인 사내와 일행이 그녀를 찾아내 그녀를 데려간다. 남편의 행동과 지껄임 속에 그 역시 말할 수 없는 고독에 빠진 인간임을 느낄 수 있다. 남편이 퍼붓는 장광설 속에 소설의 중요한 메시지가 담겨 있는 듯싶다.

> 정확하게 몸무게가 오십이 킬로 되는 경마기수하고라야만 꼭 일을 치를 수 있는 사교계 부인 얘기를 생각해 봐. 그리고 항상 그 짓을 하는 동안에 다른 사람이 문을 짧게 세 번, 길게 한 번 두드려달라고 요구하는 여자는 어떻고. 인간의 영혼이란 헤아릴 길 없는 것이지. 그리고 절정에 달하려면 꼭 금고의 경보장치가 요란하게 울어대야 되는 은행가 부인은 그러자니 사정은 난처한 꼴이지. 왜냐하면 그것이 꼭 남편의 잠을 깨우게 마련이거든. 그리고 관자놀이에 정열적으로 권총을 바싹 들이대야만 만족할 만한 결과에 도달하는 여자는? 옆에 우리 속에 가두어 놓은 사자가 으르렁거려주지 않으면 아무 일도 못하고 골을 내는 그 젊은 여자 생각나? 남편이 항상 한쪽 손으로 '목신의 오후'를 연주해줘야만 되는 그 여자는? 인간의 영혼이란 헤아릴 길 없고 심원한 것이라니까! 초혼 시절 런던에서 대폭격을 겪고 나서는 그때마다 남편에게 폭탄 날아가는 소리를 흉내 내어 들려달라고 조르는 그 여자는? 그 여자들이 모두 훌륭한 가정의 어머니들이 되었다니까, 여보.
>
> 『새들은 페루에 가서 죽다』 중에서

이 책은 우리 삶에 가득한 '설명될 수 없는 것'들에 관해 말하고 있다.

책 속의 인물들은 하나같이 해변에 도착하자마자 해변을 가득 메운 새떼의 주검에 의문을 던진다. 그러면서 거기에 '무슨 설명될 수 있는 까닭'이 분명 있을 거라 생각한다. 하지만, 새들의 죽음과 마찬가지로 그들의 삶 역시 알 수 없는 것들로 가득 차 있다. 언젠가는 시詩조차 과학으로 설명될 날이 오고 영혼의 정확한 부피나 밀도 같은 걸 계산해낼 날이 올 거라 믿지만 그들의 인생과 행동은 모두 알 수 없고 납득할 수 없는 것투성이다. 남편에 이끌려 해변을 떠나던 여자가 마지막으로 돌아본 카페에 사내도, 아무도 남아 있지 않다는 소설 말미의 묘사 또한 그렇다. 소설은 설명할 수 없는 것들에 대해 말하면서 스스로 설명을 포기한다. 소설은 설명하는 것이 아니라 그냥 느끼게 하는 것이라는 듯.

작가 로맹 가리는 너무 일찍 어른이 되어버린 어린 꼬마 '모모'가 등장한 소설 『자기 앞의 생』의 작가 에밀 아자르와 동일인이다. 러시아 출신으로 제2차 세계대전에도 참전한 적이 있는 이 작가는 은둔을 즐기며, 필명을 바꿔 작품을 발표했다. 권총을 입에 물고 자살해 생을 마감하고 나서야 그가 『하늘의 뿌리』(로맹 가리)와 『자기 앞의 생』(에밀 아자르)으로 콩쿠르상을 유일하게 두 번 받게 된 작가임이 밝혀진다. 그의 소설에 나타나는 음울하고 쓸쓸한 등장인물과 비슷한 삶을 살다간 작가. 그에게도 삶은 설명할 수 없는 것들로 가득 찬 무겁고 불가해한 것이었을까?

이상하게도 쓸쓸하고 우울한 책이 오히려 기운을 북돋는 데 도움이 된다. 그새 빨래는 뽀송뽀송하게 말라 있고 그제야 백 년 동안 참아온 식욕이 동한다. 여행의 무기력증은 비로소 저점을 쳤다.

쿠스코에서 수도인 리마까지 하루 꼬박 걸리는 버스에서 한 가지 고민이 생겼다. 그 길 중간에 있는 작은 마을 나스카에 갈 것인가 말 것인가 하는 고민. 여행 전 꼭 가봐야 할 곳의 목록에 이과수 폭포, 마추픽추 등과 함께 넣었던 게 나스카의 지상화인데 길에서 만난 많은 여행자들이 부정적인 감상을 전한다. 30여 분 남짓 낡고 불안한 비행기를 타고 내려다보는 나스카는 매우 실망스럽다고. 돈과 시간이 아까우니 그냥 지나쳐도 후회하지 않을 거라고. 그때 문득 언젠가 들은 '하지 않은 행동에 대한 후회'라는 말이 떠올랐다. 행동에 대한 후회는 스스로를 합리화시키거나 반성하며 극복이 가능하지만, 해보지 않은 행동에 대해선 후회할 근거조차 없기 때문에 그런 후회가 더 오래도록 깊게 남는다고. 나는 나스카에 내렸다. 이른 아침이었다. 『어린 왕자』의 작가 생텍쥐페리가 탔을 법한 작고 낡은 비행기로 창공에 올라가 땅 위에 돌무더기를 쌓아 그려놓은 나스카의 문양들을 참관했다. 원숭이, 거미, 콘도르, 우주인 등등. 책과 텔레비전에서 보았던 바로 그 모습이다. 내게 그 짧은 30분은 인류의 어떤 문명이 자신만의 일대기를 속삭여주는 한 편의 영화처럼 보였다. 나는 생텍쥐페리 씨와 함께 하늘을 날며 외계 문명의 낙서를 관람했다. 하늘을 날며 내 여행의 기분도 다시금 포물선을 그리며 차고 올라갔다. 누군가에겐 형편없는 경험이었을 테지만 내게는 잊지 못할 경험이다. 그러니 여행길에선 남의 말 함부로 들을 일이 아니다.

긴긴 남미 여행에서 돌아왔을 때 서둘러 찾은 책은 페루 작가 마리오 바르가스 요사의 소설들이다. '요사Llosa'란 이름의 독특한 표기법 때문에 기억하는 이 작가는 콜롬비아의 마르케스, 아르헨티나의 보르헤스 등과 함께 라틴아메리카를 대표하는 큰 작가였고 그래서 책도 한두 권 사둔 적이 있다. 하지만 이상하게도 손이 가지 않아 책꽂이 한쪽에 먼지만 쌓아두고 있던 참이다. 막상 페루를 여행하다 보니 놀랍게도 어디서나 그의 이름을 만날 수 있었다. 마추픽추나 오얀타이탐보 유적의 기념품 가게, 쿠스코 시내의 상점에서도 그의 책은 흔했다. 들으니, 페루의 대통령 후보로도 출마한 적이 있는 작가라 했다. 페루인들에게 대단한 자부심을 주는 작가란 생각이 들어 집에 돌아가면 당장 그의 소설을 읽어야겠다고 벼르던 터다.

막상 집에 돌아와 집어든 그의 책은 난해하고 힘들었다. 그의 대표작인 『녹색의 집』을 읽다가 책의 절반쯤에서 그만 포기하고 말았다. 오래된 책의 딱딱한 번역의 탓이라기보다는, 갑자기 바빠진 일상에서 그의 현란한 기교와 트릭, 수많은 등장인물들을 온전히 쫓아갈 수가 없었기 때문이다. 또 다른 대표작 『판탈레온과 특별봉사대』 역시 얼마쯤 읽다가 내려놓았다. 두 소설 모두 아마존 원주민과 백인 지배자들, 군대와 창녀 등이 등장해 페루(혹은 남미) 사회에 만연한 구조적 부패와 불평등을 고발하고 있다. 하지만, 어쨌거나 잘 안 읽혔다. 비교적 고급 독자에 속한다고 자부해온 터이지만 독자를 주눅 들게 하는 그의 입심과 필력, 시공을 넘나드는 기교에 나자빠진 것이다. "책을 읽다가 재미없는, 아무런 감동도 주지 못하는, 창조적이지 않은 책은 아무리 유명한 저자의 것이어도 곧장 덮어버린다. 하지만 분명한 것은 그것도 읽은 거다"라고 누군가 그랬다. 하지만 나는 일이 잦아든다면 반드시 요사의 책을 다시 읽으려 한다. 하지 않은 행동과 마찬가지로 읽지 못한 책에 대한 아쉬움도 내내 삶을 괴롭힐 것이기에.

길 위에 길이 가득 고여 있다 지나간 사람들이 놓고 간 길들……

:: 함민복 『말랑말랑한 힘』 중에서

여행자, 혁명가가 되다

_볼리비아 | 『체 게바라의 모터사이클 다이어리』

>

여행 내내 체 게바라의 마지막 날들이 머릿속을 떠나지 않았다. 장밋빛 미래와 달콤한 권력을 뒤로한 채 맨몸으로 맞은 안데스의 시린 밤들. 목숨을 다해 지켜야 할 대의를 가진 사람의 삶은 얼마나 고달플까, 또는 얼마나 행복할까. 한 혁명가의 삶과 동행했던 볼리비아 여행은 숨이 가빴다.

이 땅의 주인인 인디오들은 여전히 자신의 땅에서 힘겨운 삶을 이어가고 있고,
식민지를 수탈했던 유럽의 후손들은 여전히 땅의 주인인 양 여행을 한다. 슬픈 역설.

소금 사막과 인접한 우유니 마을은 인디오들의 마을이었다. 거친 자연과 만연한 가난, 고달픈 삶들이 여행자의 스쳐 지나가는 눈에도 애잔하게 느껴졌다.

수도 라파즈에 도착한 아침, 뜻밖에도 볼리비아 최고의 카니발이 이제 막 시작되고 있었다.
카니발은 이른 아침부터 자정까지 계속됐다.
축제, 여행자가 만나게 되는 뜻밖의 행운!

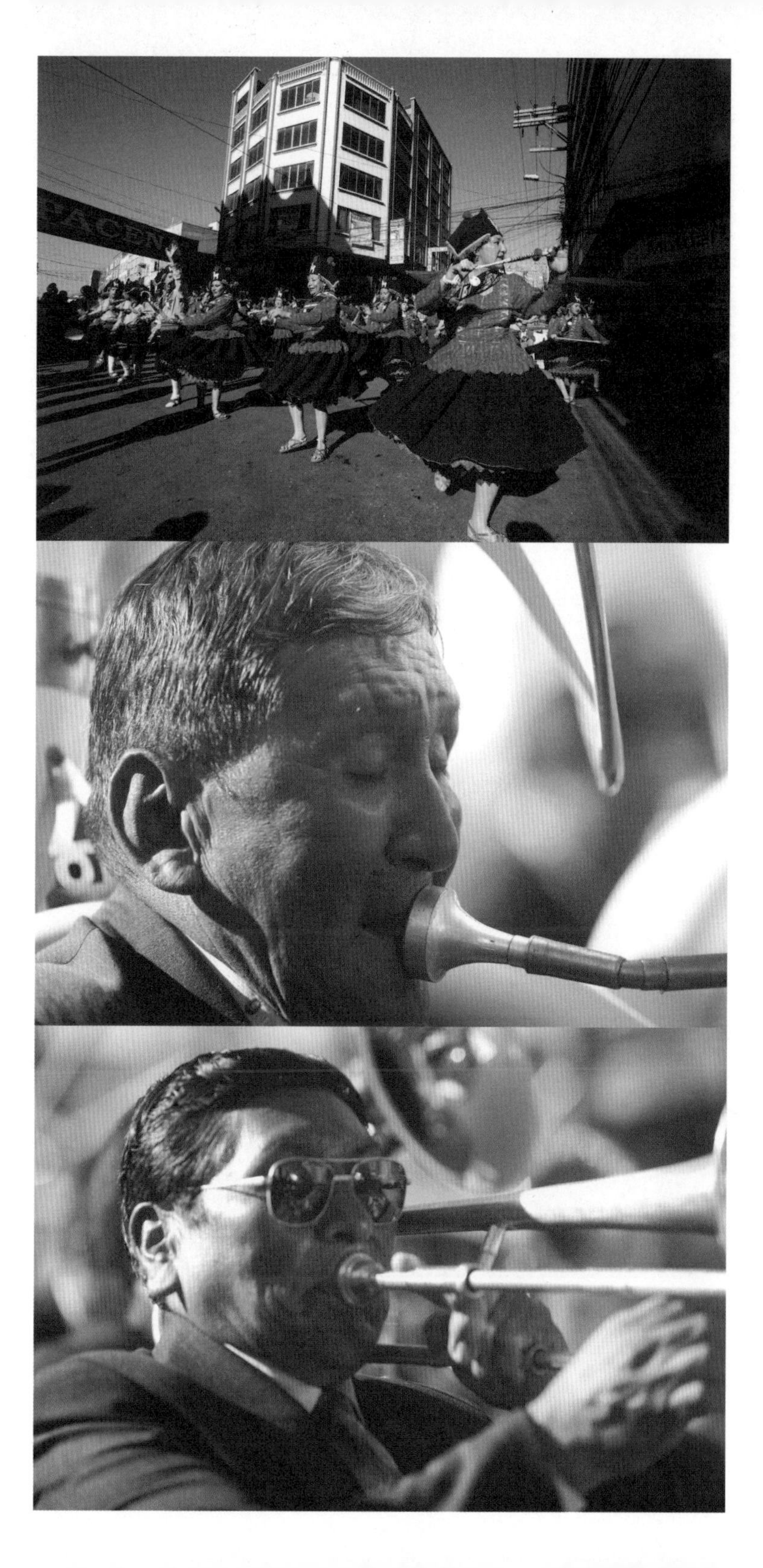

여행자, 티티카카 호수와 만나다.
라파즈에서 반나절을 달려온 버스가 위태로운 작은 뗏목 배에 실려 호수를 건너고 있다.
티티카카의 첫인상 - 푸르다, 푸르다!

책꽂이에서 누군가 두고 갔을 『체 게바라의 모터사이클 다이어리』를 발견했다. 여행 전 염두에 둔 책이지만 가져오진 않았는데 거기서 다시 만나자 갑자기 읽고 싶어졌다. 나는 고맙게 책을 배낭에 슬쩍 챙겨 넣었다. 갖고 있던 다른 책을 대신 그 자리에 꽂아두고. 여행자들이 모이는 숙소에 가면 그들이 두고 간 책들을 손쉽게 만나는데, 필요하다면 자신의 책과 교환하거나 조금 미안하지만 그냥 가져가는 것도 나쁘지 않다고 생각한다. 그러한 때 여행자 숙소는 막막한 여행길에 훌륭한 도서관이 되고 먼지 앉은 책들은 다시금 생명을 갖게 된다. 내가 본 바로는 일본인 여행자 숙소에 훨씬 많은 책들이 구비되어 있고 여행 중 독서량도 그들이 많아 보였다. 좀 더 솔직히 말하면 우리 여행자만큼 책과 친하지 않은 이들도 없다고 생각한다.

영화로 본 적 있는 『모터사이클 다이어리』의 책장을 뒤적이다가 나는 이 책이 60여 년 전 라틴아메리카를 여행한 원조 배낭 여행가들의 가볍고 낭만적인 여행기에 그치는 것이 아니라 내가 곧 향하게 될 나라들(아르헨티나, 칠레, 페루 등)에 대한 일종의 실용서가 될 수 있겠단 생각을 했다. 머지않아 20세기 가장 유명한 혁명가가 될 한 청년 의학도의 눈에 그 길의 풍광과 사람들이 어떤 모습으로 비쳤을까? 아니, 그 풍광과 사람들로 인해 한 전도유망한 의학도가 어떻게 가슴 뜨거운 혁명가로 변신하게 되었을까? 그가 제공한 정보들을 나침반으로 삼고 그가 먼저 느끼며 지나쳤을 땅들에 대한 감상을 나의 감상과 비교해보며 여행하고 싶었다.

'1년만 있으면 의사가 되'는 아르헨티나 코르도바의 의학도 에르네스토 게바라(체 게바라)는 그의 친구이자 개업 의사인 알베르토 그라나도와 순전히 충동적으로 "북아메리카에 가보면 어떨까?" 하는 농담으로 시작된 여행을 결행하게 된다. 때는 1951년, 청년의 나이 23세. 포데로사('힘센 녀석'이란 뜻)라 이름 붙인 모터사이클에 짐을 싣고 떠난 두 젊은이는 아르헨티나의 수도 부에노스아이레스를 출발, 칠레, 페루, 콜롬비아, 베네수엘라 등 라틴아메리카의 나라들을 9개월에 걸쳐 여행한다. 포데로사는 거친 남미의 길 위에서 잦은 사고를 일으키고 마침내 칠레 산티아고에서 전사해 작별을 고하지만 그로 인해 현지 사람들의 삶을 만날 기회는 더 넓어진다.

타인에 의해 기록된 평전과 달리 이 책은 앞날을 알지 못하는 한 청년이 순간순간 맞닥뜨린 여행 중의 일들을 진지하고도 생동감 있게 기록하고 있다. 책에 가득한 에피소드들은 크게 두 가지 모습을 보이는데 어떤 때는 돈키호테의 무모함을, 또 어떤 때는 햄릿의 고뇌에 빠진 모습을 보여준다. 단순화한다면 '유쾌함'과 '진지함'이라 할 수 있지 않을까. 다음 같은 구절을 보면 훗날 큰 뜻을 품고 혁명에 몸을 바친 사람의 행동이라곤 상상할 수 없을 만큼 짓궂고 익살스럽다.

> 어느 독일인의 집에서 하루를 묵으며 후한 대접을 받았다. 한밤중에 나는 심한 설사 증세를 느꼈다. 침대 밑 요강에 흔적을 남기기 싫어서 창 턱 위로 올라가 캄캄한 어둠 속으로 뱃속의 고통스런 내용물을 배출했다. 다음날 아침, 나는 그 결과를 확인하려고 창밖을 내다보았다. 배설물은 2미터 아래 커다란 양철판 위에 얇게 퍼진 채로 햇빛에 말라붙어 복숭아 빛을 띠고 있었다. 아주 볼 만한 광경이었다. 우리는 재빨리 그 집에서 도망쳤다.
>
> 『체 게바라의 모터사이클 다이어리』 중에서

만취한 상태에서 현지 유부녀를 희롱하다 마을 사람들에게 쫓겨나고, 아르바이트를 하며 몰래 와인을 훔치다 들키기도 하며 몰래 선박에 잠입해 밀항을 시도한다. 의사임을 내세워 경찰서와 병원에서 얻어먹고 자기를 밥 먹듯이 하고 술값을 떼먹고 도망치기도 하며 때론 지역 신문에 실려 유명인 행세를 하기도 한다. 책장마다 젊은 여행자의 익살맞고도 유쾌한 일화가 빼곡하다. 그런가 하면 유머를 잃지 않는 예리한 관찰자의 눈은 현지인들의 풍습과 문제점들을 낱낱이 꿰뚫기도 한다.

> 인디오들은 정숙함과 위생에 대해 다소 동물적인 습관을 가지고 있었는데, 그들은 성별이나 나이를 불문하고 길가에서 용변을 보았다. 여자들은 자신의 치마로 뒤를 닦았고, 남자들은 용변을 본 후 아예 닦지도 않고 태연히 다시 길을 갔다. 아이를 데리고 다니는 인디오 여자들의 속치마는 말 그대로 배설물 전시장이나 다름없었는데, 아이들도 자기 속치마로 닦아주었기 때문이다.

『체 게바라의 모터사이클 다이어리』 중에서

이런 일화들이야말로 젊은 여행자에게 허락된 만용이요 여행만이 줄 수 있는 값진 경험의 선물이다. 객관성의 잣대를 들이댄 평전이나 짧은 연보에서는 찾아볼 수 없는 체 게바라의 인간적인 냄새가 물씬 풍긴다. 이런 유쾌함의 반대편에는 고통받는 라틴아메리카의 역사와 현실에서 진실을 구하는 청년 특유의 진지함이 자리 잡는다. 혁명의 성공 뒤 쿠바에서 중앙은행총재와 장관 등을 지낸 체는 의대생들 앞에서 한 연설에서 이 여행의 장면들을 다음과 같이 회고했다.

> 학위를 받은 나는 라틴아메리카 여행을 시작했습니다. 초기에는 학생 신분이었지만 나중에는 의사 신분으로 여행했습니다. 나는 점차 가

난, 기아, 질병, 그리고 가진 게 변변치 않아 아이를 치료할 수 없는 사람들과 밀접히 접촉하기 시작했습니다. 그래서 당시 나는 유명한 연구자가 되거나 의학 발전에 어떤 중요한 기여를 하는 것만큼이나 중요한 일이 있음을 깨닫기 시작했습니다. 바로 그들을 돕는 것이었지요.

1960년 8월 20일 연설, 『체 게바라의 모터사이클 다이어리』 중에서

체 게바라는 여행 중 칠레 북부 구리 광산과 페루의 인디오들, 잉카 유적지, 아마존 나환자촌 등을 거치면서 라틴아메리카의 현실을 몸소 체험한다. 투표권과 생계를 박탈당한 노동자 부부나 해직된 인디오 교사, 쿠스코에서 발견한 스페인 제국주의의 흔적 등이 그것이다. 체는 이 무렵부터 다분히 초보 혁명가의 기질을 보이고 있다. 이 여행 뒤 그는 의대를 졸업하고 한 번 더 긴 라틴아메리카 여행을 떠난다. 그가 본격적인 혁명가의 길로 접어든 것은 1954년 과테말라에서 합법적 선거에 의해 선출된 정부가 미국의 조종에 의한 쿠데타로 전복되는 걸 직접 목도한 뒤부터다.

이 책은 초반부에 여행에 대한 다소 모호한 동기와 상황이 언급되면서 다소 매끄럽지 못한 느낌을 준다. 하지만 여행길 위에 올라서는 여행자 특유의 발랄하고 생생한 에피소드들로 궤도에 오른다. 조금 심각해질 때는 무슨 말을 하는지 모를 정도로 횡설수설하지만 대체로 들뜬 여행자의 마음을 담아 문체는 재기발랄하고 경쾌하다. 적절하면서 빛나는 메타포나 문학적 표현도 보인다. 훌륭한 소설가도 고안해낼 수 없는 에피소드가 책장마다 가득한 까닭에 책을 쓴 사람이 굳이 누구인지 모르더라도 충분히 재미있고 유익한 한 편의 여행기로 읽힌다. 그런데 그것이 문제적 인간 체 게바라의 일기가 아닌가. 결국 한 청년의 유쾌한 사적 여행기는 귀중한 역사적 사료가 되고 훌륭한 영화의 시나리오가 되기에 이른다. 그와 친구 알베르

토가 겪은 9개월간의 여행은 혹한과 배고픔, 무일푼의 서러움, 빈번한 천식의 고통과 노출된 위험 등 지금으로선 경험하기 힘든 모험들로 가득 차 있으며 현지인들 속으로 들어가 함께한 경험들 또한 값지다. 교통과 숙식이 편해지면서 역설적으로 하기 어려워진 지난 시대의 여행을 이 젊은 여행자들은 슬기롭게 헤쳐나가고 있다. 원조 배낭 여행자들의 원조 배낭 여행기라고나 할까? 지금은 사라진 무전여행 시절의 회고담이라고나 할까? 두 여행자가 일관되게 가지고 다닌 것은 앞서 말한 '유쾌함'과 '진지함'뿐이다. 이 두 가지야말로 젊은 여행자가 반드시 챙겨가야 할 유일한 준비물이 아니겠는가. 그밖에 더 필요한 것이 있을까? 무게와 부피가 많이 나가지 않는 한 권의 책 정도를 제외한다면 말이다.

체 게바라의 씩씩한 모험담은 스페인 문화권의 원조 소설인 『돈키호테』에 겹쳐 읽힌다. 저돌적이며 진지한 돈키호테는 체 게바라이며 그들의 말 많고 탈 많은 오토바이 포데로사는 돈키호테의 나이 들고 병든 명마 로시난테 역을 수행한다. 좀처럼 바뀔 리 없는 세상, 꿈쩍도 않을 세상을 향해 말을 달리고 기치를 들었다는 면에서 체 게바라는 20세기의 돈키호테였다.

칠레에서 볼리비아로 넘어오자 황량한 볼리비아 고원이 계속되다가 끝없는 지평선의 우유니 소금 사막이 펼쳐진다. 여행자를 태운 지프가 시속 100킬로미터의 속력으로 1시간을 넘게 달렸는데도 여전히 끝이 보이질 않았다. 압도적인 풍광이었다. 사막을 건너 나는 볼리비아 수도 라파즈로 향했는데 지프에 함께 탔던 일행 중 몇은 유명한 포토시로 향한다 했다. 『돈키호테』에도 언급된 바 있는 포토시의 광산은 한때 유럽의 은이 모두 이곳에서 나온다고 할 정도로 스페인 제국주의의 악랄한 착취와 핍박으로 유명한 땅이다. 거대한 산 하나가 통째로 없어졌다고 했다. 혁명가의 눈이 아니더라도 식민지 수탈의 아픔과 눈물은 쉽게 느껴질 만했다. 그곳 포토시에서 멀지 않은 곳에 39살의 혁명가 체 게바라가 미국 CIA의 사주를 받은 볼리비아 정부군에게 사로잡혀 사살당한 곳이 있다. 그 기념관이 있다 했지만 가지는 않았다. 안데스 산맥 중턱에 위치한 나라 볼리비아는 정작 모터사이클 여행기엔 등장하지 않지만 그렇듯 체와 인연이 깊은 곳이다. 하나의 불꽃 같았던 삶이 아르헨티나에서 시작해 쿠바 등지에서 불꽃을 사르고 볼리비아에서 마감을 한 것이다.

볼리비아 여행 몇 주 뒤, 체 게바라가 잠들어 있는 쿠바 중부 산타클라라에 도착했고 묘소 한쪽의 전시관을 관람했다. 의사, 사진가, 축구선수, 수영선수, 역사학자, 미술평론가, 시인 등 모터사이클 여행기에서 보여준 그의 팔방미인다운 체취가 그가 쓰던 카메라며 안경, 노트, 책 등의 부장품과 사진들에서 느껴진다. 기념관에는 낯익은 사진 외에도 처음 보는 몇몇 사진이 진열돼 있는데 그중 한 사진이 유독 눈에 들어왔다. 흰 가운을 입은 30~40여 명 젊은 의학도들의 단체 사진. 그 속에서 체를 단번에 찾아낼 수 있었다. 모두들 단정한 가운과 용모를 하고 있는데 유독 튀는 청년 하나가 가르마를 멋지게 탄 머리를 하고 있다. 다분히 여행자의 객기와 혁명가의 반항기가 느껴지는 모습이다. 그 사진을 찍은 얼마 뒤 모터사이클 여행이 결행되었으리라. 그는 밀항한 배의 갑판에서 푸른 바다를 보며 우쭐하는 젊은 여행자의 들뜬 목소리로 이렇게 적고 있다.

> 그곳에서 우리는 우리의 진정한 소명이 영원히 세계 곳곳을 방랑하는 것임을 깨달았다. 항상 호기심을 갖고, 눈에 띄는 모든 것을 들여다보고, 세상의 구석구석을 돌아다니며…… 그리고 항상 어떤 곳에도 뿌리내리지 않고, 적어도 사물의 근저에 무엇이 있는지 깨달을 만큼 오래

머무르지 않는…… 우리는 표면적인 것만을 보는 것으로도 충분했다.

『체 게바라의 모터사이클 다이어리』 중에서

이런 다짐에도 불구하고 그는 너무 깊게 여행을 했다. 표면이 아니라 본질을 보려 했고 그것을 쫓았다. 그는 너무 열심히 땅을 읽었으며 너무 많이 알고 느낀 사나이가 되었다. 결국 영원한 방랑자가 아닌 혁명가가 되었다. 집을 떠나 있어야 한다는 점에서 어쩌면 혁명도 그에겐 여행의 다른 이름이었는지도 모르지만.

여행을 떠날 때는 따로 책을 들고 갈 필요가 없었다。 세상이 곧 책이었다。 기차 안이 소설책이고、 버스 지붕과 들판과 외딴 마을은 시집이었다。 그 책을 나는 읽었다。 책장을 넘기면 언제나 새로운 길이 나타났다。

:: 류시화 『지구별 여행자』 중에서

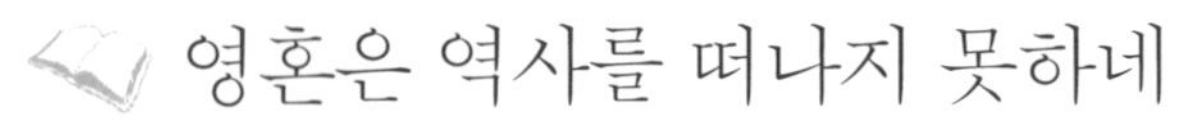

영혼은 역사를 떠나지 못하네

_칠레 | 『영혼의 집』

"그들은 모든 꽃들을 꺾어버릴 수는 있지만 결코 봄을 지배할 수는 없을 것이다."
(파블로 네루다) 시인의 말대로 독재자들은 결국 봄을 지배하지 못했다. 세상에서 가장 긴 나라, 가장 끔찍한 폭력이 자행된 나라, 칠레. 그 나라는 소박한 우편배달부가 가슴 따뜻한 시인이 되는 나라이기도 했다.

대통령 궁 앞마당에서 아침마다 거행되는 근위대 교체식에 앞서 관광객들이 근위병들과 기념사진을 찍고 있다.
30여 년 전, 살벌했던 쿠데타 전쟁이 벌어졌던 곳이라고는 상상도 할 수 없다.

산티아고에서 버스로 하루 남짓 달려 북부 사막 지대에 도착했다。 구리 광산으로 유명한 이곳은 광산 노동자의 눈물조차 모두 말라버린 듯 황량하고 팍팍하기만 했다。 이 부근에서 얼마 전 온 지구촌을 감동의 도가니로 몰고 간 광부 33인의 생환의 드라마가 펼쳐졌다。

칠레 최남단 도시 푼타아레나스의 쓸쓸한 풍경.
파나마 운하가 뚫리기 전까지만 해도
대서양과 태평양을 잇는 항구 도시로 번영을 구가했다.
과거의 영광만큼 허망한 것이 있을까.

잊혀진다는 것은 사람에게나 도시에게나 쓸쓸한 일일 터.
건물은 낡았고 사람들은 움츠렸으며 남극을 떠도는 바람은
스산하기만 했다. 그래도 잊혀진 도시 푼타아레나스의 삶은 계속된다.

파타고니아 최고의 절경으로 꼽히는 토레스 델 파이네 국립공원의 풍광.
"인간이 이토록 슬픈데, 주여, 바다가 너무도 푸르릅니다!" (엔도 슈사쿠의 비문)
눈부신 풍광 앞에 격정이 먼저 느껴졌다.

남극이 멀지 않은 지구의

땅끝 마을 우수아이아에서 아르헨티나 팜파스로 넘어오는데 하루에 4번이나 국경 검문소를 통과해야 했다. 아르헨티나 국경검문소에서 출국 심사를 받고 잠시 뒤 칠레 검문소에서 입국 심사, 다시 한참을 차로 달려 또다시 칠레 검문소, 아르헨티나 검문소였다. 길고도 지루하며 아릿한 긴장이 지속되는 독특한 경험이었다. 남미의 꼬리 부분, 남부 파타고니아의 복잡한 지형을 두 나라가 나눠 가지면서 생긴 일이다.

칠레 검문소 안으로 들어설 때마다 자꾸만 눈에 들어오는 것이 있었다. 출입국 도장을 찍어주던 직원들 뒤편으로 뻿뻿하게 서 있는 이 나라 대통령의 초상화. 웬 금발의 아주머니가 다소 거추장스러워 보이는 흰 제복을 입고 굳은 표정으로 서 있는 사진이다. 아, 지금은 피노체트의 시대가 아니구나. 칠레하면 으레 저 악명 높은 독재자 아구스토 피노체트를 떠올리게 되는 까닭에 처음 보는 여성 대통령의 모습이 퍽이나 낯설었다. 40여 년 전 저 자리엔 불운했던 좌파 대통령 살바도르 아옌데의 초상화가 잠시 걸렸을 테고 뒤이어 꽤 긴 세월을 살벌한 눈을 부릅뜨며 노려보고 있을 독재자의 사진이 검문소 안 분위기를 압도했을 거란 생각이 들었다. 고난의 역사 속에서도 사람들의 삶은 지속되었고 천년만년 누릴 것 같던 권력은 결국 허망한 것이 되고 말았다.

안데스 산맥을 끼고 아르헨티나와 칠레 두 나라를 넘나드는 사이, 손에 들린 『영혼의 집』은 첫 챕터부터 한 집안의 흥미진진한 기원을 그려가며 라틴아메리카 특유의 마술적 리얼리즘을 유감없이 발휘한다. 빼어난 미모의 로사를 사랑했던 가난한 청년 에스테반 트루에바는 로사와 약혼한 뒤 황금빛 미래를 위안 삼아 탄광에서 힘든 노동을 이겨내며 살아간다. 그러나 로사의 아버지를 독살하기 위해 누군가 보낸 포도주를 잘못 마신 로사가 살해당함으로써 에스테반의 꿈은 산산조각난다. 로사의 막냇동생이 자 미래를 예측하는 불가해한 힘을 지닌 꼬마 클라라는 언니의 죽음을 예언한 자신의 능력에 스스로 괴로워하며 9년 동안 입을 다물고 긴 침묵에 빠진다.

아름다운 약혼자의 죽음으로 삶의 무상함을 느낀 에스테반은 탄광을 나와 자신의 부친이 버려두었던 황무지로 달려가 그 땅을 일구기 시작하며 야망을 불사른다. "다시는 가난해지지 않겠어!" 하며 악착같이 일한 끝에 청년은 그곳에서 성공적으로 농장을 일으킨다. 그러면서 한편으론 토착민들을 착취하고 그곳 여성들을 마구잡이로 겁탈하여 임신시키는 등 악랄한 지주의 전형으로 변모해간다. 어느 날 어머니의 부음을 듣고 고향으로 돌아온 에스테반은 죽은 로사만큼이나 아름다운 여인으로 성장한 로사의 막냇동생 클라라를 발견한다. 그가 도착하기 전, 클라라는 9년간의 긴 침묵을 깨고 가족들 앞에서 처음 입을 여는데 그 순간의 묘사는 꽤 극적이며 '마술적'이다.

모든 사람들이 클라라의 목소리를 다시 듣기는 틀렸다고 마음을 비웠을 때, 클라라는 생일날 초콜릿 케이크에 꽂힌 열아홉 개의 촛불을 불어서 끄고 난 후 입을 열었다. 오랜 세월 갇혀 있던 터라 마치 조율되지 않은 악기와 같은 투박한 소리가 났다.

"난 곧 결혼할 거예요." 클라라가 말했다.

"누구랑?" 아빠가 물었다.

"로사 언니의 약혼자랑요." 클라라가 대답했다.

그때서야 비로소 가족들은 클라라가 9년 만에 처음으로 말을 했다는 사실을 깨달았다. 그 기적은 집 전체를 송두리째 뒤흔들어 놓았으며, 집안을 울음바다로 만들었다.

『영혼의 집』 중에서

에스테반과 클라라의 결혼으로 한 집안의 역사가 시작되려는 즈음, 여행자는 해발 6,959미터의 남미 안데스 산맥의 최고봉 아콩카과 산의 고갯길을 넘어 칠레의 수도 산티아고에 도착했다. 어딘지 어둡고 음산한 분위기를 풍기는 첫인상이었다. 세상에서 제일 긴 나라 칠레의 최남단 푼타아레나스에서부터 훑고 올라와 이제 그 중간쯤에 있는 칠레의 수도에 서게 된 것이다.

산티아고에는 대학 동아리의 대선배님이 살고 계신다. 1970년대 후반, 선교 목적으로 칠레로 넘어 오신 선배님은 이삼 년 뒤면 한국으로 돌아가려니 했다가 그대로 칠레에 눌러 앉아 30여 년을 눌러 앉게 됐다. 오래전 딱 한 번 뵈었지만 지구 반대편에 찾아온 후배를 따뜻하게 맞아주신 선배님이 산티아고 구석구석을 안내해주셨다. 선배가 칠레에 처음 정착한 1970년대 후반은 피노체트 독재가 이미 굳건히 뿌리내린 때였다. 선배의 말에 따르면 이민자들에게 있어 그 시절은 그리 나쁘지만은 않았다고 했다. 선배가 더 끔찍하게 회상하는 일은 1983년에 있었던 강도 7.5의 대지진이다(『영혼의 집』에도 끔찍한 대지진의 장면이 등장한다). 선배와 헤어져 한밤중에 숙소로 돌아왔다. 오래된 저택을 개조해 만든 여행자 숙소에서 집사같이 뻣뻣한 직원이 문을 열어주었다. 방으로 올라가기 위해 으리으리한 거실을 지날 때 어둠 속에서 눈을 부릅뜬 한 여인의 초상화에 흠칫 놀랐다. 『영혼의 집』에 묘사된, 영혼들이 산 사람들과 공존해 살고 있는 트루에바 가문의 저택이 흡사 이와 같지 않을까. 산티아고에 머물던 며칠 동안 나는 수도 없이 그 초상화의 눈동자에 흠칫 놀라야했다. 어떤 경험은 아무리 해도 익숙해지지 않는 법이다.

그렇듯 하나의 가문을 이루게 된 에스테반과 클라라의 집안은 이후 부와 명성을 쌓아간다. 농장을 기반으로 부를 거머쥔 에스테반은 국회의원에 출마해 보수 기득권층을 대표하는 정치인으로까지 입신양명한다. 그러나 그의 자식들은 하나같이 사회적 약자와 하층민에 연민을 갖고 있는 어머니 클라라를 닮아간다. 마르크스주의자가 된 아들 하이메와 인도에서 요가를 배우는 등 해괴한 짓을 일삼는 니콜라스, 급진적인 사상의 소작인 아들과 사랑에 빠진 큰딸 블랑카까지 하나같이 보수 정치인인 아버지 에스테반에 반목하는 인물로 성장한다. 이러한 반골 기질은 블랑카의 딸이자 에스테반의 외손녀인 알바(이 책의 화자)에게까지 이어진다.

> "애야, 이건 양심의 가책을 덜 받으려고 하는 거란다. 그렇지만 불쌍한 사람들에게는 아무 도움도 되지 않는단다. 그들에게 필요한 건 불우이웃돕기가 아니라 정의야."
>
> 이 점이 클라라가 남편과 의견을 달리하는 부분이기도 했다. 그래서 에스테반과 심하게 언성을 높이기도 했다.
>
> "정의라고! 모든 사람들이 똑같이 나눠 갖는 게 정의라고? 게으름뱅이가 부지런히 일하는 사람하고 똑같아? 멍청한 놈들이 똑똑한 사람들하고 똑같아? 짐승도 그렇지는 않아! 그건 부유한 사람과 가난한 사람의 문제가 아니야. 강자와 약자의 문제지."
>
> 『영혼의 집』 중에서

트루에바 가문의 비극은 공정한 선거에 의해 좌파 대통령 아옌데가 탄생한 순간 마침내 그 뇌관이 터진다. 트루에바는 군부, 부유층 등과 함께 모든 수단을 동원해 좌파 정권을 붕괴시킬 음모를 꾸미지만 하이메와 블랑카, 알바 등은 새로운 정권의 지지자가 된다. 이러한 가족의 분열과 반목은 어느 화창한 날 등장한 군홧발에 의해 참담한 비극으로 끝맺는다. 기득권층 지도자였던 자신마저 신군부 세력에 의해 축출되고 아들 하이메까지 살해당한 공포의 시대를 거치며 아흔이 넘은 에스테반 트루에바는 그제야 가족들과 화해하고 불운했던 자신의 역사와도 화해하며 눈을 감는다.

남미 대부분 나라가 그러했지만 칠레는 그중에서도 가장 뼈아픈 정치적인 격변과 아픔을 겪은 나라다. 선거를 통해 합법적으로 선출된 좌파 대통령 아옌데가 미국을 등에 업은 피노체트 장군에 의해 대통령 궁에서 사살되면서 17년간 긴긴 암흑의 시대가 시작된다. 그 과정에서 행방불명되거나 살해된 사람의 수는 상상을 웃돈다. 저항 가수인 빅토르 하라는 축구장에서 잡혀 그대로 사살되었다. 노벨문학상 수상 작가인 콜롬비아의 마르케스는 이웃 나라 칠레에서 벌어진 폭력과 공포의 현장을 『칠레의 모든 기록』이란 르포 작품으로 고발한 바 있다. 피노체트 정권의 무자비한 폭력은 칠레 작가들을 하나같이 정의를 갈망하는 투사로 만들었다. 아옌데 정권에서 외교관을 지낸 시인 네루다를 비롯해 아옌데의 측근이었던 아리엘 도르프만, 독재를 피해 고국을 떠나야 했던 루이스 세풀베다와 『칠레의 밤』 『아메리카의 나치 문학』의 로베르토 볼라뇨 등이 그러했다. 낭만적으로 읽히는 『네루다의 우편배달부』조차 지극히 암울한 정치적 상황을 밑그림으로 한다. 이 책 『영혼의 집』의 작가 이사벨 아옌데가 비운의 대통령 살바도르 아옌데의 친조카임은 널리 알려진 사실이다. 소설에 등장하는 트루에바 가문의 명암과 부침은 작가 자신이 직접 겪은 집안사와 칠레 현대사에 대한 체험과 분루의 산물인 것이다.

『영혼의 집』은 초반에 몽롱한 '마술적 리얼리즘'의 냄새를 짙게 풍긴

것과 달리 후반부에는 준엄한 리얼리즘 작품으로 탈바꿈한다. 전체적으로 이 작품을 '마술적 리얼리즘'의 테두리에 묶는 것은 무리가 있다. 클라라의 모친 니베아로부터 클라라, 블랑카, 알바로 이어지는 4대의 여성 중심 가문사는 마르케스가 『백년 동안의 고독』에서 펼쳐간 남성 중심의 부엔디아 가문사와 대비되면서 남미를 대표하는 소설의 위상을 갖는다. 후반부 에스테반 노인이 화해를 모색하며 변모해가는 과정에 다소 억지가 보이지만 전체적으로 훌륭한 한 시대의 벽화를 그려냈다. 혁명과 쿠데타, 살인과 폭력을 일삼는 남성들의 역사 이면에 화해와 사랑의 시대를 조용히 펼쳐간 여성들의 역사가 자리 잡고 있음을 보여준다. 국경검문소에서 보았던 여성 대통령 미첼 바첼레트의 부드럽지만 강단져 보이는 사진의 느낌은 여성이 만들어가는 대안과 포용의 역사를 담담히 예견케 한다.

산티아고를 떠나 네루다의 집이 있던 발파라이소와 젊은 체 게바라가 여행 중 거쳐 간 북부 탄광 지대로 향하기 전, 이른 아침에 벌어지는 칠레 대통령 궁의 근위대 교체식을 참관했다. 군악대와 의장대 행렬은 생각보다 조촐했고 의식은 전체적으로 나른했다. 1973년 9월 11일, 쿠데타 군과 대통령 군 사이 한바탕 전쟁이 벌어진 역사의 현장이라곤 전혀 상상이 가지 않는 평화로운 모습이었다. 폭격기를 앞세운 쿠데타 군이 진격하는 사이 아옌데는 피신할 것을 종용하는 각료들을 물리치고 직접 소총을 들고 대통령 궁을 사수하며 라디오에 대국민담화로 유서를 대신했다.

> 나는 우리 조국과 조국의 운명을 믿습니다. 이 순간을 잘 극복하십시오. 그러면 조만간 보다 더 나은 사회를 건설하기 위해 자유인이 지나갈 수 있는 드넓은 가로수 길이 열릴 것입니다.
>
> 『영혼의 집』 중에서

대통령 궁 광장 한쪽에 조용히 서 있는 아옌데 대통령의 동상. 그의 한 많았던 삶을 닮은 까닭일까, 어딘지 애틋한 모습을 하고 있다. 아옌데 사후 17년간 무소불위의 폭력과 독재를 일삼았던 군부 역시 역사의 죄인으로 평가되어 자취도 없이 사라졌다. 그런 역사와 과오가 어디 칠레만의 일이겠는가. 소설을 덮고서야 처음엔 이해되지 않던 책 첫머리의 인용 시가 간신히 이해되는 듯싶다.

결국, 인간은 얼마나 사는 걸까?
천 년? 단 하루?
일주일? 수 세기?
인간은 얼마나 오랫동안 죽는 걸까?
'영원히'라는 말은 무슨 의미가 있는 걸까?

파블로 네루다의 시, 『영혼의 집』 중에서

당신이 그렇게、 걷고 또 걸으면、 언젠가 사람들이 길이라고 부르겠지。

:: 이철수 판화 〈길〉

세상의 끝에서 '내 마음 갈 곳을 잃어'

_아르헨티나, 파타고니아 | 『보르헤스 전집』『지구 끝의 사람들』

'울지 말아요, 아르헨티나여'를 내내 흥얼거리며 지나온 길. 눈이 멀어가는 소설가를 만나러 가던 길. 그 길은 가을을 지나 겨울, 그리고 다시 가을의 터널로 되돌아오는 여정이기도 했다. 지구의 땅끝 마을 바다 앞에 서서 가슴을 펴고 외치고 왔다. 여기부터가 곧 세상의 시작이다! 라고.

부에노스아이레스의 헌책방에서 만난 노학자 고양이.
당장이라도 원하는 책을 찾아줄 것만 같다.
그도 보르헤스를 읽었을까? 마누엘 푸익을 좋아할까?

때는 4월. 고향 마을엔 봄꽃이 만발할 텐데 아르헨티나 팜파에는 가을이 깊어가고 있다.
바릴로체, 칼라파테의 팜파를 지나 겨울의 나라인 파타고니아로 향한다.

이구아수 폭포는 브라질과 파라과이, 아르헨티나의 경계를 이룬다.
폭포 앞에 서자, 영화 〈미션〉의 테마 음악이 톡, 톡 튀어 오른다.
그 자리에 선 자만이 오케스트라의 지휘자, 혹은 아리아의 주인공이 될 수 있다.

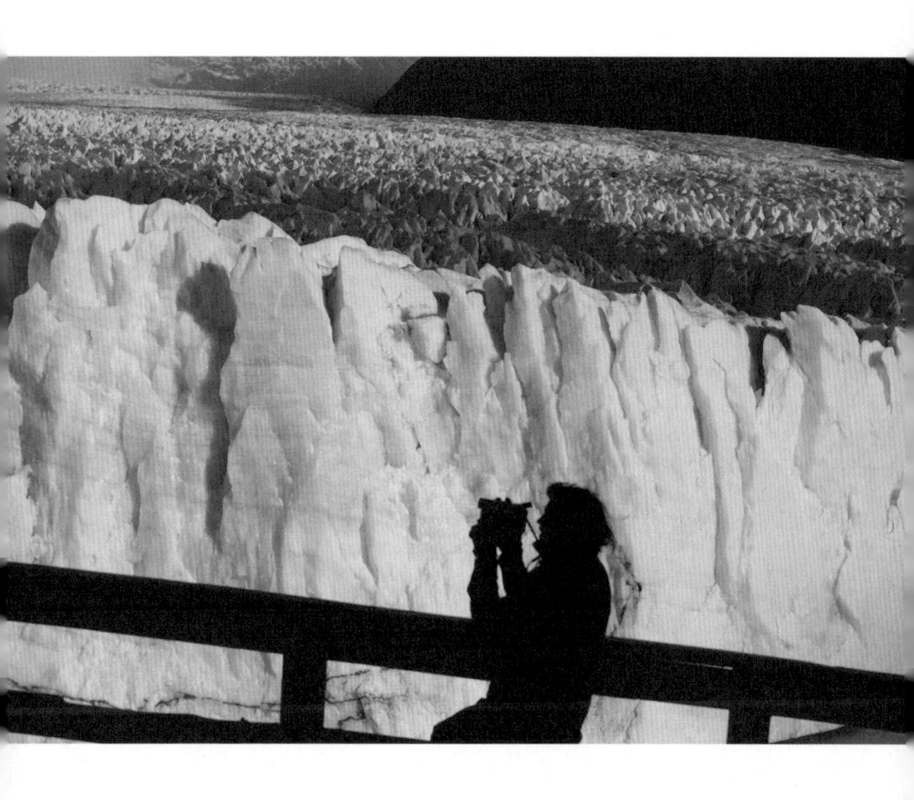

끝이 보이지 않던 페리토 모레노 빙하의 황홀.
여행에서 돌아온 뒤 이 빙하가 더워지는 지구 탓에
무너져내리고 있다는 소식을 들었다. 내 가슴도 무너져내렸다.

남극으로 더 내려가지 못하고 지구 최남단의 바다를 참관했을 뿐이다.
마젤란이 이곳을 지나 그의 이름이 붙은 바다, 젊은 다윈에게 영감을 준 바다.
바다사자들만이 그 땅을 지키고 있다. 그곳에 마음을 남겨두고 왔다.

내 인생의 첫 로드무비는

어린 시절 텔레비전에서 본 만화영화 〈엄마 찾아 삼만 리〉다. 『사랑의 학교(쿠오레)』로 유명한 이탈리아 작가 아미치스의 동화를 텔레비전 만화로 만든 것인데 꽤 인기 있는 어린이 프로그램이었다. 지금은 그 세세한 줄거리를 기억할 수 없지만, 주인공인 이탈리아 소년이 아르헨티나로 돈을 벌기 위해 떠난 엄마를 그리워하던 중 엄마의 편지마저 끊기게 되자 엄마를 찾아 머나먼 이방을 떠도는 이야기였다. 아르헨티나의 황량한 들판에서 나쁜 사람과 수많은 위험을 만나지만 그보다는 더 많은 마음씨 착한 사람들을 만나 도움을 받았던 걸로 기억한다. 소년이 감당하기엔 너무도 멀고 힘든 길을 헤맨 끝에 병상에서 죽어가던 엄마를 극적으로 만난 순간, 어린 시청자들의 눈시울이 사뭇 붉어졌을 터다. 그러나 이 만화가 어린 내게 심어준 강렬한 단어가 하나 있었으니 그 이름은 '부에노스아이레스'다. 운율까지 맞춘 듯 경쾌한 이 이름은 공상과학 만화에 등장하는 환상과 부재의 도시처럼 여겨졌다. 커가면서 그 도시가 우리와는 먼, 지구 정반대편에 실재해 있고 그래서 감히 가볼 수 없으리라 생각하며 일찌감치 꿈을 접었을 터다. 학교 친구가 그곳으로 이민을 간다고 했을 때, 왕가위 감독이 그 도시를 배경으로 한 영화 〈해피 투게더〉를 내놓았을 때 부에노스아이레스란 이름은 흐릿한 기억의 수면 위로 잠시 떠올랐을 뿐이다.

생전에 이뤄지는 꿈이 대개 그렇듯, 꿈의 간절함에 비하면 그 대면의 순간이란 한없이 초라하고 시시하기 마련이다. 부에노스아이레스도 그랬다. 뽀얀 대기와 칙칙한 건물, 남루한 옷차림의 사람들이 오가는 추레한 도시. 그것이 부에노스아이레스의 첫인상이다. 꿈을 찾아 너무 먼 길을 날아온 나는 이 도시에 어떻게든 실망하지 않기 위해 밤낮 거리를 헤맸다. 저무는 태양이 칙칙한 거리의 빛을 지우자 도시는 조금씩 활기를 되찾았다. 초

저녁부터 펼쳐진 도심 거리의 탱고를 보고는 마음이 조금은 경쾌해졌다. 멋진 춤이었다. 밤을 불러들이는 주술 같은 탱고의 향연은 부에노스아이레스에 대한 모든 실망과 낙담을 만회하고도 남았다. 20세기 초, 부를 꿈꾸며 몰려든 유럽 이민자들(바로 〈엄마 찾아 삼만 리〉의 배경이다)과 그를 맞는 부두 노동자들에 의해 싹트기 시작한 뒷골목 춤 '탱고'는 당시 상류사회로부터 '더럽고 음탕한 춤', '가정과 사회를 파괴하는 야만적인 춤'으로 폄하 당했다. 그러나 지금은 세상에서 가장 아름다운 춤, 사회적 성공을 의미하는 춤으로 멋지게 탈바꿈했다. 과연 남녀가 몸을 밀착해 고도로 약속된 발놀림으로 춤판을 활보할 때 그것은 일종의 춤을 가장한, 춤으로 하는 섹스 같다는 느낌을 풍긴다. 남녀가 어울려 만들 수 있는 가장 매혹적인 장면이라고나 할까. 보르헤스도 그의 작품 「장밋빛 모퉁이의 사내」에서 다음과 같이 탱고를 예찬한 바 있다.

> 우리는 탱고 춤 속으로 휩쓸려 들어갔지요. 탱고는 우리를 휘어잡았고, 우리의 혼을 빼놓았고, 우리를 제멋대로 뒤흔들어 놓았다가 다시 정신을 차리도록 만들어주곤 했지요. 모두가 마치 꿈속에 있는 것처럼 그런 환락 속에 빠져 있었지요.
>
> 「장밋빛 모퉁이의 사내」 중에서

극장에서 관람한 탱고는 맛이 또 달랐다. 극장의 탱고는 춤 자체보다는 반도네온(아코디언) 연주가 압권이었다. 땅이 쩍쩍 갈라질 듯 우렁찬 반도네온 소리에 맞춰 무희들의 허벅지가 조명 아래 화려하게 팔랑거렸다.

탱고 극장이 모여 있는 부에노스아이레스의 도심 거리는 극장들 외에도 수많은 헌책방과 레스토랑, 음반 가게가 모여 있어 하릴없이 산책하기에 좋았다. 그 거리의 어느 서점이나 기념품 가게에서도 아르헨티나인들이 사랑하는 인물들의 캐리커처와 초상화를 무시로 만날 수 있다. 스포츠 스타, 정치인, 예술가들이 묘사된 그림들 속에 전설적인 탱고 가수 카를로스 가르델이나 저항 음악의 상징인 아타우알파 유팡키와 메르세데스 소사, 『거미여인의 키스』의 작가 마누엘 푸익도 보였지만, 그들이 가장 사랑하는 인물은 대략 서너 명으로 압축됐다. 평가가 극단적으로 갈리는 후안 페론 대통령과 '성녀'로도 혹은 '창녀'로도 평가받는 그 부인 에비타, 아르헨티나 출신의 혁명가 체 게바라와 불세출의 축구선수 마라도나가 그들이다. 고개가 끄덕여지긴 했지만 어딘가 허전한 느낌을 지울 수가 없었다. 그런데 어떤 서점의 유리문에 붙어 있는 한 노작가의 초상에서 그 허전함은 금세 채워졌다. 아르헨티나, 아니 남미 문학을 대표하는 20세기 문학의 창조자 보르헤스가 바로 그다.

『백년 동안의 고독』의 가브리엘 마르케스와 함께 남미 문학을 대표하는 양대 산맥으로 불리는 작가 호르헤 루이스 보르헤스. 대학 때 읽은 세계문학전집 안에도 마르케스와 나란히 수록된 작가였다. 그의 소설을 처음 만났을 때의 충격이란 『백년 동안의 고독』과 처음 대면했을 때보다 더 강렬하면 강렬했지 결코 못하지 않았다. 포마드를 바른 듯 잘 빗어 넘긴 머리에 늘 손에 쥔 지팡이, 맹인에 가까운 시력으로 어떤 깊은 심연을 응시하는 듯한 시선이 묘한 개성과 아우라를 만들어내는 작가다. 『불한당들의 세계사』 『픽션들』 『알렙』 『칼잡이들의 이야기』 『셰익스피어의 기억』 등 그의 작품이 발표된 순으로 정리된 5권의 전집 중 특히 그를 세계적 작가 반열에 오르게 한 『픽션들』은 한 편 한 편 주옥같은 세계를 담고 있는 충격적인 명작이다. 만일 여행길에 『픽션들』을 싸간다면 그 한 권만으로도 묵직한 장편 몇 권을 가져가는 충만감이 들 만하다. 절망적인 시력 탓도 있지만 압축의 미학을 극단적으로 추구한 작가는 시, 에세이 외에 오로지 단편소설만을 남겼다. 하지만 그의 단편은 아마도 세상에서 가장 난해한 단편, 장편에 버금가는 심오한 철학을 담고 있는 단편소설이라 해도 틀린 말이 아니다.

보르헤스 소설에 등장하는 주인공은 모국인 아르헨티나를 비롯해 남미, 유럽, 아랍, 중국, 인도, 유대인 등 다양하며 당연히 소설의 무대 또한 전 세계에 걸쳐 있다. 성장기에 스위스와 스페인에서 공부한 외에 다른 나라를 가본 적 없는 작가는 순전히 독서와 상상력만으로 작품 속에 이러한 세계성을 구축해낸다. 불교, 기독교, 유태교, 이슬람교, 조로아스터교는 물론 각 종교의 이단이나 신비주의, 밀교, 게다가 노장사상과 아랍, 히브리 철학 등이 두루 섭렵되어 그 심오한 지식과 천재성에 감탄하지 않을 수 없다. 수많은 거짓 인용과 거짓 각주, 열린 결말의 장치는 허구와 진실의 문제를 제기하고 소설 끝에야 모든 게 확연해지는 반전은 퍼즐을 맞추는 듯한 쾌감을 안겨준다. 화가로 치면 르네 마그리트나 모리츠 코르넬리스 에셔의 초현실적이며 기하학적인 그림을 닮았다고나 할까.

가뜩이나 압축되고 절제된 보르헤스의 작품을 요약한다는 것은 불가능한 일이기도 하거니와 바람직하지도 않다. 17세기 세르반테스가 쓴 『돈키호테』를 토씨 하나 틀리지 않고 베껴 씀으로써 세르반테스와는 다른, 그러면서도 그보다 더 위대한 그만의 『돈키호테』를 쓰게 된 작가의 이야기 「삐에르 메나르, '돈키호테'의 저자」, 숨겨진 천재들에 의해 만들어져 은밀히 전해지는 가상 왕국, 가상 혹성에 관해 쓰인 백과사전에 관한 이야기 「틀뢴, 우크바르, 오르비스 떼르띠우스」, 책 속에 결코 끝나지 않는 미로를 창조해낸 작가의 이야기 「끝없이 두 갈래로 갈라지는 길들이 있는 정원」, 세상 모든 디테일을 기억하는 탁월한 능력을 가졌지만 그로 인해 사물의 본질과 의미를 망각하게 된 천재의 이야기 「기억의 천재 푸네스」 등 그 요약만으로는 이 작품들의 심오한 매력과 의미를 전달하는 건 거의 불가능해 보인다. 도서관, 책, 거울, 나침반, 지도, 미로, 백과사전, 스파이, 탐정, 암호 등이 주요 소재로 등장하고 추리와 느와르의 기법으로 소설의 재미를 구축하며 이를 통해 문학과 철학의 주된 관념을 형상화한 이 소설들은 경이와 감탄을 자아낸다. 후기 구조주의니 포스트모더니즘이니, 한때 세기말 지식인들이 머릴 싸매고 궁구했던 사유와 개념을 소설을 통해 이미 오래전부터 제시해 왔으니 분명 대단한 작가임엔 틀림없다. 푸코, 데리다, 들뢰즈, 에코, 이탈로 칼비노를 비롯해 그에게 영향을 받았다고 공공연히 밝힌 철학자와 작가의 이름도 다 열거하기 힘들다. 문학이 한 나라의 국력을 구성하는 데 얼마나 큰 힘을 발휘하는지는 모르겠다. 인도와 바꾸지 않겠다고 오만을 떠는 영국인들의 '셰익스피어'나 스페인어 문화권 어디에서나 발견되는 '돈키호테'의 동상, 지폐에까지 새겨진 일본 작가 '나쓰메 소세키'를 보면 어떤 나라들은 자국의 문학을 국력의 한 상징으로 삼는 듯하다. 이방의 독서가가 보기엔 보르헤스도 그 충분한 자격을 가진 대작가이다. 부에노스아이레스의 한 서점 유리문에 붙은 노작가의 흑백사진에서 작가를 기억하는 이들의 존경심이 읽힌다. 우리에게는 그런 작가가 있는가? 정치인이나 스포츠 스타, 연예인이 아닌, 훌륭하고 존경할 만한 작가를 가진다는 것은 얼마나 근사한 일일까?

경이로운 그의 작품을 논하지 않더라도 나는 보르헤스라는 사람, 평생을 도서관 한구석에 처박혀 거의 앞이 보이지 않는 시력의 남은 부분까지 소진해가며 읽기와 쓰기에 매달린 그의 '황홀한 글감옥'을 생각한다. 평생 프라하 시내 안팎을 벗어나 본 적이 없었다는 카프카를 비롯해 많은 작가, 학자, 승려들이 여행과는 무관한 삶을 살면서도 그 상상력으로는 어마어마한 영토를 여행하고 정복하고 구축해왔다. 헛된 망상일지는 모르지만 언젠가 내 마음속 여행의 불씨가 꺼지는 날이 온다면 남은 날들은 꼭 그런 글감옥의 수인이 되어 상상 속을 여행하고 싶단 생각을 종종 한다. 그런데 그런 삶은, 어쩌지 못할 역마살에 이제껏 끌려다닌 나그네에게 가능하기나 한 걸까?

부에노스아이레스를 떠난 버스는 바릴로체, 칼라파테 등의 도시에 며칠씩 머물거나 끝없는 지평선의 팜파스와 파타고니아를 달려 지구의 끝 마을 '우수아이아'에 여행자를 부려놓았다. 마젤란이 처음 대서양과 태평양 사이 뱃길을 발견한 마젤란 해협과 젊은 찰스 다윈의 위대한 생각을 무르익게 한 비글호의 여정도 모두 이 부근에 터한다. 마젤란 해협이 성황이던 100여 년 전만 해도 번창을 구가하던 칠레 최남단 항구 도시 푼타아레나스는 더 빠른 뱃길인 파나마 운하가 뚫리면서 쇠락을 거듭해 지금은 쓸쓸하고 황량한 도시가 되어버렸다. 그리고 그보다 더 남단에 아르헨티나의 우수아이아가 개발되면서 지구 끝 마을의 영예도 넘겨줘야 했다. 이 의미심장한 땅들에 관한 책이 아니 나올 수가 있겠는가.

요절한 영국 작가 브루스 채트윈이 쓴 『파타고니아』에는 이 땅을 '셰익스피어가 「템페스트」의 영감을 얻은 땅, 조나단 스위프트의 『걸리버 여행기』에 나오는 거인의 모델을 제공한 땅, 찰스 다윈의 마음을 사로잡은 땅, 생텍쥐페리의 『야간비행』의 무대가 된 땅, 코난 도일의 『잃어버린 세계』의 소재가 된 땅'으로 명쾌하게 정리하고 있다. 소설을 통해 환경운동을 펼치는 칠레 작가 루이스 세풀베다의 『지구 끝의 사람들』은 불법적인 고래잡이를 자행하는 일본 포경선에 대한 자연, 즉 고래들의 장엄한 복수의 드라마를 그리고 있다. 비록 그의 대표작 『연애소설 읽는 노인』보다 밀도는 떨어지지만 이 땅에 대한 관심을 불러일으키기엔 충분하다. 섀클턴 탐험대의 위대한 항해기 『인듀어런스』 역시 남극의 출발 기지인 푼타아레나스와

이 부근 지명이 곧잘 등장한다. 모두 이 척박한 땅이 빚어낸 책들이다.

마젤란이 이곳에서 발이 큰 원주민들을 보고 '발이 큰 사람들이 사는 땅'이라는 의미로 명명한 '파타고니아'. 놀랍게도 그 최남단 우수아이아 마을에 이미 30여 년 전 이민 와 이곳에 정착한 한국인 가족을 만났다. 사람과 조국이 그리웠던 그분들이 내게 그 밤 꼭 봐야한다며 함께 시청하자고 한 프로그램은 PC에서 다운받은 음악 프로그램 『콘서트 7080』이었다. 나로선 그것이 어떤 요일 몇 시에 전파를 타는지도 모르는 프로그램이었는데 지구 반대편에선 그렇지가 않았다.

세상 끝에 가고 싶어 그곳에 왔지만 그곳은 끝이 아니었다. 끝이란 애초부터 없는 것인지도 모른다. 누군가는 어려웠던 시절 척박한 땅에 뿌리를 내려 희망의 씨앗을 일구며 살고 있었던 것이다. 그들에게 지구의 끝은 삶의 도피처가 아닌 새로운 삶의 개척지였다. 끝이란 보기에 따라서는 어떤 것의 맨 처음이 되기도 한다. 그 밤, 집에서 가장 먼 곳, 세상의 끝에서 들은 최백호의 〈내 마음 갈 곳을 잃어〉가 왜 그토록 사무치게 가슴에 울렸는지 모르겠다.

왜 멀리 떠나가도 변하는 게 없을까, 인생이란.

:: 김영하 『나는 나를 파괴할 권리가 있다』 중에서

> 크눌프 님이 소개한 책들

「갈매기」 안톤 체호프
『갓 쓰고 박치기도 제멋』 다니자키 준이치로
『거미여인의 키스』 마누엘 푸익
『걷기 예찬』 다비드 르 브르통
『걸리버 여행기』 조너선 스위프트
『검은 책』 오르한 파묵
「고도를 기다리며」 사무엘 베케트
『군주론』 니콜로 마키아벨리
『그늘에 대하여』 다니자키 준이치로
『그대 아직 살아 있다면』 반레
『그리스 로마 신화』
『그리스인 조르바』 니코스 카잔차키스
『금각사』 미시마 유키오
「길가메시 서사시」
『깊은 강』 엔도 슈사쿠
『끝없는 벌판』 응웬옥뜨
『나는 공산주의자와 결혼했다』 필립 로스
『나라 없는 사람』 커트 보네거트
『나를 부르는 숲』 빌 브라이슨
『나의 미카엘』 아모스 오즈
『남방우편기』 생텍쥐페리
『내 이름은 빨강』 오르한 파묵
『내 이름은 콘라드』 로저 젤라즈니
『네루다의 우편배달부』 안토니오 스카르메타
『노인과 바다』 어니스트 헤밍웨이
『녹색의 집』 마리오 바르가스 요사
『누란』 이노우에 야스시
『눈먼 자들의 도시』 주제 사라마구
『다빈치 코드』 댄 브라운
『달려라 토끼』 존 업다이크
「대머리 여가수」 에우제네 이오네스코
『데미안』 헤르만 헤세
『도적과 개들』 나기브 마흐푸즈
『돈키호테』 미겔 데 세르반테스
『동물농장』 조지 오웰
『동양기행』 후지와라 신야
『둔황』 이노우에 야스시
『맛의 달인』 카리야 테츠
『머나먼 쏭바 강』 박영한
『명인』 가와바타 야스나리
『무기의 그늘』 황석영
『무어의 마지막 한숨』 살만 루시디
『미스터 초밥왕』 테라사와 다이스케
『바람을 스치며 물결을 스치며』 아모스 오즈
『바람의 그림자』 카를로스 루이스 사폰
『박사가 사랑한 수식』 오가와 요코
『백년 동안의 고독』 가브리엘 가르시아 마르케스
『백년보다 긴 하루』 칭기스 아이트마토프
『백야』 표도르 도스토옙스키
『백치』 표도르 도스토옙스키
『버마 시절』 조지 오웰
『변신』 오비디우스
『불볕 속의 사람들』 가산 카나파니
『불한당들의 세계사』 호르헤 루이스 보르헤스
『빙벽』 이노우에 야스시
『사람의 아들』 이문열
『사랑의 학교(쿠오레)』 에드몬도 데 아미치스
『새들은 페루에 가서 죽다』 로맹 가리
『새로운 인생』 오르한 파묵
『생활의 발견』 린위탕
『섀클턴의 서바이벌 리더십』 데니스 N.T. 퍼킨스
『섀클턴의 위대한 항해』 알프레드 랜싱
『설국』 가와바타 야스나리
『세계를 뒤흔든 10일』 존 리드
『세설』 다니자키 준이치로
『셰익스피어의 기억』 호르헤 루이스 보르헤스
『셰익스피어 전집』 윌리엄 셰익스피어
『스밀라의 눈에 대한 감각』 페터 회
『스페인 너는 자유다』 손미나
『슬럼독 밀리어네어』 비카스 스와루프
『시학』 아리스토텔레스
『신들의 사회』 로저 젤라즈니
『아라비안 나이트』
『아르테미오의 최후』 카를로스 푸엔테스

『아름다운 삶, 사랑 그리고 마무리』 스콧 니어링
『아메리카의 나치 문학』 로베르토 볼라뇨
『악령』 표도르 도스토옙스키
『안나 카레니나』 레프 톨스토이
『알렙』 호르헤 루이스 보르헤스
『야간비행』 생텍쥐페리
『양철북』 귄터 그라스
『어린왕자』 생텍쥐페리
『에프라시압 이야기』 이흐산 옥타이 아나르
『여자를 안다는 것』 아모스 오즈
『연금술사』 파울로 코엘료
『연애소설 읽는 노인』 루이스 세풀베다
『연을 쫓는 아이』 할레드 호세이니
『연인』 마르그리트 뒤라스
『영원한 제국』 이인화
『영혼의 산』 가오싱젠
『영혼의 집』 이사벨 아옌데
『예언자』 칼릴 지브란
『오래된 미래』 헬레나 노르베리 호지
「오이디푸스 왕」 소포클레스
『Y의 비극』 엘러리 퀸
『우리 동네 아이들』 나기브 마흐푸즈
『월든』 헨리 데이비드 소로
『위험한 동화』 아흐멧 알탄
『유토피아』 토마스 모어
『이반 데니소비치의 하루』 알렉산드르 솔제니친
『인간의 대지』 생텍쥐페리
『인도방랑』 후지와라 신야
『인듀어런스』 캐롤라인 알렉산더
『1984년』 조지 오웰
『일상적인 삶』 장 그르니에
『잃어버린 지평선』 제임스 힐턴
『잊혀진 이집트를 찾아서』 장 베르쿠테
『자기 앞의 생』 에밀 아자르
『자정의 아이들』 살만 루시디
『장미의 이름』 움베르토 에코
『적절한 균형』 로힌턴 미스트리
『전도서에 바치는 장미』 로저 젤라즈니
『전시조종사』 생텍쥐페리
『전쟁의 슬픔』 바오 닌
『젊은 날의 초상』 이문열
『제5도살장』 커트 보네거트
『죄와 벌』 표도르 도스토옙스키
『중국의 붉은 별』 에드거 스노
『지구 끝의 사람들』 루이스 세풀베다
『지구별 여행자』 류시화
『지하생활자의 수기』 표도르 도스토옙스키
『천 개의 찬란한 태양』 할레드 호세이니
『천국에도 그 여자의 자리는 없다』 아랍소설선
『천변풍경』 박태원
『체 게바라의 모터사이클 다이어리』 체 게바라
『춘금초』 다니자키 준이치로
『치인의 사랑』 다니자키 준이치로
『칠레의 모든 기록』 가브리엘 가르시아 마르케스
『칠레의 밤』 로베르토 볼라뇨
『카라마조프의 형제들』 표도르 도스토옙스키
『카불의 사진사』 정은진
『카탈로니아 찬가』 조지 오웰
『칼잡이들의 이야기』 호르헤 루이스 보르헤스
『크눌프』 헤르만 헤세
『타라스 불바』 니콜라이 고골
『테이레시아스의 역사』 주경철
『티베트 방랑』 후지와라 신야
『파리대왕』 윌리엄 골딩
『파이 이야기』 얀 마텔
『파키스탄행 열차』 쿠쉬완트 싱
『파타고니아』 브루스 채트윈
『판탈레온과 특별봉사대』 마리오 바르가스 요사
『폭풍의 언덕』 에밀리 브론테
『픽션들』 호르헤 루이스 보르헤스
『하얀 아오자이』 응웬반봉
『하얀 전쟁』 안정효
『한밤중 개에게 일어난 의문의 사건』 마크 해던
『화이트 타이거』 아라빈드 아디가
『희박한 공기 속으로』 존 크라카우어

(부록)

이희인 작가가 추천하는 '언택트' 국내 여행지,

그리고 동행한 책들

그 많던 나그네들은 다 어디로 갔을까

__겨울 설악 부근

『나그네는 길에서도 쉬지 않는다』『대설주의보』『삼인행』

여행이 쇼핑이 되어버렸다. 편리함과 빠름을 따라 쫓아다니는 여행에는 과거 소설들이 기댄 예기치 않은 사건이나 길을 잃음, 우연히 알게 된 타인 같은 존재는 끼어들 여지가 없다. '사서 고생'하는 존재인 나그네가 희귀해졌다. 그 많던 나그네들은 다 어디로 갔을까?

영동에 대설주의보가 내려졌다는 소식이 들려오면 당최 일을 할 수가 없다. 일이 손에 잡히지 않아 전전긍긍한다. 세상에서 가장 아름다운 설경이 펼쳐져 있을 텐데 어떻게 안 그럴 수 있을까? 영동의 대설주의보라면 다른 고장의 눈 소식과는 차원이 달랐다. 다른 곳은 주의보를 듣고 서둘러 가봤자 눈은 그치고, 제설 작업도 마무리되어 순백의 눈보다는 잿빛 폐허를 보기 십상인데 영동에 떨어진 대설주의보만큼은 늘 확실했다. 큰 눈이 하루 이틀에 그치지 않거니와 퍼붓거나 쌓이는 양도 사뭇 달랐다.

그곳을 삶의 터전으로 삼는 이들에게 대설주의보는 곤혹스러운 일일 터다. 큰 눈은 그 속에 사는 사람과 이방인의 경계를 명확하게 그어버린다. 당장 팔 걷어붙이고 삽이나 가래를 들고 눈 치우는 사람이 아니라면 누구나 이방인이요 불청객일 따름이다. 하지만 여행자는 기꺼이 불청객이 되기로 한다. 숨이 턱턱 막히는 온실이 되어버린 잿빛 도시에서는 더 이상 만나기 어려운 막막한 설경 속에 다시 서 있고 싶다는 바람 때문이다.

서캐 같은 눈을 뒤집어쓴 백두대간 봉우리들은 다가오는 사람들을 우뚝 막아서 쉽게 통행을 허락하지 않을 것만 같다. 그 봉우리를 넘어 속초나 양양, 강릉 방향으로 넘어갈 때면 늘 나그네 된 마음이 깊어진다. 눈을 흠뻑 맞게 될 렌즈와 카메라 외에도, 배낭에는 여행의 객창감客窓感을 부추겨줄 책이 한두 권 담기기 마련이다. 오래전에는 이순원의 단편 「은비령」을 넣어왔고, 어떤 날엔가는 고성 통일전망대 부근을 배경으로 한 박상우의 「말부리 반도」를, 언젠가는 하얗게 눈 덮인 내설악 백담사의 풍경을 담은 윤대녕의 단편 「대설주의보」를 가져오기도 했다. 모두 설악과 동해, 7번 국도의 길을 배경으로 한 소설이다. 하지만 이 부근에서는 이제하의 「나그네는 길에서도 쉬지 않는다」가 첫머리에 떠오르는 건 어쩔 수가 없다. 이젠 좀 오래된 소설에 속하지만, 소설과 그것을 각색한 영화가 부려놓은 스산한 겨울 풍경과 주인공의 떠돎이 쉽게 잊히지 않는다. 소설을 읽으며 미시령이나 대관령 터널을 벗어나 영동에 도착하면 흡사, 그때부터 현실 너머의 판타지 세상이 시작될 것만 같다.

회사에 휴가를 내어, 오래전부터 보관한 채 어쩌질 못하던 아내의 유골 가루를 뿌리고자 동해를 찾아온 중년의 사내. 그가 설악동이며 속초, 양양, 인제, 원통 등을 오가며 겪는 며칠간의 기이한 행적과 이야기가 「나그네는 길에서도 쉬지 않는다」의 내용이다. 곧 폭설로 교통이 두절되리라는 산과 고갯길을 넘나들며 사내는 설악동 여관촌에서 예기치 않은 화투판에 끼어들거나, 함께 다니는 수상한 간호사와 병색 짙은 노인을 만나기도 한다. 뿌려질 장소를 찾지 못한 아내의 유골 상자는 여정 내내 그의 손에 들려 있다.

이제는 잘 쓰지 않는 말 축에 들게 되었지만, '나그네'라는 말에는 묘한 분위기와 울림이 있다. 갈 곳이 분명하거나 돌아갈 날짜가 명확한 사람에겐 어쩐지 그 호칭이 어울리지 않았다. '인간은 노력하는 한 방황한다'던 『파우스트』의 전언이나, '방황하는 자들이 모두 길을 잃은 것은 아니다'라던 J.R.R. 톨킨의 말이 어울리는 이가 있다면 구경꾼이나 관광객은 아니고 여행자도 아니며, 오롯이 '나그네'란 존재일 것이다. 나그네가 길을 떠다니는 형식은 여행보다는 방랑이나 방황에 가까울 터다. 대상과 한참 거리를 둔 채 눈으로 일별하는 관찰이 아니라, 기꺼이 온몸으로 세상과 뒤섞이는 '메를로퐁티'적인 존재가 나그네의 이름에 가깝다. 그런 나그네의 막막한 걸음걸음이 영동의 폭설을 만난다면 어떨까. 그것이 이제하의 「나그네는 길에서도 쉬지 않는다」가 궁금해 하는 사건이다.

갈 곳을 정하지 못한 채 곧잘 망설이기만 하는 나그네에게 양양이나 속초, 강릉 차부(터미널)의 차표를 파는 아가씨들은 매정하고 차갑기만 하다.

"대설주의보 땜에 못 간다고 몇 번이나 말해야 알겠어요? 곧 시작한대요. 오색리까지라도 끊어드려요?" "서울 표는 있소?" "강릉 가서 고속버스 타셔야죠. 거기두 오후부턴 끊어질걸요?"

> 눈이 온다면 얼마나 오겠다기에 이러는 건가. (중략)
> 여기서 길이 끊어지면 사방이 다 막히는 셈이 된다.
> — 이제하, 「나그네는 길에서도 쉬지 않는다」에서

지금은 스마트폰으로 차표를 예매하고 출발 시간과 좌석 등급까지도 즉석에서 쇼핑하는 시대다. 그렇다. 여행도 쇼핑이 되어버렸다. 터미널에 도착한 뒤 목적지나 그 부근의 맛집까지도 미리 탐색하고 떠난다. 식사 시간에 맞춰 가고자 하는 도시의 식당 좌석을 예약하기도 한다. 편리함과 빠름을 따라 쫓아다니는 이런 여행에는 과거 소설들이 기댄 예기치 않은 사건이나 길을 잃음, 우연히 알게 된 타인 같은 존재는 끼어들 여지가 없다. '사서 고생'하는 존재인 나그네가 이제 인간문화재만큼 희귀해졌다. 그 많던 나그네들은 다 어디로 갔을까?

예닐곱 해 전 폭설을 뚫고 설악에 들어갔을 땐, 겨드랑이까지 차올라 간신히 길을 낸 눈 터널을 따라 제법 깊숙한 비선대 입구까지 갈 수 있었다. 그 이듬해 갔을 땐 눈이 더 막심해 신흥사 앞에서 그만 길이 끊겼다. 다시 이듬해 찾아갔을 땐 눈이 적어 비선대까지 쉽게 다녀올 수 있었는데, 비선대 오가는 길에 잠시 주저앉아 살얼음 낀 동동주를 먹던 청운정이 그새 사라지고 없었다. 아, 이제 청운정의 파전과 동치미를 못 먹게 되었구나. 하는 수없이 속초로 돌아와 게스트하우스에 방을 얻은 뒤 항구 앞 생선조림 가게로 향했다.

항구 부근에 나란히 늘어선 생선조림, 생선탕 가게에서 겨울철에 꼭 먹는 이 동네 음식은 도치 알탕이다. 곰치, 장치와 더불어 동해의 못난이 3인방으로 불리는 도치는 못 생긴 외모에다 가슴에는 흡반이 있어 바위에 붙어산다는 좀 해괴한 물고기다. 생긴 모양이 흉측해 과거엔 도치가 낚싯대나 그물에 걸려들면 어부는 "에잇 재수 없는 놈" 하며 발로 차 바다로 돌려보냈다고 들었다. 그 도치의 배 속에 가득 든 알을 얼큰한 김치와 함께 탕으로 끓여내는데 이것이 겨울 별미다. 후끈하게 땐 식당의 나무 난로와 매콤한 도치 알탕이 뒤범벅돼 송글송글 땀이 맺는다. 도치 알탕에 도치 숙회를 몇 점 먹고 불콰해진 몸으로 음식점 밖을 나서면 또 두꺼워진 눈송이와 바닷바람이 사정없이 달려든다. 그러면 겨울 영동을 제대로 만난 것이다.

이제하의 소설 말미에 '나그네'가 서울로 돌아가기 위해 택한 길은 인제, 원통 쪽에서 춘천으로 이어지는 소양호 뱃길이다. 1980년대까지만 해도 꽤 널리 쓰이던 길인 모양이다. 지금 매우 익숙해진 '미시령'이라는 지명은 눈을 씻고 봐도 찾을 수 없었던 소설에서, 옛길과 지금의 길을 비교하는 일도 흥미롭다. 어떤 길은 그렇게 지도 위에 새로 그려지고 어떤 길은 사람들의 기억에

마저 잊힌다. 미시령과 진부령 사이, 오래전 보부상들이 넘나들었다던 새이령도 간신히 몇몇 사람들의 기억에 남아서 가을 단풍철에나 영동과 영서를 잇고 있다. 앞으로 또 어떤 길이 새로 뚫리고 또 잊힐까? 소설이란 어쩌면 사라지고 잊힌 길에 대한 추모이자 애도인지도 모른다. 그 길을 떠돌던 사람들의 자취와 흔적을 더듬는 일인지도 모른다. 구불구불 더디게 흐르다 아무데나 쉬어 가게 만드는 사라져간 옛길에 잔뜩 연민을 보내는 쓸쓸한 연가에 다름 아닐 터다. 그런 의미에서 모든 소설은 기행문이며 그 주인공은 지금은 사라진 '나그네'이다.

지금은 고인이 된 어르신으로부터 1950년대쯤 설악산을 여행한 이야기를 들은 적이 있다. 춘천-양양 간 고속도로는 물론, 영동고속도로조차 놓이지 않았던 그때 설악과 영동으로 향하는 유일한 길은 지금의 44번 국도와 겹치는 길이었다고 했다. 여행이란 개념마저 희박하던 그때 설악에 갔더니 전쟁에서 죽은 인민군과 국군에 대한 얘기가 골골마다 남아 있더라고 했던가. 그런 회고를 들려주던 어르신도 세상을 등지고 없다. 그 많던 나그네들은 어디로 갔을까.

영동에서 미시령을 넘어 또 잠시 고단해지면 백담사 초입의 용대리 마을에서 겨우내 눈과 바람을 다 맞은 황탯국 한 그릇을 비우고 가도 좋을 것이다. 이곳은 소설가 윤대녕의 표현을 빌리자면 '하늘이 무너지는 것처럼 눈이 내리'는 동네다. 최승호의 시집 제목에서 이름을 빌린 윤대녕의 「대설주의보」 속 주인공 윤수는 백담사에서 만나기로 한 옛 친구 해란과의 약속을 지키기 위해 그런 폭설을 뚫고 킬로미터당 5천 원을 부르는 대리운전 기사의 차를 얻어 타고 16킬로미터 거리의 백담사 입구로 향한다. 차가 더 갈 수 없는 곳에 멈춰 대리기사는 차를 몰아 되돌아가고 그때부터 윤수는 한밤중 백담사를 향해 걸어간다. 차를 타고 눈길을 헤치고 온 길이 16킬로미터인데, 차 없이 더 걸어 들어가야 할 길은 6.3킬로미터다. 만만한 길이 아니겠구나, 하며 소설 속 주인공이 처한 곤경에 긴장한 순간, 순전히 혼자서 푹푹 빠지는 눈길을 걸어본 일이 언제인가 생각해본다. 뽀드득뽀드득 발소리와 거친 숨소리만이 온 우주에 가득한 그런 눈길이 문득 그립다. 어느 계절이든, 계절 분위기를 그려내는 데에 탁월한 윤대녕의 솜씨가 폭설에 파묻힌 계곡을 그리워하게 만든다. 그러다 소설 속에 부려놓은 구원처럼, 깊숙한 숲으로부터 멀리 RV차량이 한 대 기우뚱거리며 다가올 것이다.

> 길은 완만했으나 정강이까지 눈이 차올라 걸음이 더뎠다. (중략) 어디쯤일까. 멀리 솜뭉치 같은 부연 빛이 윤수의 눈에 빨려 들어왔다. (중략) 그것이 전조등 불빛이라는 것을 깨달은 것은 잠시 후였다. (중략) 이윽고 눈을 잔뜩 뒤집어쓴 알브이 차량이 체인을 쩔렁대며 그의 앞에 다가와 커다란 짐승처럼 멈춰 섰다. 운전석에는 젊은 스님이 타고 있었다. 이어 조수석의 문이 열리고 해란이 차에서 내렸다.
>
> — 윤대녕, 「대설주의보」에서

1985년 '이상 문학상' 수상작인 「나그네는 길에서도 쉬지 않는다」와 2008년에 쓰인 「대설주의보」에 이어 2015년 발표된 권여선의 「삼인행」을 읽어본다면, 이 지역, 이 길의 짧은 역사를 가늠해볼 수도 있다. 소설집 전체가 불콰한 술 냄새로 가득한, 그래서 혹자는 '주류酒類 문학' 작품이라 일컫는 권여선의 소설집 『안녕, 주정뱅이』 안에서 「삼인행」의 술 냄새는 다소 막막한 구석이 있다. 별로 부부 같지 않은 부부, 곧 갈라설 것처럼 보이는 부부인 규와 주란과 함께 그의 친구인 훈까지 세 사람이 영동으로 여행을 떠난다. 신갈과 문막, 그리고 영동고속도로를 따라 동계올림픽을 준비하느라 파헤쳐진 평창을 지나 강릉으로, 그리고 동해고속도로를 따라 북쪽으로 올라가 양양, 속초까지 향하는 여정을 함께 좇아간다. 소설의 인물들이 익숙한 도로를 따라 맛집과 커피, 수제버거, 홍게 따위를 늘어놓는 모습에 독자는 차에 탄 네 번째 동행자가 된다. 콘도에 짐을 부린 일행은 설악으로 가 권금성 케이블카를 타고, 장사항에 가서 홍게를 먹는다. 어떤 극적인 일도 일어나지 않은 채 차 안에서, 차를 세운 도로에서, 식당에서 이어지는 세 사람의 대화는 홍상수 영화의 주인공이나, 사무엘 베케트의 「고도를 기다리며」의 대사처럼 나른하고 시시하다. 그러나 그 요설에 가까운 대화, 조곤조곤 주변을 의식하며 내뱉는 말 속에 서로 상처주고 상처받는 둔기가 숨어 있다. 서로를 이해하지 못하고 의심하고 서로에게 환멸을 느끼는 말들. 그것이 우리도 알지 못하는 사이에 우리 시대 대화법이 됐다. 뜻하지 않게 주란과 규 부부의 관찰자가 되어버린 훈은 생각한다. '자연이든 관계든 오래 지속되어온 것이 파괴되는 데는 번갯불의 찰나만으로도 충분하다'고. 이 여행이 그 부부의 이별 여행임을 그제야 깨달으면서. 아침부터 사붓사붓 눈이 내리기 시작한 이튿날, 서울로 향하는 길에 미시령 터널을 넘은 그들은 '황탯국 죽이게 진국인' 집을 찾아가 철퍼덕 주저앉아 해장술을 마신다. 윤대녕 소설의 주인공 윤수가 옛 친구 해란을 찾아가고자 들른 용대리 부근일 것이다. 황탯국과 황태구이를 시킨 셋의 눈엔 문밖에 하염없는 눈만 보인다.

> 셋은 잔을 부딪치고 그대로 비워냈다. 다시 한순배가 돌았다. 이번에는 규가 잔을 채웠다.
> 눈은 내리고, 술은 들어가고, 이러고 앉아 있으니까 말야, 규가 초조하게 술잔을 빙빙 돌리며 말했다.
> 우리 다시는 서울로 못 돌아가도 괜찮을 것 같지 않냐?
> 그들은 말없이 소주잔을 비우고 창밖을 내다보았다. 굵어진 눈발이 쉼 없이 쏟아지고 있었다.
> — 권여선, 「삼인행」에서

영동과 설악 일대를 '나그네'처럼 헤매는 세 편의 소설을 읽는 동안, 산천은 물론 사람들의 관계도 참 많이 변했다는 걸 알게 된다. 눈에 띄게 변한 자연만큼이나 눈에 잘 보이지 않는 인간의 삶에도 폐허와 황무지가 넓어졌다. 극적인 사건은 벌어지지도 않은 채, 예나 지금이나 영동으로 넘어온 사람들은 쳇바퀴에 놓인 다람쥐처럼 주변을 뱅뱅 맴돈다. 그러면서 일상으로 쉽게 돌아가지 못함을 큰 눈 탓을 한다. 우리는 그렇게 영동을 여행해왔다.

우람한 산맥은 여전히 영동과 영서를 가르고 여행과 삶의 경계를 나눈다. 그 땅을 헤매고 다니던 '나그네'라는 이름의 부족은 12선녀탕이나 울산바위에 남아 있는 전설처럼 떠도는 풍문 속의 희미한 존재가 되어버렸다. 누가 요즘 '나그네' 타령을 할까.

집으로 돌아오는 길, 홍천이나 평창, 문막을 지날 때면 영동에서의 일을 까맣게 잊고 이튿날 다시 매이게 될 직장과 생업의 일을 걱정하기 마련이다. 그러다 이듬해 겨울, 다시 영동에 대설주의보가 떨어졌다는 소식이 들려오면 그제야 작년의 여행을 기억해내고, 습관처럼, 눈을 흠뻑 맞게 될 렌즈와 카메라, 여행의 객창감을 부추길 책 한두 권을 담고, 영동으로 향하는 차표를 검색하기 바빠질 것이다. 자신도 모르게 이제는 사라진 나그네 흉내를 내면서.

雪嶽山新興寺

고향을 떠나온 사람들의 고향

_인천 원도심 일대

『괭이부리말 아이들』『광장』『중국인 거리』

우리 땅의 주요 도시 어디든, 사람들이 몰려드는 신도시가 우뚝우뚝 들어서고, 오래전엔 휘황하였으나 이제는 쇠락한 구도심이 자리 잡고 있으며, 그보다 훨씬 전에 도시의 기틀이 된 쓸쓸한 원도심을 간신히 한쪽에 품고 있다.

청춘쌍곡선
製作 鄭素影
監督 卞張鎬
제2부
1980

인천에서 바다를 마주할 수 있는 월미도나 북성 포구, 자유 공원 같은 곳에 설 때마다 나는 그 바다가 여러 가지 상상력을 불러일으켜주기를 바라곤 했다. 이를테면 1884년 갑신정변이 청나라 군대의 개입으로 3일 천하로 끝나자 여기 제물포(인천) 항을 통해 일본으로 달아났던 김옥균이, 그 10년 뒤인 1894년 중국 상해에서 자객 홍종우에게 암살되어 차디찬 시신으로 황해 바다를 건너 다시 이 항구로 돌아오는 모습을 상상하는 것 따위 말이다. 아니면 소설가 김영하가 자신의 소설 『검은 꽃』에서 그렸듯, 멕시코 이민을 떠난 1,033명의 조선인을 실은 일포드 호가 이 항구, 이 바다를 막 떠나던 1905년의 풍경 같은 것 말이다. 그러나 인천 앞바다에 서면 그러한 상상력은 늘 좌절되고 만다. 거대한 위용의 항만 시설과 일반인의 접근을 불허하는 산업

시설, 또 커다란 컨테이너 선박까지, 사람보다 산업의 항구가 되어버린 인천항 어디에도 역사적 상상력이나 허구적 상상력이 들어설 자리가 별로 없다는 점이 늘 섭섭했다.

바닷길이 육지의 길보다 빠르던 때가 있었다. 육로가 충분히 발달되지 않았던 시절, 사람들이 뱃길을 따라 뭍의 끄트머리의 포구에서 다른 뭍의 포구를 향해 떠났다. 일자리를 찾아, 기회를 찾아, 문명화된 세상을 찾아 이동하는 그 뱃길은 고향을 떠나 타향으로 향하는 길이기도 했다. 뱃길을 되돌려 고향으로 돌아간 사람은 많지 않았다. 그새 뱃길이 사라지기도 했지만 한번 도시로 온 사람들은 거친 환경과 가난, 불편함이 기다리고 있을 고향으로 돌아갈 맘이 생기지 않았을 터다. 그대로 그들은 자발적으로 고향을 잃은 '실향민'이 되었다.

인천은 실향민들이 어울려 만든 도시다. 이보다 과거 인천을 잘 설명해주는 말이 있을까. 전쟁이 나자 배를 타고 건너온 황해도 사람들이 인천 사람의 한 축을 이뤘고, 역시 버스와 기차 대신 지금은 사라진 뱃길을 따라 충청도, 전라도에서 올라온 사람들이 다른 한 축을 이뤘다. 토박이가 없었던 것은 아니지만, 본격적으로 인천 토박이가 형성된 것은 그 실향민 자녀 세대부터였을 것이다. 인천 원도심의 오래된 부둣가 동네인 '괭이부리말'을 배경으로 한 김중미의 『괭이부리말 아이들』 앞부분에는 이런 사정이 잘 설명되어 있다.

> 전쟁이 막바지에 이를 무렵인 1.4 후퇴 때 황해도에 살던 사람들이 고기 잡던 배를 타고 괭이부리말로 피난을 왔다. 전쟁만 끝나면 곧 돌아가려고 피난민들은 바닷가 근처에 천막을 치고 살았다. (중략) 전쟁의 아픈 기억들이 흐려지고 피난민들이 고향 생각을 가슴속에 묻을 무렵, 괭이부리말에는 이제 충청도, 전라도에서 한밤중에 괴나리봇짐을 싸거나 조그만 용달차에 짐을 싣고 온 이농민들이 밀려오기 시작했다. (중략) 이렇게 괭이부리말은 어디선가 떠밀려 온 사람들의 마을이 되었다.
>
> — 김중미, 『괭이부리말 아이들』에서

어디 인천으로 유입된 사람들만 갖고 실향민 이야기를 할 것인가. 기회와 부를 쫓아 인천에 온 사람 중에는 더 큰 꿈을 찾아 가까운 서울로 향한 이들도 있다. 인천이 어느 도시보다 정체성이라 할 만한 것을 오랫동안 갖추지 못한 이유다. 별 주저함 없이 인천을 떠난 사람들, 인천을 그다지 그리워하지도 않을 탈脫인천의 실향민들도 인천의 색깔 없음에 한몫했다. 오죽하면 몇 해 전 한 국회의원이 '이부망천離富亡川, 서울 살다가 이혼하면 부천 가고 망하면 인천 간다'이라는 표현을 썼다가 호된 구설에 올랐겠는가.

인천에서 나고 자란 나는 이런 과정을 책이나 인터넷이 아니라 경험을 통해 읽어왔다. 초등학교 때 학급에서 1, 2등을 다투던 친구들이 어느 날 아버지의 전근을 이유로 서울로 전학을 가던 일이나, 대학 시절 서울 사는 친구들이 어느 한가해진 하루 바람 쐬러 놀러오겠다며 찾아온 일도 서울과 인천의 관계를 보여주는 풍경이다. 이제 막 연애를 시작한 서울 친구가 새로 사귄 이성 친구를 데리고 와 (혼자서는 절대 탈 일이 없던) 월미도의 디스코 팡팡을 함께 타게 만든 곳도 인천이다. 그곳의 젖을 먹고 그곳의 품에서 자라면서도 자부심이라든가 애착이라는 게 생길 여지가 별로 없던 나의 고향, 인천.

부산과 목포 등의 항구가 일본과의 왕래 속에 하나의 거대 도시로 성장했듯이, 인천은 중국과의 관계 속에 부침을 거듭해 왔다. 산업화 시대에는 밀집한 공장에 의해 노동자의 도시, 잿빛 공업 도시로 표상된 인천이 항구 도시로서의 활력을 되찾은 것은 1990년대 재개된 중국과의 수교를 통해서다. 한국전쟁 뒤 길이 끊긴 황해에 갑자기 중국의 천진, 청도, 단동 등으로 뱃길이 연결되고 이전까지는 접촉조차 금지되었던 조선족과 중국인이 뱃길을 따라 인천으로 물밀 듯이 밀려왔다. 그러더니 영종도에 공항까지 생겼다.

그러나 이전에도 인천, 그 중심의 제물포항은 조선의 수도인 한성(서울)과 근접한 지리적 위치로 인해 우리 근현대사의 굵직굵직한 궤적을 함께 걸어왔다. 『삼국사기』의 백제 건국 신화에서 '미추홀'이란 이름으로 역사에 데뷔한 인천은 1876년 강화도 조약을 통해 처음 세계로 향한 문을 열었고, 1882년엔 미국과 통상 조약을 맺은 장소가 되었다. 임오군란의 수습을 위해 조선 정부의 요청으로 청나라 군대가 들어온 곳이 제물포항이며, 그로 인해 제물포조약이 체결되기도 했다. 1902년 104명의 조선인이 하와이로 노동 이민을 떠났고, 1905년 대규모의 멕시코 이민이 있던 것도 이 항구에서의 일이다. 옥살이를 하게 된 마흔 줄의 김구 선생이 1914년 인천항 갑문 설치 공사에 동원돼 강제 노역을 한 곳도 이곳이요, 널리 알려졌듯 한국전쟁의 반전이 일어난 상륙 작전이 감행된 곳도 제물포, 인천이다.

우리 근현대사의 질곡과 격변의 중심에 섰던 만큼, 인천은 최초의 신소설인 이인직의 「혈의 누」를 필두로[1] 우리 근현대 문학작품에도 가장 빈번하게 작품의 공간을 제공한 도시가 되었다. 일제강점기 현덕의 「남생이」와 강경애의 문제작 「인간문제」가 인천을 무대로 한 소설이며, 인천 출신 극작가 함세덕의 「무의도 기행」 「해연」 등도 인천의 어촌을 배경으로 한다. 산업화 시대에는 방현석 등의 노동 소설이 인천의 노동 운동을 그렸고, 재기발랄한 박민규의 『삼미 슈퍼스타즈의 마지막 팬클럽』 역시 인천을 배경으로 한다. 2000년대에는 김애란, 김금희, 김미월 등의 소설가가 인천을 새로운 감각으로 그려오고 있다.

조연의 역할로도 인천은 여러 소설에 장소를 제공한다. 소설가 박태원이 창조한 독특한 캐릭터인 '소설가 구보씨'가 월미도로 놀러가는 남녀를 보며 질투하던 장면에도 서울과 근접한 인

1 이경재, 『한국 현대문학의 공간과 장소』, 소명출판, 2017, 278쪽.

천의 그림자를 엿볼 수 있고, 전후 최고의 소설로 꼽히는 최인훈의 『광장』에서 한국전쟁에 앞서 주인공 이명준의 월북 접선이 이루어지는 곳도 인천의 포구다. 북에 있는 부친 생각으로 마음이 복잡한 철학과 학생 이명준은 어느 날 인천의 주점에 앉아 소주를 마신다. 소주잔을 기울이며 바라보던 1950년 무렵 인천 부둣가의 풍경이 이랬다.

> 이따금 들리는 뱃고동 소리가, 언젠가 들은 적이 있는 산새 울음소리 같다고, 그런 생각을 하고 있다. 뱃고동. 산새 울음. 소주잔을 들어서 쭉 들이켠다. 목에서 창자로 찌르르한 게 흘러간다. 이 목로술집은 인천에 와서부터 단골이다. 얼마 붐비지 않는 게 좋았고, 내다보이는 창밖이 좋다. 마룻장 밑에서는 바다가 철썩거린다. 다 탄 담배를 창밖으로 던진다.
>
> — 최인훈, 『광장』에서

술을 마시던 이명준의 행색이 범상치 않았던지, 술집 주인이 다가와 조용히 그에게 귓속말을 해준다. '이북 가는 배'가 있다고. 이명준은 그 배로 월북하고 이후 전쟁이 발발하자 인민군 장교가 되어 남하했다가 낙동강 전선에서 붙잡혀 거제 포로수용소에 수감된다. 휴전 뒤, 광장에서도 밀실에서도 살 수 없었던 지식인 이명준의 운명은 어찌 되었던가.

우리 땅의 주요 도시 어디든, 사람들이 몰려드는 신도시가 우뚝우뚝 들어서고, 오래전엔 휘황하였으나 이제는 쇠락한 구도심이 자리 잡고 있으며, 그보다 훨씬 전에 도시의 기틀이 된 쓸쓸한 원도심을 간신히 한쪽에 품고 있다. 송도나 청라, 연수 같은 신도시를 갖고 있는 인천에서 동인천, 제물포, 주안, 부평 등이 구도심을 이루고, 이제 관광객들로 근근이 옛 이야기를 들려주는 차이나타운과 북성포구, 인천역, 신포동 일대가 '제물포'로 불리던 인천의 원도심이다. 원도심 끄트머리엔 인천하면 가장 먼저 떠올리는 섬 아닌 섬 월미도가 나오는데, 일제강점기 사진이나 기록을 보면 그 섬에 일본인들의 해수욕장이 있었다고도 한다.

원도심 일대의 중심은 아무래도 인천역이다. 예전 인천 사람들은 이 역을 '하인천'이라고 불렀다. 인천 토박이를 감별하고자 한다면 '하인천'이란 지명을 알고 있느냐 없느냐 물어보면 된다. 하인천이며 양키시장, 수도국산, 괭이부리말. 모두 옛날 인천 지명이다. 이 원도심 일대에서 인천을 그린 문학작품이 많이 탄생했다. 모르긴 몰라도 『광장』의 이명준이 술잔을 기울이며 바다를 바라본 목로술집도 원도심 어디엔가 있었으리라.

그러나 이 땅에서 탄생한 기념비적인 작품은 뭐니 뭐니 해도 오정희의 「중국인 거리」다. 박완서가 자신의 자전적 소설에서 악착같이 서울의 삶에 정착하려는 개성 출신 소녀의 성장담을 그렸듯이(「엄마의 말뚝」), 소설가 오정희는 이곳 인천 원도심을 배경으로 외지에서 온 초등학교 5학년 소녀의 고통스러운 성장담을 그리고 있다. 지방자치제가 시행되어 거대한 패루가 서고 화려한 중식당과 풍물, 벽화 거리의 차이나타운으로 변모하기 전, 중국풍의 소박하고 단출한 목조 주택 몇이 있던 풍경이 내 어린 시절 보았던 차이나타운, 즉 중국인 거리였다. 오정희가 소설에 그려낸 '중국인 거리'는 이보다 훨씬 더 퇴락한 동네였으리라.

시市를 남북으로 나누며 달리는 철도는 항만의 끝에 이

르러서야 잘려졌다. 석탄을 싣고 온 화차는 자칫 바다에 빠뜨릴 듯한 머리를 위태롭게 사리며 깜짝 놀라 멎고 그 서슬에 밑구멍으로 주르르 석탄가루를 흘려보냈다. 집에 가봐야 노루꼬리만큼 짧다는 겨울 해에 점심이 기다리고 있는 것도 아니어서 우리들은 학교가 파하는 대로 책가방만 던져둔 채 떼를 지어 선창을 지나 항만의 북쪽 끝에 있는 제분공장에 갔다.

— 오정희, 「중국인 거리」에서

놀랍게도 오정희가 그린 소설 속 풍경은 지금 그 현장에 가도 어느 정도 복원할 수 있을 정도로 흔적이 남아 있다. 인천역 뒤편 북성포구 방향으로 난 고가 밑으로 '시를 남북으로 나누며 달리'던 철길의 흔적이 남아 있고, '항만의 북쪽 끝에 있'다는 제분공장도 전쟁 뒤 융성했던 삼백산업三白産業의 영광을 간직한 채 여전히 그 자리에 우뚝 서 있다. 오정희가 그려낸 중국인 거리, 즉 차이나타운 초입에는 오래 전 부두 노동자들이 막걸리에 곁들여 먹었다는 밴댕이나 준치회를 파는 횟집이 몇 남아 있다. 지금의 올림포스호텔 자리가 100여 년 전 한미수호통상조약이 체

결된 장소이고 그 일대가 배가 드나들던 포구였으며, 거기 부두 노동자들이 밴댕이와 준치를 곁들여 술을 마셨다는 어르신 얘기는 그저 신비롭게만 들린다.

한때 소설가 지망생들이 가장 많이 필사하는 작가로 불린 오정희가 한 땀 한 땀 그려낸 아홉 살 소녀의 유년 시절은 "초조初潮였다"라는 짤막한 문장으로 끝을 맺는다. 주인공 소녀가 이 거리에 살며 겪은 몇 겹의 죽음, 즉 도둑고양이의 죽음, 양갈보 매기언니의 죽음, 치매를 앓던 할머니의 죽음 등이 겹겹이 이어지다가, 지난한 난산 끝에 치러낸 어머니의 여덟 번째 출산을 목도하는 가운데 소녀는 '온몸을 끈끈하게 죄고 있는 후덥덥한 열기' 속에 초경을 겪는 것으로 소설은 급작스레 끝난다. 이보다 강렬한 소설의 끝 문장을 나는 알지 못한다.

차이나타운에서 멀지 않은 인천역 부근에 김중미가 소설 속에 그려낸 괭이부리말이 있다. 소설 속에 핍진하게 그려진 '가난'을 관광 상품화하겠다던 지자체의 어처구니없는 발상이 주민들의 분노를 사기도 했고, 100년도 더 된 근대 건축물을 무너뜨려 주변 동화마을 방문객을 위한 주차장으로 만든 행정은 인천 시민뿐만 아니라, 인천을 떠나 고향 소식을 종종 전해 듣는 실향민에게도 웃지 못할 뉴스가 아닐 수 없다. 우리 근현대사의 기억과 아픔, 그 명암을 고스란히 간직한 원도심을 지혜롭게 개발할 방법은 정녕 없는 것일까?

인천역에서 월미도 쪽으로 향하다 가구 공장이 몰려 있는 사잇길로 자그맣게 자리를 낸 북성포구에 닿으면 세상 어디에서도 볼 수 없는 기묘한 장소성을 마주하게 된다. 인도네시아 등지에서 가져온 원목을 바닷가에 쌓아놓은 가구 공장과 시커먼 개펄이 만든 좁은 바닷길을 따라 그날 조업을 마친 배들이 포구에 닿고, 이제는 어디서도 보기 힘든 선상 파시波市의 광경을 우연히 만난다면, 당신은 인천을 제대로 여행했다고 할 수 있다.

이런 매력 없는 도시도, 고향이라는 이유로 사무칠 수 있을까? 저명한 인문지리학자 이-푸 투안은'공간'과 '장소'의 의미를 분리해 설명한 저서에서 '고향'의 의미, 혹은 고향에 대해 갖는 사람들의 정서를 다음과 같이 설명한다. 사무침, 그리움 따위가 케케묵어 보이는 이런 시대에 고향이 주는 의미와 감정은 여전히 유효한가 묻게 된다.

> 고향은 특히나 친밀한 장소입니다. 우리의 고향은 특

이한 건축물이나 유서 깊은 내력도 없는 소박한 곳일 수 있습니다. 그렇지만 외부인에게 그런 비판을 듣는다면 우리는 즉시 반발합니다. 그곳이 아무리 시시한 곳이라도 우리에겐 전혀 문제되지 않기 때문이겠죠.

— 이-푸 투안, 『공간과 장소』에서

인천역
Incheon Station
한국철도 탄생역

우리는 모두 눈길을 밟고 도시로 왔다

__전라남도 장흥군

『이청준 단편집』『키 작은 자유인』『인문주의자 무소작 씨의 종생기』

인간에게 유년기는 한평생 삶에 자양분을 얻고, 삶의 방향을 정해주는 푯대와도 같은 시간이다. 거대한 성채이자 망망한 바다, 파내도 파내도 줄어들 줄 모르는 거대한 광맥과도 같은 시공간이다. 기억조차 가물가물한 유년의 기억을 우리는 평생의 살아갈 힘으로 삼아 나아간다.

미백 이청준 선생
생가
60m

전남 땅 장흥은 멀다. 서울에서 시동을 걸고 출발하려 하면 부산이나 남해, 여수는 물론, 장흥과 이웃한 강진, 보성, 완도보다도 마음의 거리가 훨씬 더 멀다. 왜 그럴까? 다른 고장에 비해 기억에 새겨진 특산물이나 문화재, 명소가 선명히 떠오르지 않는 까닭도 있겠지만, 한편으론 장흥을 향하는 마음은 대체로 장흥 읍내에서 숨을 고른 뒤 또 삼십 분을 더 내려가야 나오는 관산, 회진 등을 목적지로 삼기 때문이다. 그곳이 우리 문학의 값진 장면을 연출한 이청준과 한승원, 송기숙 등의 소설가가 태어나고 자신들의 작품에 그려낸 땅이다.

장흥은 문향文鄕이다. 사전에는 없는 말이지만 '예향藝鄕'이라는 말이 공공연히 쓰이는 걸 보면 어긋난 조어도 아닐 터다. 특정 지역에서 특정 시대에 특출한 재주를 가진 사람들이 한꺼번에 등장하는 일은 종종 불가사의한 느낌을 불러일으킨다. 지난 세기 후반 장흥에서도 그런 일이 벌어졌다. 앞서 말한 이청준, 한승원, 송기숙 외에도 이승우, 이대흠 같은 작가가 남도 끄트머리의 돌출한 반도를 고향으로 두고 있다. 장흥의 무엇이 이 작가들을 한꺼번에 출몰하게 했는가? 맨부커상 수상에 빛나는 한강의 부친으로 (임권택 감독이 영화로 만든) 『아제아제 바라아제』를 비롯해 수많은 남도 이야기를 써낸 한승원과, 『암태도』 『녹두장군』 등 주로 호남 땅에서 일어난 역사적 격변과 민중의 저항을 아름다운 우리말로 그려낸 송기숙, 그리고 신학을 전공한 이력을 바탕으로 (이청준의 뒤를 이어) 우리에게는 드문 관념 소설의 한 경지를 보여준 이승우 등은 모두 가볍게 거론될 작가가 아니다.

그러나 오늘도 장흥으로 달려가는 마음은 누구보다 작고한 이청준 선생을 향해 있다. 한승원과 동갑이지만, 안타깝게도 지난 2008년 폐암으로 유명을 달리한 이청준의 고향은 장흥에서 차를 몰아 한 시간 정도 더 가야 하는 회진면 진목리眞木里, 참나뭇골다. 2014년 그 마을을 처음 만난 뒤 최근까지 네 번쯤 갔는데, 바다를 품은 자그만 포구였던 회진은 그새 번듯한 항구가 되었고, 진목리에도 크고 작은 변화가 있었다. 회진에서 해안도로를 따라 고갯길을 넘으면 소설 「선학동 나그네」의 그 선학동仙鶴洞이 여행자를 반기고, 거기서 고개를 두엇 더 넘어 내륙으로 향하면 이청준이 나고 자란 진목리에 다다른다. 마을 중앙 공터에 차를 세우면 나무 아래 평상에 모인 동리 어르신들이 어디서 낯선 사람이 왔는가, 눈을 씀벅이며 바라본다. 그분들 중에 이청준 작가를 아는 어르신을 만난 적도 있다.

— 선생은 이 근방에서 알아주는 천재 중 천재였죠. 광주로 중학교 가서도 거기서도 알아주는 천재였다고 합디다. 언제나 저 마을 안쪽 팽나무 위에 올라가 책을 보곤 했어요.

이청준의 초등학교 선배라던 어르신은 고인을 회상하는 내내 '선생'이라는 호칭을 놓지 않았다. 어딘가 존경심과 그리움이 묻어나는 회고였다.

마을은 아담하고 조붓하다. 이제는 방문객을 위해 다소의 치장을 한 고인의 생가와, 고인이 초등학교가 파한 뒤 올라가 자리를 잡고 책을 읽었다는 팽나무, 그 앞으로 대표작 「눈길」의 무대가 된 산길이 이어지지만, 그쯤에서 마을을 돌아보는 일은 충분하다. 생가 툇마루나 마당 한쪽에 앉아 소설에 등장하던 수많은 인물과 순간을 망연히 떠올려보는 것도 좋으리라. 그러다 씩씩한 걸음으로도 삼십 분은 걸어야 나오는, 바다를 바라다보는 낮은 언덕의 선생의 누운 자리를 찾아가도 좋다.

나는 이청준을 '이야기꾼'으로 이해한다. 하기야 소설가라는 직업의 본질이 이야기꾼이다. 그러나 이청준이야말로 이야기꾼으로서의 정체성을 누구보다 의식적으로 고민한, 그의 표현대로 '자신의 이야기 속으로 사라져간' 이야기꾼이었다. 『토지』의 박경리와 더불어 '거의 순교자적인 태도로 작품에 달려들'었다는 작가로 이청준을 꼽은 이는 평론가 김현이었다. 그런가 하면 평론가 김윤식은 2007년 출간된 이청준 작가의 마지막 소설집 발문에서 '하늘과 땅이 아득하여 앞이 보이지 않을 때 제일 먼저 보고 싶은 것의 하나가 이청준 씨 소설이오'라며 투병 중인 작가를 안타까워했다. 지금은 그 소설가도, 평론가도 모두 세상에 없다. 한 세상이 저물고 오로지 이야기와 담론만이 울림 없는 전설이 되어 전해진다.

대학에서 독문학을 전공해 일찌감치 독일 문학의 관념적인 세계를 충분히 섭렵했을 이청준의 소설은 한국전쟁 이후 산업화 시대를 배경으로 삶과 죽음, 진실과 거짓, 전통과 현대, 예술과 기예 등 다양한 아이러니에 빠진 인간 군상의 이야기로 채워져 있다. 1960년대를 대표하는 잡지 『사상계』에 단편 「퇴원」으로 1965년 데뷔한 이청준은 본인이 원하건 원치 않건 그 뒤 40여 년간 대표 작가의 지위를 이어갔다. 국내 관객 100만 명 시대를 연 영화 〈서편제〉를 비롯해, 〈석화촌〉 〈낮은 데로 임하소서〉 〈축제〉 같은 영화들이 모두 그의 소설을 원작으로 하였으며, 작가 사후에는 단편 「벌레 이야기」가 이창동 감독의 영화 〈밀양〉으로, 「선학동 나그네」가 임권택 감독의 〈천년학〉으로 만들어지기도 했다. 1960년대 우리 소설에 감수성의 혁명을 불러일으킨 김승옥과 최인훈의 뒤를 이어, 1970년대 우리 문학의 르네상스를 이어간 박완서, 황석영, 윤흥길, 조세희, 오정희 등의 작가들 가운데서도 이청준은 돋보였다. 특히 데뷔 뒤 10년 사이 발표한 작품들은 탁월하다. 「병신과 머저리」를 비롯해 「매잡이」 「소문의 벽」 「이어도」 「별을 보여 드립니다」 등 지금도 그의 선집을 엮는다면 빠짐없이 포함시켜야 할 주옥같은 중단편과 장편 『당신들의 천국』이 이 시기 발표되었다. 이청준 소설의 황금기이자 우리 문학의 황금기였다.

이렇듯 다소 관념적인 세계를 펼쳐가던 작가는 곧 이어진 「서편제」「눈길」「선학동 나그네」「비화밀교」와 소설집 『키 작은 자유인』 등에서 유소년 시절의 기억을 가득 담은 소설을 통해 마음으로 낙향한다. 따라서 이 시기 소설을 갖고 장흥을 여행한다면, 한층 깊고 맑은 여행을 할 수 있을 것이다. 어떻게 그렇게 아득하게 멀고 외진 바닷가 마을, 한참 어렵고 궁핍했던 시절에 이렇듯 심오한 하나의 문학 세계가 자라나고 벼려지고 있었을까. 이청준의 고백은 이렇다.

> 나는 애초에 문학이라는 것을 혼자 살기의 방법 쪽에서 출발한 격이었다. (중략) 어릴 적 일이나마 6.25는 내게 사람에 대한 불신과 공포감을 적지않이 경험시켜 주었고, 주위에는 유난히 가까운 육친들의 죽음이 또한 많았었다. 젊어 죽은 맏형이 남기고 간 책이나 일기장들도 나의 유소년 시절의 상당 부분을 지배했다. 그런 나에게 중학교 초학년 때에 한 선생님으로부터 젊은 시절의 꿈이 '돈 많은 시인'이었노라는 고백을 들은 것은 참으로 황홀한 충격이었다.

— 이청준, 「전짓불 앞의 방백」에서

인간에게 있어 유년기는 한평생 삶에 자양분을 얻고, 삶의 방향을 정해주는 푯대와도 같은 시간이다. 거대한 성채이자 망망한 바다, 파내도 파내도 줄어들 줄 모르는 거대한 광맥과도 같은 시공간이다. 기억조차 가물가물한 유년의 기억을 우리는 평생의 살아갈 힘으로 삼아 나아간다. 보통 사람에게도 그럴진대 이야기꾼의 숙명을 짊어진 작가들은 어떨까.

이청준이 40여년 동안 방대한 세계를 구축한 까닭에 간행된 그의 전집 권수만도 34권에 이른다. 방대한 작품 세계를 조망하는 일은 연구자에게 맡기고, 우리는 작품의 황홀한 숲에서 자신이 맞닥뜨린 인생의 문제에 의미를 던져줄 작품을 찾아 꺼내보며 삶의 쓴맛과 단맛을 누리면 될 것이다.

그건 그렇고, 그 멀고 먼 이청준의 고향 마을로 향할 때 어떤 소설과 동행하면 좋을까? 고향과 유년의 기억이 가득한 단편집 『키 작은 자유인』의 지명과 풍경을 오늘의 회진과 진목리에 겹쳐 더듬더듬 걸어보는 것은 책과 여행이 만나는 행복한 경험이 될 것이다. 그러나 여기에서는 비교적 덜 알려진 작품으로, 노년의 회고적 시선과 작가의 주제의식이 돋보이는 『인문주의자 무소작 씨의 종생기』에 주목해본다. 관념을 노골적으로 드러낸 대사나 작가의 개입이 종종 불편하지만, 그래도 노작가의 삶에 대한 회한이 선명히 보이는 작품이다.

어른들이 일 나가면 종일 오두막집에서 심심하게 하루를 보내던 어린 무소작은 늘 바깥세상이 궁금하기만 하다. 무소작은 꽃씨와 물고기 같은 생명에서도 더 넓은 세상을 향해 꿈틀거리는 지향성을 발견한다. 그러다 아버지가 다녀왔다는 큰 산에 대해 궁금증을 갖게 되고 급기야 그 산을 찾아간다. 소년 무소작이 '세상에서 가장 높은' 산으로 알고 오른 큰 산은 천관산이다. 호남의 억새 군락지로 유명한 해발 723미터의 천관산은 그 아래 관산읍을 품고 있으면서 무소작(과 이청준)에게 큰 그늘을 드리운 산이다. 소년 무소작은 마침내 산 정상인 구룡봉을 밟게 되고 거기서 끝을 알 수 없는 풍경을 경이롭게 바라보며 그보다 더 큰 산, 더 넓은 세상을 짐작하고 꿈꾼다. 유년을 압도하며 기만하는 '큰 산'의 모티브는 동서고금 여러 작가의 작품에 등장한다. 그런 소년들은 어느 날 그보다 훨씬 높은 산을 찾아 홀연히 고향을 떠나기 마련이다. 우리의 유소년 시절은 대개 그 지점에서 끝난다.

세상에서 가장 높은 산으로 알고 두고두고 오르기를 소망해온 큰 산조차도 전혀 문제가 아니었다. 그 세상의 터무니없이 멀고 넓음에 그는 왠지 그렇듯 아득한 심사 속에 까닭 모를 두려움이 앞을 섰다. 그리고 그 광활한 세상 먼 산줄기들 너머 어디선가 어렴풋이 그를 부르는 소리를 들었다. 우르르르…… 우릉…… 우르르……

— 이청준, 『인문주의자 무소작 씨의 종생기』에서

떠나온 고향에 비해 세상은 너무도 넓고 신기한 것으로 가득 차 있다. 무소작은 너른 세상을 두루 떠돌아다니는 수단으로 온갖 직업을 전전한다. 읍내 중국집 배달꾼에서 시작해 구두닦이, 신문팔이, 공장 노동자로, 또 연애와 군 입대까지. 그러다 중동 지역 파견 근로의 기회를 얻게 되고, 원양어선에도 몸을 실어 베링해부터 남태평양까지 헤매 다닌다. 여행의 방편으로 직업을 구했고 채워지지 않는 방랑의 갈증으로 더 넓은 세상을 탐닉한다. 흡사 헤세가 창조한 방랑자 '크눌프'의 모습을 닮았는데, 나이 들어 쇠약해진 크눌프가 고향을 찾듯 무소작도 노년에 다다라 차츰 고향을 생각한다. 그제야 소년은 고향을 발견한다.

> 나이 50대로 들어서 먼 바다 뱃길 일을 떠나면서부터는 소작 씨도 그 세상 끝에서 서울로, 서울에서 다시 고향 쪽으로 한발 한발 조금씩 길을 맴돌며 다가가고 있었던 듯싶기도 했다. (중략) '그렇구나, 참나뭇골이야말로 세상에서 내가 가장 알지 못한 곳이었구나. 그래서 언젠가는 내가 다시 찾아가야 할 마지막 동네로 남아 있다 비로소 나를 부른 것이었구나.'
>
> — 이청준, 『인문주의자 무소작 씨의 종생기』에서

육체 노동을 할 수 없는 노년에 그가 찾은 새로운 일은 고향에 돌아와 '늙은 이야기 장사꾼'이 되는 것이다. 어느 소설가가 얘기한 것처럼 여행이란 '손자들에게 들려줄 이야기를 잔뜩 마련하는' 일과 다름 없다. 평생 방황하는 삶을 사느라 손자는 물론 자식조차 갖지 못한 무소작은 대신 고향 사람들을 불러 모아 자신이 겪은 세상에 대해 '썰'을 푼다. 여행자는 이야기꾼이 되고 허풍쟁이가 된다. 그러나 『천일야화』의 이야기꾼 세헤라자데가 못될 바에야, 청중은 곧 반복되는 이야기에 식상해지고 하나둘 자리를 떠난다. 이야기꾼의 사랑방은 텅비어버린다. 청중이었던 한 사람의 충고가 그에게 사무친다.

> "당신의 마음이 여기서도 늘 먼 바깥세상을 떠돌 뿐 지금 이곳엔 뿌리다운 뿌리를 지니지 못했으니까. 진실이 실리지 못한 이야기는 꾸밈이 많을수록 더 허황한 거짓(중략)만 낳을 뿐이지요. 그 거짓 세상 거짓된 이야기에서 어떤 놀라움이나 감동, 안과 밖이 서로 하나 되고 넓어져가는 충만스런 지혜를 만날 수가 없지요."
>
> — 이청준, 『인문주의자 무소작 씨의 종생기』에서

노름판에서 돈을 잃었다는 노름꾼의 말과 나이 들었으니 '죽어야지, 죽어야지' 하는 노인들의 말과 함께, 해외여행 다녀온 사람들의 허풍 섞인 여행담이 3대 거짓말이라던 누군가의 농담을 기억한다. 여행 자율화가 처음 이뤄진 1990년대엔 그런 거짓말이 통했지만 방송과 유튜브가 세상 어느 곳이든 우릴 손쉽게 데려가는 세상에서 여행의 거짓말은 더 이상 가능하지 않다. 그런 거짓말이 화자나 청자의 암묵적인 승인 아래 유통되던 시절은 얼마나 행복했던가. 숨 막히는 현실을 벗어나 환상과 허구를 좇는 공간이 여행이건만, 이제 여행마저도 현실과 리얼리즘의 영역이 되어버렸다. 무소작 같은 이야기꾼이 차라리 그리운 세상 아닌가.

언젠가 한 문예창작학과 교수님으로부터 농담 반 진담 반으로, 이청준의 「눈길」은 요즘 문창과 학생들에게 교과서에서 빼버려야 할 일순위 소설로 꼽힌다는 얘기를 들었다. 너무 신파조에 문체도 고리타분하다 여겨질 터다. 뭐, 그럴 수도 있겠다는 생각이 들었다. 그런가 하면 중년에 접어들도록 문학이나 소설 같은 것에 관심을 갖지 않고 살아온 지인은 「눈길」을 읽고 눈물을 글썽였다는 말을 들었다. "노인과 나 사이에 빚이 없다"는 구절 때문인데, 거기서 끝내 화해 못한 채 떠나보낸 부친이 생각났다고 했다. 하나의 소설이 이렇게 세대와 성별에 따라 전혀 다르게 읽히는 현상을 어떻게 보아야 할까. 이 간격이 오늘날 문학이 쉽게 건너지 못하는, 점점 더 그 폭과 간격을 넓히는 도저하게 깊은 강인 듯싶다.

「눈길」의 배경이 된 고갯길은 사람의 왕래가 끊겨 밀림이 되어 앞으로 나아갈 수조차 없었다. 새벽밥 먹고 그 눈길을 넘어 광주로, 서울로 간 참나뭇골 사람 이청준은 불귀의 객이 되어 고향 마을로 돌아왔다. 우리 모두 그런 눈길을 걸어 너른 세상으로 나왔다.

여행자의 독서(10주년 개정증보판)

초판 1쇄 발행	2010년 11월 10일
초판 9쇄 발행	2016년 3월 22일
개정판 1쇄 발행	2021년 9월 15일
개정판 2쇄 발행	2022년 11월 10일

지은이	이희인
펴낸이	윤동희
펴낸곳 (주)	북노마드

편집	김민채
디자인	석윤이(표지), 이현정(본문)
제작처	교보피앤비

출판등록	2011년 12월 28일 제406-2011-000152호
문의	booknomad@naver.com

ISBN	979-11-86561-73-7 03810

www.booknomad.co.kr

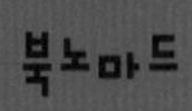
북노마드